Jean Raspail
Sieben Reiter
verließen die Stadt

Jean Raspail

Sieben Reiter

verließen die Stadt

Aus dem Französischen übersetzt
von Horst Föhl, mit Illustrationen
von Kristina Zieber

edition nordost

Herausgegeben von Götz Kubitschek

I.

Sieben Reiter verließen die Stadt. In der Abenddämmerung zogen sie durch das nicht mehr bewachte Westtor der untergehenden Sonne entgegen. Erhobenen Hauptes, ohne sich zu verbergen – anders als all jene, die die Stadt preisgegeben hatten. Denn sie flohen nicht, sie verrieten nichts, hofften schon gar nicht und erlaubten sich nicht, zu träumen. Leicht das Herz und die Seele frei, kalt funkelnd wie Kristall, gerüstet für das, was sie erwartete. Der Markgraf hatte befohlen – sie marschierten. So einfach war das. Und der jüngste unter ihnen, der keine sechzehn Jahre zählte, trällerte ein Lied.

Der sie führte, der Oberst einer Armee, die es nicht mehr gab, Graf Silvius von Pickendorff, war während der vorangegangenen Nacht vom Fürsten empfangen worden. Als er durch die verlassenen Straßen zum Schloß hinaufging, hatte er mit einer Fackel, die er in der erhobenen Faust hielt, seinen Weg beleuchten müssen. Das Gas war seit Monaten abgestellt, die Brenner und die Scheiben der Straßenlaternen waren zerbrochen. Wenn der Wind blies, schlugen Türen und Fensterläden an die Fassaden der leeren Häuser, aber in der verlassenen Stadt störte sich niemand mehr an diesen lärmenden Zeugnissen der Einsamkeit. Und doch verbargen sich noch einige Familien in ihren sorgfältig verschlossenen Häusern hinter zugezogenen Vorhängen und verriegelten Fensterläden. Einziges sichtbares Lebenszeichen: der fahle gelbe Schein einer Petroleumlampe, der durch den Spalt eines Vorhanges fiel, den eine menschliche Gestalt zur Seite schob, um zu sehen, wer durch die Straße ging, und den sie sogleich furchtsam wieder schloß. Das waren die letzten treuen Untertanen des Markgrafen: Solange auf dem Schloß ein Licht brannte, so schwach es scheinen mochte, löschten sie das ihre auch nicht. Das war die einzige Gewißheit, die ihnen blieb und die einzige Art, ihr Ausdruck zu geben.

Während er die gepflasterte Straße hinaufstieg, glaubte Graf Silvius, ein Kind weinen zu hören. Er verhielt den hämmernden Schritt seiner Stiefel, um zu horchen, suchte mit den Augen das Fenster, von wo dieses kostbare Leid herkommen mochte, dieses in der Nacht zitternde junge Leben. Ergriffenheit schnürte ihm die Kehle zu und er sog dieses Weinen ein, wie ein Verlorener in der Wüste den wundersamen Regen, der ihn rettet. Wie viele Kinder waren in diesem Jahr in der Stadt geboren worden? Das wäre schnell festzustellen gewesen, aber aus Trauer und Verzweiflung hatte man aufgehört zu zählen. Eine Frau begann im archaischen Dialekt der Berge ein melancholisches Wiegenlied zu singen und von Zeit zu Zeit brach sich ihre Stimme in einem Schluchzen. Dann hörte der Gesang auf. Das Kind war wohl eingeschlafen, und Silvius setzte seinen Weg fort.

Etwas weiter oben in der Stadt durchquerte er das Vergnügungsviertel. Wo einst Musik und Geschrei gebraust und die hübschesten Mädchen sich aus den hell erleuchteten Fenstern gebeugt hatten, um mit ihren schönen weißen Armen den Mann zu locken, war nun nur noch Schweigen und Düsternis. Nur an der Ecke einer finsteren Straße brannte noch eine Lampe, wie eine Erinnerung in der Nacht. Hinter dem Fenster wartete eine junge Frau. Alle, die in der Stadt von Rang und Namen gewesen waren, hatten sie geliebt. Bekleidet mit einer schulterfreien weißen Bluse und mit einem Seidenrock, der ihr über die Füße fiel, das schwarze Haar geöffnet, lag sie in einem Sessel am Kaminfeuer, das einen rötlichen Schein verbreitete, und träumte mit offenen Augen. Silvius öffnete die Tür und trat ein.

»Warum bist du nicht mit den anderen gegangen?« fragte er.

»Mit diesen Hunden? O nein! Sollen sie sich mit ihren Weibchen paaren! Aber niemals mehr mit Fédora! ... Silvius ... sei ein bißchen lieb zu mir.«

Er nahm sie eine Weile in seine Arme, ließ seine Lippen über ihr Gesicht wandern und raunte ihr einfältige Worte zu, davon, daß Liebe nur durch Liebe vergolten werden könne ...

»Der Markgraf erwartet mich«, sagte er dann und löste mit seinen Händen zwei nackte Arme, die sich um seinen Nacken geschlungen hatten. »Wenn ich herunterkomme, sehe ich noch einmal vorbei. Es kann aber lange dauern.«

Fédora schob einen Scheit ins Feuer, der zu prasseln begann. »Komm nicht zu spät«, sagte sie. »Sieh dir meinen Holzvorrat an. Er reicht nicht bis zum Morgen. Danach wird es kalt sein.«

Die zum Schloß ansteigende Straße führte unter den von vergitterten Fenstern durchbrochenen Mauern des Gefängnisses vorbei. Die beiden Torflügel standen offen und gaben den

Blick auf einen verlassenen Innenhof frei. Die Torwache war nicht besetzt, ebensowenig die vier Warten an den Ecken, welche die Zugänge beherrschten. Gefangene und Wärter – die einen nicht mehr wert als die anderen – waren verschwunden: Die Nachsicht des Markgrafen ausnutzend, hatten sie sich zuletzt miteinander verbrüdert. Das Innentor war entriegelt worden, und alle waren ausgerissen. Jetzt wüteten sie auf dem Land. Die letzten Berichte, die einige Wochen zuvor von den meisten der Provinz-Statthalter eingegangen waren, gaben von ruchlosen Zuständen Kunde. Seitdem erfuhr man nichts mehr. Ein Stück weiter, in der Polizeipräfektur, herrschte ebenfalls lastendes Schweigen, gestört nur vom Quieken der Ratten, die zwischen den Akten hausten. Hier hatte der Todeskampf, von der Anarchie genährt, sich lange hingezogen. Polizisten hatten untereinander alte Rechnungen beglichen. Der Tod hatte ihre Reihen gelichtet – mehr noch durch Morde als infolge der Seuche, die am Mark des Volkes zehrte. Auch hier war das Gesetz der großen Zahl wirksam geworden: Die Verderbten hatten sich zu Herren der Lage gemacht und die Stadt war für sie eine einzige Goldgrube geworden. Als die erschöpft war, hatten sie sich abgesetzt. Nur der Polizeipräfekt, der den Hals nicht hatte voll bekommen können, hatte seine Räubereien nicht überlebt. Zwar hatte sich das Obergericht noch auf seiner letzten Sitzung vor der großen Auflösung zu seinem Komplizen gemacht und ihn freigesprochen. Aber auf Befehl des Markgrafen, der sich wieder gefangen hatte, hatte ihn Graf Silvius mit eigener Hand hingerichtet. Noch an diesem Abend – während er rasch mit großen Schritten die Stufen hinaufstieg, die zum Vorplatz der Kathedrale führten, auf halbem Weg zum Schloß – rief sich der Oberst, ohne es zu bereuen, die helle Freude in Erinnerung, die er empfunden hatte, als er mit seiner Pistole diesem Elenden in den Schädel schoß.

Im Giebel der Kathedrale Sankt Askan, benannt nach dem Schutzpatron der Stadt und Gründer der Dynastie, funkelte schwach in der Nacht die Rosette mit dem Bild des Jüngsten Gerichts. Oder zumindest das, was von ihr übrig geblieben war. Die Erzengel hatten keine Gesichter mehr, und vom allmächtigen Gott blieb nur die erhobene richtende Hand, die noch an einigen Bleistreifen hing. Der nächste Windstoß würde sie herunterreißen und das Werk der Kirchenschänder vollenden, die, nachdem sie sich ausgetobt, ihre Zerstörungslust anderswohin gewandt hatten. Das riesige Kirchenschiff mit seinen klaffenden Fenstern, durchweht von eisigem Wind, schien nur belebt vom Rauschen der Schwarzen Waldkäuze und der Eulen, die unsichtbar um die Pfeiler flogen. Es erschien um so gewaltiger, als es vollständig ausgeräumt war. Da aus den Provinzen keine Züge mit Kohle und Feuerholz mehr in der Stadt ankamen, hatten die benachbarte Universität, die Polizei, das Finanzministerium und einige andere nutzlose Einrichtungen ihre Heizungen mit den Bänken, dem Chorgestühl und den Beichtstühlen – bewundernswerten durchbrochenen Holzarbeiten der Renaissance – beschickt. Das war ihre Rache an der Kirche. Mit knapper Not hatte der Kardinal-Erzbischof, indem er sich mit ausgebreiteten Armen vor den Hauptaltar warf, das geschnitzte Retabel aus dem zehnten Jahrhundert gerettet, auf dem der Heilige Askan dem Herrn Jesus und der Jungfrau Maria die Hand reichte. Kategorisch hatte er verboten, daß sein Ofen auch nur mit dem winzigsten Holzkrümel der geplünderten Kircheneinrichtung geheizt würde. Wenig später war er in seiner kleinen mönchischen Kammer im Bischofspalast vor Gram und Kälte gestorben, während seine alte Haushälterin mit der Haube der Dienerinnen Mariens noch seine rissigen Hände über der Schale Suppe wärmte, die sie ihm bereitet hatte. Das war ein Heiliger und ein guter Mensch. Niemand hatte das erkannt, angefangen mit dem Markgrafen, der in ihm stets nur eine klerikale Protokollmarionette gesehen hatte, die ihn auf dem Vorplatz ihrer Kirche empfing, mit ihrer *capa magna*, ihrem Quastenhut und ihren roten Schuhen, und die alten Formeln herunterleierte, die Generationen von Markgrafen schon Wort für Wort kannten. In Anwesenheit der letzten staatlichen Amtsträger war er unter den Steinplatten des Hauptaltars an der Seite seiner Vorgänger beigesetzt worden. Aber es war, vor der Flucht der Steinmetze, nicht die Zeit geblieben, seinen Namen und seine Verdienste auf den Stein zu setzen. Bald würde man ihn vergessen haben. Gott allein mochte sein Andenken bewahren.

Als er die Kathedrale betrat, bemerkte Graf Silvius in der Tiefe des Chores jenes schwache Licht, das sich in den letzten Bruchstücken der Rosette widerspiegelte. Ein halbes Dutzend Kerzenstümpfe beleuchtete kümmerlich das Heilige Sakrament. Davor lag ein Mann auf den Knien und betete. Als er die Schritte hinter sich hörte, erhob er sich und drehte sich um, indes er behende eine Kavalleriepistole aus seinem breiten Gürtel zog, die er auf den Neuankömmling richtete.

»Ach, Sie sind es, Silvius«, sagte er. An der violetten Farbe seines Gürtels und der Knöpfe der Soutane sowie an der Pektorale erkannte man einen Bischof. Einen jungen Bischof. Seine Gnaden Osmond van Beck, Koadjutor der Stadt, war kaum über fünfunddreißig Jahre alt. So alt wie Graf Silvius.

»Habe ich Sie erschreckt, Osmond?« fragte der Graf.

Der Bischof lächelte. »Natürlich nicht. Das wissen Sie gut. Ich schieße schnell und genau. Ich hätte Sie nicht verfehlt.«

»Ohne Frage«, antwortete Silvius, und deutete auf einen Körper, der im Schatten hingestreckt lag – in der zusammengekrampften Faust noch ein Jagdgewehr mit abgesägtem Lauf. »Wer war das?«

»Ein Amanit. Es treiben sich noch einige in der Stadt herum. Diejenigen, die nichts mehr zu verlieren haben, weil sie wissen, daß sie selbst schon verloren sind.«

Die *Amanita orontica* ist ein halluzinogener Pilz, der vernichtende Gewaltausbrüche und die Illusion der Unverwundbarkeit hervorruft. Nachdem er die Jugend in West und Ost verwüstet hatte, breitete er sich seit einigen Jahren auch in der Stadt und im ganzen Land aus. Der Markgraf war – den harten Maßnahmen widerstrebend, solange noch Zeit gewesen wäre – nur halbherzig dagegen vorgegangen. Gedeckt durch die Polizei und gewisse Geldmächte war die *Amanita orontica* in Treibhäusern bei mehreren Gemüsegärtnern in der Hauptstadt gezogen worden. Die Süchtigen bildeten eine anarchische und zugleich wohlorganisierte Sekte, die Amaniten, die sich ständig erneuerte – obwohl diese Droge jeden tötete, der sich ihr hingab. Es dauerte sechs Monate, längstens zwei Jahre. Kein Heilmittel. Keine Ausnahme. Von all den Übeln, die die Stadt heimsuchten, war dieses nicht das geringste.

»Ein Kind«, bemerkte Graf Silvius traurig.

»Ein wildes Tier«, antwortete der Bischof. »Eine Sekunde lang hieß es: er oder ich. Ich hätte das Martyrium erlangen können. Es hätte genügt, zu zögern. Der Herr dort droben hätte mich gut aufgenommen und das Leben hier unten ist nicht dermaßen erfreulich. Aber wer von den beiden wäre hier auf dieser Erde für den Dienst Gottes nützlicher gewesen? Dieser unglückliche Junge oder ich?«

»Und Gott hat Ihnen geantwortet?«

»Die Zeit drängte. Ich habe für ihn geantwortet.«

»Bedauern Sie es?«

»Gewiß nicht!« rief Bischof Osmond mit unverhohlener Genugtuung, »obwohl ich es nicht beichten kann. Außer mir gibt es keinen katholischen Priester mehr in dieser Stadt. Der letzte ist gestern desertiert. Das war der Spitalgeistliche. Er hat im Schweinsgalopp die Säle mit den Seuchenkranken durchquert und dabei so etwas wie eine Generalabsolution erteilt. Dann hat er seine Stola abgelegt, sich in Zivil geworfen und sich aus dem Staub gemacht. Heute morgen bin ich hinaufgegangen. Es ist furchtbar. Alle diese Leute sterben. Was können wir tun?«

»Nichts«, antwortete Graf Silvius.

Er und Bischof van Beck kannten sich seit langem. Damals, in den glücklichen Zeiten der Stadt, flohen sie die Salons und das Gesellschaftsleben und machten sich davon, um Seite an Seite über die sandigen, mit Rotbuchen und Birken bestandenen Ebenen des umliegenden Landes zu reiten, saßen mittags auf einem Baumstamm am Feuer und brieten einen Hasen am Spieß. Sie verstanden einander und so machten sie nicht viele Worte.

»Es ist Zeit für die Abendmesse«, begann der Bischof wieder. »Sie kommen wie gerufen. Der Küster hat gleichfalls das Weite gesucht. Und der Mesner, der ist tot.«

»Der Markgraf erwartet mich«, sagte Silvius. »Auch um ihn breitet sich die Wüste.«

»Eine Minute nur, bitte. Um die Glocke zu läuten. Allein

um den kleinen Bordun zu läuten, braucht es einen Mann. Es ist das rotdurchflochtene Seil.«

»Glauben Sie, daß deswegen jemand kommen wird?«

»Nein. Niemand wird kommen.«

»Also warum?«

Der Bischof hob seinen Arm mit ausgestreckter Hand zum Himmel. »Um *ihm* Bescheid zu geben! Er macht sich rar zur Zeit ...«

»Wo werden Sie die Nacht verbringen, Osmond?« fragte Silvius. »Wenn ich vom Fürsten zurückkomme, habe ich Ihnen sicher etwas zu sagen.«

»In der Sakristei. Ich habe dort ein Feldbett, einen Kamin, eine solide Tür mit einem Riegel. Und da ich wieder einige Bänke gefunden habe, werde ich es warm haben.«

Im Glockenturm nahm Graf Silvius das rotdurchflochtene Seil von seinem Haken. Als der Klöppel des Bordun sich in Bewegung setzte, flog ein Schwarm Eulen auf. Niemals zuvor, dachte er, während er läutete und läutete, haben alle Glokken zusammen ein solches Getöse gemacht. Ohne Zweifel war die Leere der Stadt die Ursache für diese Einbildung. Er läutete so kräftig, daß das Seil ihn einmal leicht vom Boden hob – ganz wie damals, als er Schüler am benachbarten Militärgymnasium war und er mit seinen Klassenkameraden die Pflicht und das Vorrecht hatte, die Glocken in Schwung zu setzen. Das Seil war unter den kräftigen Armzügen der jauchzenden Jungen emporgeflogen. Diese Erinnerung wärmte ihm das Herz, vielleicht auch der Besuch bei Osmond. Der Bischof gehörte zur Rasse der Starken. Nichts konnte diesen Mann entmutigen.

Eine Glocke, die geläutet worden ist, lebt noch einige Zeit.

Der Klöppel schwingt allein weiter und schlägt in unregelmäßigen Abständen. Dann glaubt man, es sei zu Ende, aber nach einer Weile macht der Klöppel noch einen Schlag, mitunter zwei. Die Glocke haucht ihr Leben aus, könnte man sagen. Der Bordun brauchte lange, um zu sterben und begleitete mit seiner immer schwächer werdenden bronzenen Stimme den Weg des Obersten durch die verlassenen aufwärtsführenden Straßen. Das Schilderhaus vor dem geschlossenen Gittertor des Militär-Gouvernements war leer, ebenso diejenigen der benachbarten Kasernen der Kavallerie, der Infanterie und der Artillerie. Um den Schutz des Markgrafen zu gewährleisten, hatte Graf Silvius alles, was ihm an Truppen geblieben war, auf das Schloß zurückziehen müssen. Das waren am Vortage vier Offiziere, vier Unteroffiziere und elf Mannschaften – der Rest der drei Regimenter, die in der Stadt in Garnison lagen. Die Hälfte von ihnen besetzte die Zitadelle. Im Wechsel von Wache und Ablösung waren es niemals mehr als zwei Mann, die vorschriftsmäßig, in nahezu vollständiger Einsamkeit, auf dem Rondenweg patrouillierten, entlang der Zinnen und der hundertvierzig Kanonen mit dem Wappen der Markgrafen. Die andere Hälfte verteidigte das Schloß. Am Wachtgebäude, das den Zugang beherrschte, angekommen, brüllte Silvius, um sich anzumelden, in die Nacht:

»Pickendorff!«

Ein Schatten erschien hinter dem Guckloch.

»Ich öffne Ihnen, Herr Oberst.«

Silvius hing dem Gedanken nach, daß er in dieser früher so lebensfrohen und volkreichen Stadt, deren Charme jeden Besucher verzauberte, den ganzen Tag über bis zu diesem Augenblick nur den Klang von vier Stimmen vernommen hatte:

die Mutter und ihr Kind, Fédora und den Bischof. Diese hier war die fünfte. Sie gehörte einem jungen Offizier im schwarzen, scharlachrot paspelierten Waffenrock der markgräflichen Kavallerie. Er schloß sorgfältig das schwere Tor (dabei mußte Silvius ihm helfen, denn der junge Mann war allein), dann machte er Meldung: »Leutnant Richard Tankred. Wir sind zu wenige. Major Wilbur, seit dem Tod des Gouverneurs Moreno mit dem Kommando auf dem Schloß betraut, hat angeordnet, daß die Offiziere Dienst tun wie die Mannschaften.«

»Ich weiß.«

»Und ich kann Sie nicht nach oben begleiten, mein Herr. Ich darf meinen Posten hier nicht verlassen und werde erst in fünf Stunden abgelöst.«

»Macht nichts. Ich kenne den Weg.«

Früher, früher … Früher hatten von Posten zu Posten bis zum Haupthof des Schlosses Hornsignale den zu seinem Herrscher befohlenen Obersten angekündigt … Früher wäre er auf dem ganzen Weg vom diensthabenden Leutnant, einem Wachtmeister und drei Reitern mit blankem Säbel begleitet worden und an drei aufeinanderfolgenden Toren hätten Offiziere in weißen Handschuhen gegrüßt … Früher hätte eine Abteilung im Paradeanzug mit aufgepflanztem Bajonett vor den Stufen des Peristyls die Ehrenbezeugung gemacht. Dort hätten ihn der Gouverneur persönlich, der Generaladjutant des Markgrafen und sein Privatsekretär erwartet, nebst einem Schwarm von Kammerherren und livrierten Lakaien … Früher hatte an hohem Mast das Banner der Markgrafen – schwarz und gold mit drei silbernen Adlern – stolz auf der Höhe des uralten feudalen Bergfrieds des Schlosses geweht, beleuchtet von den gekreuzten Strahlen der vier Scheinwerfer. Als das Leuchtgas verbraucht war, hatte der verstorbene Gouverneur Moreno angeordnet, jede Nacht zwei Holzfeuer auf dem Bergfried zu entzünden. Es war wie einst, in den Zeiten der großen Invasionen, als die verängstigten Einwohner der Stadt Trost und Mut allein in der sicheren Gegenwart ihres Herrschers fanden, deren sich jedermann vergewissern konnte, indem er die Augen nach dem Schloß richtete, wo der Bergfried von hellen Flammen gekrönt war, die verkündeten: Nichts ist verloren ... Nichts ist verloren ...

Dann gab es auch kein Holz mehr. Noch immer wehte das Banner in der Nacht, aber es zeigte sich nur noch der einsamen Besatzung des Schlosses, wenn der Wind sich erhob und das Fahnentuch knattern ließ. Im übrigen hatte es, außer für einige wenige Getreue, seinen symbolischen Wert verloren. Ja, es erregte Haß. Einen rohen, unerklärbaren Haß, der, von wer weiß woher gekommen, nun beinahe allgegenwärtig war. In der Geschichte der Stadt hatte es nichts Vergleichbares gegeben. Anläßlich des letzten Geburtstages des Markgrafen hatte noch ein Teil der Einwohnerschaft nach dem Brauch geflaggt. Aber sehr bald, seit dem Morgen, hatten enthemmte Banden von Amaniten, dazu unkontrollierte Elemente (oder kontrollierte, wer weiß?) von außerhalb der Stadt und einige aus dem Hospital entwichene, Panik auf ihrem Weg verbreitende, noch kräftige Seuchenkranke, die Häuser gestürmt, die es wagten, auf ihrem Balkon die Farben des Herrschers zu zeigen. Einer hatte sogar den Glockenturm der Kathedrale erklettert, um von dort das Banner abzunehmen und es unter dem abscheulichen Freudengeschrei der Menge in die Tiefe zu schleudern. Die markgräfliche Gendarmerie hatte in die Luft geschossen und sich dann schleunigst auf eine Weise zerstreut, die einer verabredeten Flucht ähnlich sah. Kaum eine Stunde später war die Stadt in Trauer um ihre Vergangenheit versunken, die Fensterläden geschlossen, die Türen verriegelt – während in den Straßen haufenweise die aus den Fenstern gerissenen Fahnen verbrannten.

Nachdem er raschen Schrittes die Zufahrt hinaufgestiegen war – vorbei an den leeren Schilderhäusern vor den anderen Toren der dreifachen Umwallung – erreichte Silvius den Ehrenhof über eine mit Rotbuchen bepflanzte Allee. Er ging auf einem tiefen Teppich verrottender Blätter. Da es keine Gärtner mehr gab, wurde der Park nicht mehr gepflegt. Als er den verlassenen, von einer einzigen Fackel erleuchteten Hof mit dem hohen Peristyl durchschritt, fühlte er, wie sein Herz sich zusammenkrampfte. Einst war, in einer Symphonie von Licht, an einem gewissen Fenster im ersten Stockwerk, wo sich die Privatgemächer des Fürsten befanden, unmerklich ein weißer Vorhang beiseite gezogen worden und hatte das strahlende Lächeln und das wundervolle Goldhaar von Myriam enthüllt, der einzigen Tochter des Markgrafen, die ihn – jugendlicher Verstoß gegen die Etikette – mit einem verstohlenen Handzeichen grüßte, bevor sie den Vorhang wieder herabfallen ließ. Myriam, die ihn liebte. Myriam, die er liebte. Myriam, die ihr Vater, als die Seuche ausbrach, aus der Stadt weggeschickt hatte.

Zwei Schatten kamen ihm am Fuß der Treppe entgegen. Silvius erkannte den Major Wilbur, einen alten Soldaten, der von allem kuriert war, außer von seiner Treue zum Herrscher. Er schlotterte im silbergrauen Waffenrock des markgräflichen Infanterie-Regiments. Der andere, im schwarzen Frack, eine Amtskette um den Hals, war kaum weniger alt, denn der Tod, der in der Stadt umging, ereilte häufiger die jungen Leute. Es war der Hofmarschall Biron.

»Wie geht es seiner Durchlauchtigsten Hoheit?« fragte Silvius Wilbur.

»Ihm ist kalt. Schmalhans ist Küchenmeister. Aber der Markgraf bleibt gesund. Dafür hüllt er sich in Schweigen und hat sich in seiner Bibliothek eingeschlossen. Er liest. Er sucht nach Erklärungen. Er breitet riesige Karten aus. Ich lasse ihm seine Speisen bringen. Er ißt wenig, ganz schnell, als ob ihm die Zeit fehlte. Obwohl doch die Zeit, Herr Oberst, gerade die Zeit, mit der wir nichts mehr anzufangen wissen, sich endlos hinzieht. Seit heute morgen hat er nicht aufgehört, hin- und herzugehen, und dann hat er Sie gerufen. Es heißt, er habe einen Entschluß gefaßt.«

»Ich gehe hin«, sagte Silvius, und wollte seinen Mantel ablegen, wie es das Protokoll verlangte.

Biron hinderte ihn mit einer Handbewegung.

»Seine Durchlauchtigste Hoheit bittet Sie, ihn anzubehalten. Die Flure sind Eiskeller, und in den anderen Räumen ist es kaum besser. Herr Oberst, darf ich vorangehen?«

Sie durchschritten einer hinter dem anderen mehrere düstere, verlassene Säle. Das Kammerherren-Kabinett, dasjenige des Schloßgouverneurs, den sogenannten Gesandtensaal, den Saal des Geheimen Rates, das Siegelkabinett – leblose Kulissen, nur von der Petroleumlampe erleuchtet, die Biron in seiner erhobenen Hand hielt. Die Portraits der Markgrafen, die die Wände schmückten, traten aus dem Schatten und kehrten sogleich dorthin zurück: Askan II., der die Hunnen zurückgeschlagen hatte; Askan-Friedrich I., der an der Seite des Gottfried von Bouillon den Sturm auf Jerusalem angeführt und das Zion-Tor genommen hatte, wo er als erster in die Stadt eingedrungen war, der aber jedes Lehen im Heiligen Land abgelehnt hatte und ruiniert zurückgekehrt war, nachdem er seine Gefangenen freigelassen und die Verwundeten unter ihnen versorgt hatte; Welf-Friedrich IV., der die Leibeigenschaft aufgehoben, und Welf-Friedrich IX., der bei Lepanto auf einer auf eigene Kosten ausgerüsteten Galeere des Malteserordens gefochten hatte; Welf I., genannt der Großherzige, der Stifter des Hospitals, für das er sich auf eine lange Reise gemacht hatte, mit dem einzigen Zweck, den Rat und den Segen von Vinzenz von Paul zu erbitten; Askan-Friedrich V., Sieger über die Berg-Tschetschenen ... Eine furchtlose und großherzige Dynastie, maßvoll in ihren Ansprüchen, deren Einfluß und Ansehen in keinem Verhältnis stand zur geringen Ausdehnung ihres Landes und der bescheidenen Zahl ihrer Untertanen. Die Großen dieser Welt verschmähten es nicht, um die Vermittlung der Markgrafen zu ersuchen, während unterdrückte Völker bei ihnen moralischen Beistand zu finden wußten. Die Empfangszimmer des Schlosses leerten sich für gewöhnlich nicht. Die Diplomatie der Markgrafen wirkte für das allgemeine Wohlergehen.

Das letzte Zimmer vor der Treppe, die zu den Privatgemächern führte, war der Adjutantensaal. Eleganz, gute Laune, Courtoisie, Pflichteifer – die jungen Offiziere der Garnison taten hier abwechselnd Dienst und zählten nie weniger als sechs. Die Besucher liebten es, hier zu verweilen und zu plaudern und noch die strengsten Minister lächelten, wenn sie gingen.

Auf einen sechsarmigen Leuchter gesteckt brannte eine einzige Kerze. Ihr Schein fiel auf einen einsamen jungen Mann, der, in seinen schnurbesetzten Mantel gehüllt, auf einem Sofa sitzend, in einem Buch las. Als der Oberst eintrat, sprang er auf und meldete: »Fähnrich Maximilian Bazin du Bourg, vom Artillerie-Regiment.«

»Was lesen Sie, mein Junge?« fragte Silvius

»Kostrowitzky, Herr Oberst.«

Wilhelm Kostrowitzky, der größte Dichter, den die Stadt hervorgebracht hatte. Silvius rezitierte mit geschlossenen Augen:

Ich winterte im Ehemals
Komm Ostersonnenschein und raste
Erwärm das Herz das kalt und fahl

Und der Fähnrich Bazin fiel ein:

Mein Schiff, o ihr Erinnerungen,
Wir haben nun schon lang genug
Der Woge Bitterkeit getrunken ...

»Wie alt sind Sie?« fragte Silvius weiter.

»Zwanzig Jahre, Herr Oberst.«

Das Alter großer Taten, hoher Träume, sorglosen Beginnens. Silvius seufzte. Auch darin mochte Größe sein, in der letzten, einsamen Schildwache einer Welt zu dienen, mit der es zu Ende ging.

»Werden Sie noch ein Weilchen hier sein?«

»Die ganze Nacht, Herr Oberst. Es kommt keine Ablösung mehr.«

Auf dem Treppenabsatz des ersten Stockwerks, am Anfang eines langen Flurs, stand ein Posten, ein Unteroffizier, und schwankte im Halbschlaf. Sein Gewehr, mit dem Kolben auf dem Boden, diente ihm als Stütze.

»Legen Sie sich hin«, sagte Silvius und bezeichnete ihm einen in einer Ecke aufgestellten Divan. »Ich werde Sie wieder wecken, wenn ich gehe.«

An einer der Türen am Ende des Flures klopfte Biron zweimal kurz an. In vierzigjähriger Übung hatte er sein Handgelenk geschmeidig gemacht, um sich schließlich dieses unaufdringliche Klopfen anzueignen, das aufmerken ließ, ohne zu stören und Kenntnis gab, ohne zu drängen. Der alte Hofmarschall war sehr stolz darauf. Das Klingeln einer Glocke antwortete. Biron öffnete die Tür, schritt voran in das Zimmer, trat dabei auf allerkunstvollste Weise zur Seite und meldete mit zittriger Stimme: »Seine Exzellenz, Oberst Silvius von Pickendorff.« Dann ging er rückwärtsschreitend mit finsterer Miene hinaus und murmelte wie zu sich selbst: »Dieses Schloß schnürt einem die Kehle zu. Ich habe keine Stimme mehr ...«

»Kommen Sie näher, Silvius, kommen Sie. Wärmen Sie sich auf. Wilbur hat etwas Torf für mich gefunden. Na ja, das habe ich mir gefallen lassen. Erfroren könnte ich ja nicht regieren.«

Dieser sarkastische Scherz war von einem traurigen Lächeln begleitet. Seine Durchlauchtigste Hoheit Welf III., Markgraf der Stadt, hatte es stets verstanden, die Dinge als das zu nehmen, was sie waren, ohne je zu versuchen, sich etwas vorzumachen und den Gang des Schicksals mit Gewalt zu ändern. Eine etwas abwartende Einstellung, die erklärte, warum er während dieses ganzen letzten Jahres so sehr gezögert hatte. Und so wie die Dinge zur Zeit lagen (das hatte er sich ohne mit der Wimper zu zucken eingestanden), machten sie ihn zur komischen Figur: Außerhalb der Mauern seines Schlosses regierte er über nichts und niemanden mehr.

Silvius ging nicht auf die Bemerkung ein. Auf einem Tischchen stand eine silbergerahmte Daguerrotypie, aus der ihn Myriam anblickte. Es war kein höfisches Porträt. In Reithosen und Weste stand das junge Mädchen neben seinem Pferd und warf Silvius ein zweifaches Lächeln zu – mit ihrem Blick und ihren Lippen. Er war dabei gewesen, als das Porträt aufgenommen worden war, bei der Rückkehr von einem Ausritt, den sie zu zweit unternommen hatten. Er selbst hatte es dem Markgrafen zum Geschenk gemacht.

»Haben Eure Durchlauchtigste Hoheit Nachrichten von dem Gnädigsten Fräulein?« fragte er. So wurde die Prinzessin tituliert.

»Ich bitte Sie, lassen wir die Etikette beiseite«, sagte der Markgraf. »In der Lage, in der wir uns befinden, wäre es albern, sich dahinter zu verschanzen. Die letzten Nachrichten, die ich von Myriam habe, sind mehr als vier Monate alt. Ein kurzes, schlecht dechiffriertes Telegramm, bevor die letzte Drahtverbindung endgültig abriß. Sie befand sich in Sepharée«, ein befestigter Grenzposten weit im Norden, »im Begriff, den Fluß zu überschreiten, als die internationale Brücke gesperrt wurde. Man weiß weder von wem noch wie, das Telegramm sagte nichts darüber. Dafür wußte es zu berichten, daß gegenüber, bei unserem Nachbarn, dem Bund der Talschaften, der Grenzposten vollständig aufgegeben schien. Das Telegramm endete hier. Ich habe daher sogleich eine Patrouille losgeschickt, mit Ersatzpferden und Verpflegung für zwanzig Tage. Ein einziger Reiter ist zurückgekommen. Und der hat die Stadt gar nicht mehr erreicht. Man hat ihn mit durchgeschnittener Kehle gefunden, drei Meilen von hier, nackt wie ein Wurm. Wir haben es kein zweites Mal versucht. Bitte Silvius, treten Sie näher.«

Der Markgraf hörte auf, hin- und herzugehen und blieb vor einem langen Tisch stehen, auf dem eine riesige Karte entfaltet war. Die Hauptstadt lag im Süden, einige Meilen entfernt der Hafen; die Verbindung stellten eine Straße und eine Eisenbahnlinie her. Den ganzen östlichen Teil nahm das Gebirge ein; das Relief in graphischer Darstellung; punktierte Linien zeigten die Saumpfade und die Höhenlinien der wichtigsten Gipfel und Pässe an. In der Mitte eine endlose Ebene, übersät mit durch Kirchtürme dargestellten Marktflecken und Weilern. Dies war das nährende Herz des Landes. Dies war auch sein Feld der Ehre und das Sanktuarium seiner Überlieferung. Die meisten der großen Schlachten, die die Markgrafen hatten bestehen müssen, um ihre Stadt zu behaupten, waren auf dieser Ebene geschlagen worden. Im Westen und Nordwesten schließlich der Große Wald und im Norden der Fluß mit dem Fort von Sepharée. Drei Markgrafen hatten sich schon über diese wohl hundert Jahre alte Karte gebeugt, auf der nun aber vor kurzem, diesmal von der Hand Welfs III., rote und blaue Striche hinzugefügt worden waren, die von der Hauptstadt ausgehend die Eisenbahn- und Telegraphenlinien bezeichneten.

Soeben markierte der Markgraf mit einem schwarzen Bleistift durch Kreuze und Schraffuren verschiedene Stellen der Karte. Er erläuterte: »Die Eisenbahnlinien? Im Norden, im Süden, im Westen unterbrochen. Seit sechs Monaten ist kein Zug angekommen oder abgefahren. Auf dem Bahnhof verrotten die Anlagen. Die Lokomotiven sind unbrauchbar gemacht worden. Der Telegraph? Überall unterbrochen. Und wenn er es nicht wäre, so änderte das auch nichts. Kein Telegraphenbeamter ist mehr auf seinem Posten, weder in der Zentrale noch im Schloß. Der Hafen? Die Docker, die die Arbeit verweigert und das Hafenamt besetzt hatten, haben sich zerstreut, aber das Ergebnis bleibt dasselbe: Die Reede ist leer, und es liegt kein Schiff mehr am Kai. Keine Nachricht von unseren überseeischen Stützpunkten, übrigens auch keine von irgendeinem fremden Hafen. Eines unserer letzten Fischerboote, das bei den Syrten Zuflucht suchte, hat noch die Quarantäneflagge vom Hauptmast ihrer Signalstation wehen sehen, bevor es mit Kanonen beschossen wurde. Auch aus der Ebene wissen wir nur, was der Nordwind uns hören läßt. Früher trug er den Glockenklang von unseren Dörfern bis hier her – nun aber nur noch das Schweigen. Die Welt da draußen ist stumm, als ob sie plötzlich ebenso leer geworden wäre wie die Säle dieses Schlosses. Die Botschafter haben sich davongemacht, sobald sie von Myriams Abreise erfahren haben. Ich kann ihnen keinen Vorwurf daraus machen. Sie haben annehmen müssen, daß ich ihr folgen würde. Keiner hat sich die Zeit genommen, sich zu verabschieden, ausgenommen mein alter Freund, der Botschafter der Talschaften, der mir, als er ging, diesen seltsamen Satz sagte: ›Der Traum ist zu Ende.‹ Ich denke, daß er damit meinte, daß die Welt nichts mehr von uns erwartet, nicht einmal den Traum. Und überhaupt, hat sie jemals etwas von uns erwartet? Oder sind wir es etwa, die sie geträumt haben? Das ist wohl das Los der Völker. Sie machen sich Illusionen …«

Er verharrte sinnend einige Zeit, dann beugte er sich über die Karte und zog einen Kreis um die Stadt, der die Zitadelle und das Schloß einbezog.

»Soweit ist es mit uns also gekommen, Silvius.«

Indem er sich zu dem riesigen Glasschrank wandte, der eine der vier Seiten des Gemachs einnahm, setzte er hinzu: »Und hier sind unsere letzten Untertanen.«

Diese Sammlung von Marionetten war in der ganzen Welt berühmt. Einmal im Jahr wurde sie eine Woche lang im städtischen Museum gezeigt. Um 1750 hatte der Markgraf Welf-Friedrich XII. die ersten Stücke aus Venedig mitgebracht, wo der Doge Francesco Loredan, der große Magier, ihm zu Ehren die Türen seines Puppentheaters geöffnet hatte, das, wie in den meisten venezianischen Palais dieser Zeit, im Dachgeschoß des Dogenpalastes eingerichtet war. Von dieser Reise stammte die Leidenschaft der Markgrafen für die Marionetten, keiner war ihr entgangen – eine Art Kontrapunkt zur Macht. Sie entwarfen selbst die Kostüme, das Dekor, die Gesichter. Namentlich der Markgraf Welf III. bearbeitete mit großem Können die Dialoge der neuen Stücke, die vor ausverkauftem Haus während der Dauer der Ausstellung gegeben wurden. Der Erfolg dieser kleinen Figuren und ihre Originalität beruhten darauf, daß sie, lebensecht und scharf beobachtet, einige wirkliche Einwohner der Stadt aus allen Bevölkerungsschichten darstellten: den Kardinal und den Wasserträger, den Markgrafen und den einfachen Soldaten, die vornehme Dame und die Dirne. Hingerissen erkannte sich das Volk darin wieder. Ebenfalls einmal im Jahr, an Weihnachten, empfing der Markgraf auf dem Schloß die Klassenbesten der städtischen Schulen, etwa hundert Kinder von sieben bis dreizehn Jahren, zu einem Marionettenspiel, dem eine opulente Brotzeit folgte.

Und an diesem letzten Weihnachten hatte alles begonnen. Artig hatten sich die Kinder auf ihre Plätze begeben und der

Markgraf hatte, wie es der Brauch war, eine kleine Willkommensrede an sie gerichtet, die, anders als sonst, wenig Applaus erhielt. Die Vorstellung begann. Sie handelte von einem armen, ungeschickten und glücklosen Edelmann, dem boshafte Leute zusetzten, weil er es gewagt hatte, seine Augen auf ein schönes, vornehmes Fräulein zu richten, das aber ein mächtiger Herr begehrte. Im zweiten Akt, verwandelt durch den Zauberstab einer guten Fee, triumphierte er über alle Widrigkeiten, entkam sämtlichen Fallen, gab seine Widersacher dem Gelächter preis und der Markgraf gab ihm die Schöne, die ihm sogleich in die Arme sank, mit dem Segen des Kardinals und unter dem Jubel des Volkes. Die Kostüme waren hinreißend, die Figuren perfekt geführt, die Handlung entsprach Recht und Billigkeit, war erbaulich und folgerichtig, getragen von witzigen Dialogen, voller Humor und Gefühl.

Aber das Stück fiel vollständig durch. Die jungen Zuschauer blieben eisig. Und diejenigen, die Gefallen zu finden schienen, ließ das Schweigen ihrer Kameraden rasch verstummen, als ob etwas Unerklärbares sie bedrohte. Als der Vorhang fiel, kam der Ausbruch. Zuerst eine Breitseite von Pfiffen, untermischt mit Beschimpfungen und Rüpeleien. Auf ihren Stühlen trampelnd, schrieen die Jungen Obszönitäten, von denen niemand sich vorgestellt hätte, daß sie jemals aus ihrem Munde kommen könnten. Das Puppentheater wurde gestürmt, zertreten, war bald nur noch ein Trümmerhaufen von Tuchfetzen und zersplittertem Holz, von den rasend gewordenen Kindern in besinnungsloser Wut zerschlagen und zerrissen. Den Marionetten, nachdem sie ihnen die Kleider ausgezogen hatten, rissen sie die Gliedmaßen ab und zertraten die Köpfe unter ihren Absätzen. Als im Vorstellungsraum alles zerstört war, verlegten sie ihr Wüten, einem Wirbelsturm gleich, in den angrenzenden Speisesaal, wo das Buffet angerichtet war. Ein Diener wurde aus dem Fenster geworfen. Die anderen entkamen gerade noch rechtzeitig. Von Gläsern und Tellern blieb nichts als zerschlagene Scherben. Die Gobelins der städtischen Manufaktur mit den Darstellungen der großen ruhmreichen Schlachten in der Ebene verschwanden unter einem Bombardement von Sahne, Kuchen und Sirup.

In diesem Gewühle entfesselter Kinder schien es keinen Anführer zu geben, nur einen gräßlichen Wetteifer. Man mußte die Wache rufen. Die Jungen sprangen den Soldaten auf den Rücken und versuchten, ihnen mit Gabeln und Brotmessern die Augen auszustechen. Sie bissen ihnen die Hände blutig, wenn sie gepackt wurden. Sie schlugen schreiend um sich. Mit zerfetzten Uniformen, die Knöpfe und Aufschläge abgerissen, schleiften die Soldaten einen nach dem anderen an den Beinen, an den Armen, an den Haaren in den Hof und warfen sie auf das Pflaster, von dem sie sich wutentbrannt, zeternd und fluchend, wieder erhoben. Danach stürmten sie, immer noch laut schreiend, die steilen Straßen hinab bis in die Stadt, Fassungslosigkeit und Entsetzen verbreitend. Plötzlich, mit einem Schlage, endete der Tumult und jeder ging nach Hause, beinahe so, als ob nichts gewesen wäre. Der Vater eines dieser Kinder, der die Horde unter seinem Fenster hatte vorbeitoben sehen, empfing seinen zehnjährigen Sohn mit einer gepfefferten Ohrfeige. Als er sich anschickte, eine zweite folgen zu lassen, begegnete er dem Blick seines Sohnes. Und was er darin las, entsetzte ihn. Er ließ seine Hand sinken und zog sich niedergeschlagen zurück.

Über die Gründe für diesen Aufruhr war nichts aus den Kindern herauszubekommen. Keines wollte antworten. Sie mauerten sich in ihrem Geheimnis ein mit dieser außerordentlichen Unbeirrbarkeit, die die kindlichen Gemeinschaften zusammenschweißt und sie oft viel sonderbarer macht als taub und stumm gewordene Irre. Aber vielleicht wußten sie es selbst nicht. In der Stadt sprach ein jüdischer Professor der Medizin vom »unbewußten Sinn des Verhaltens, der nicht auf die Logik des Bewußten zurückführbar ist«, von »Konfliktübertragung und neurotischen Symptomen infolge übermäßiger Verdrängung unter dem Druck sozialer und moralischer Zwänge«. Nach diesem unfehlbaren Urteil einer so hohen Autorität ließ der Markgraf resigniert das Geschehene auf sich beruhen. Dies um so mehr, als auch die Kirche stumm blieb und sich jeden Kommentars enthielt, aus Furcht, des Obskurantismus geziehen zu werden. Es gab keine Strafe. Bei Schulbeginn einige Tage später vermied die Lehrerschaft in stillschweigendem Einverständnis jede Andeutung, die dieses geheime Feuer wieder entfachen konnte. Dem Anschein nach hatte sich nichts geändert. Aber die Lehrer, die sich nichts vormachten, wußten, daß sie es von nun an mit fast genausovielen Feinden wie Freunden zu tun hatten. Ein Vorzeichen. Andere waren gefolgt.

Der Markgraf öffnete die Vitrine und wählte eine Marionette aus, die ihn selbst in der Uniform eines Obersten des Kavallerie-Regiments darstellte. Er bewegte sie ein wenig an ihren Fäden.

»Manchmal frage ich mich, wo mein wahres Leben ist. Dort in dieser Vitrine, inmitten eines Volkes, das mir zugetan ist, das mir gleicht und meine Träume teilt? Oder dort, wo ich so tue, als ob ich regiere und mich doch nur den Gegebenheiten anpasse? Der echte Welf III., Silvius, ist dieser da«, und die Marionette, geschickt geführt, salutierte. »Ich weiß es schon lange. Ich hoffe, daß Sie ihn wiederfinden, wenn Sie zurückkehren. Ihn und seine treuen Untertanen. Der andere ist nur noch Schein. Sie sehen ja, wie es um uns steht.«

»Wenn ich zurückkehre? Warum zurückkehre?« fragte Silvius.

»Weil Sie unverzüglich gehen werden, Herr Oberst. Sie werden diese Stadt verlassen. Es ist hier fast kein Leben mehr. Es ist jetzt wohl woanders. Die Erde dreht sich noch immer. Die Sonne geht noch immer auf. Wir werden suchen müssen; jenseits dessen, was wir kennen und dessen, was wir nicht kennen. Zuerst innerhalb unseres eigenen Landes und dann auch außerhalb unserer Grenzen. Was geschieht um uns herum? Was ist die Bedeutung von alledem? Es wäre dieser Stadt nicht würdig, das Ende untätig abzuwarten, ohne nach einem Ausweg zu suchen. Das ist der Befehl, den ich Ihnen gebe.«

»Und Sie selbst, Durchlaucht?«

»Ich habe keine Lust mehr. Ich kehre heim in meinen Glasschrank. In Ihrem Alter darf man noch hoffen, Silvius. Gehen Sie so früh wie möglich. Sehen Sie zu, daß Sie diesem Elend entkommen.«

»Soll ich alleine gehen?«

»Es ist keine Flucht. Es ist eine Expedition, wie in den Zeiten der großen Entdeckungen. Sie haben das Kommando. Bestimmen Sie sechs Begleiter. Ich bestätige vorab Ihre Wahl.«

»Warum sechs?«

»Weil im Marstall nur noch sieben frische und kräftige Pferde übrig sind. Mehr nicht. Ich überlasse sie Ihnen. Ein Rat, Silvius. Nehmen Sie den Bischof mit. Er wird draußen viel nützlicher sein als hier. Wenn ich sterben muß, werde ich allein mit Gott ins Reine kommen. Das müssen wir alle. Nehmen Sie auch meine beiden jungen Leutnants mit, Tankred und Bazin du Bourg. Ihre Hingabe rührt mich. Ich sehe, wie sie mit ihren zwanzig Jahren vor der Zeit verdorren. Und dann macht mir die Jugend Angst vor mir selbst. Sie ist nur noch ein Rätsel und ein verborgener Vorwurf. Ich will nur noch von Alten umgeben sein. Wilbur und Biron sind unter den Umständen, unter denen ich nun leben werde, die richtige Gesellschaft. Wir alle drei werden vorgeben, noch wichtig zu sein, und das dauert eben, solange es dauert. Unser Affentheater hält uns am Leben, bis Sie, vielleicht, zurückkommen ... Bitte, Silvius, kommen Sie zurück.«

Silvius betrachtete den Markgrafen und wußte, daß sie einander bereits unendlich fremd waren und mit jedem Augenblick fremder wurden. Er meldete sich ab.

»Hier ist ein Brief«, sagte der Markgraf noch und reichte ihm einen versiegelten Umschlag. »Übergeben Sie ihn meiner Tochter Myriam, für die er bestimmt ist. Wenn Sie sie nicht finden, so öffnen Sie ihn nach einer Frist, die ich in Ihr Ermessen stelle. Vielleicht betrifft er auch Sie. Umarmen Sie mich, Silvius.«

Sie gaben einander den Bruderkuß und die unterdrückten Gefühle ließen die Distanz zwischen ihnen rasch wachsen.

Wie er es versprochen hatte, weckte Silvius den auf dem Treppenabsatz eingeschlafenen Unteroffizier. Sechs rote Winkel auf seinem Ärmel zeigten dreißig Dienstjahre an. Ein halbes Dutzend Auszeichnungen waren auf seine Brust geheftet. Silvius erkannte das Band des Militärverdienstkreuzes, dasjenige der Medaille Welfs III., das Tapferkeitskreuz sowie ein verwaschenes schwarz-goldenes Band, das er nach einigem Nachsinnen als die Ehrenmedaille Askan-Friedrichs XI. erkannte, des vor neunundzwanzig Jahren verstorbenen Vaters des regierenden Markgrafen. Zu diesem Band gehörte eine silberne Spange, die einen Namen zeigte. Silvius trat näher, beugte sich vor und las, während der Unteroffizier stolz die Brust schwellte: *Tschetschenen*, gefolgt von einer Jahreszahl. In diesem Jahr war er zwar noch ein Kind gewesen, aber doch schon alt genug, um sich erinnern zu können – und dennoch entsann er sich nicht, daß ein Feldzug gegen diesen uralten Stamm in so naher Vergangenheit geführt worden wäre. Die militärischen Aufzeichnungen erwähnten ihn nicht. Der letzte, von dem berichtet wurde, hatte unter Markgraf Askan-Friedrich V. stattgefunden, der dieses kriegerische Bergvolk nach einer letzten Schlacht endgültig unterworfen hatte; das war fast zweihundertfünfzig Jahre her. Die Tschetschenen spielten keine Rolle mehr. Eine gewisse Anzahl war konvertiert oder hatte sich zumindest assimiliert. Die anderen waren mit ihrem letzten Emir sehr weit fortgezogen, nach jenseits des Gebirges. Die Wüste hatte sie gleichsam verschluckt. Ihre Sprache wurde nicht mehr gesprochen. Ihre Bräuche überdauerten nur an der ethnologischen Abteilung der städtischen Universität. Deshalb wunderte sich Silvius.

»Erklären Sie mir das, Unteroffizier. Sie haben gegen die Tschetschenen gekämpft?«

»Gekämpft ist nicht das richtige Wort, Herr Oberst. Einige Schüsse in der Dämmerung, auf große Entfernung, ohne etwas auszurichten.«

»Sie haben sie also gesehen?«

»Schatten, Herr Oberst, Gestalten zu Pferd, die sich auf dem Gipfel eines Berges abzeichneten, kurz vor dem letzten Paß.«

»Habt ihr sie verfolgt?«

»Das entsprach nicht unserem Auftrag, Herr Oberst. Außerdem waren sie zahlreicher als wir. Vielleicht hundert ...«

»Und ihr?«

»Eine Abteilung von etwa fünfzig Mann.«

»Und dafür hat man euch ausgezeichnet?«

»Nun ja, ich bilde mir nichts darauf ein. Die Sache war es wirklich nicht wert. Aber der Rittmeister Kostrowitzky hat uns alle fünfzig vorgeschlagen.«

Silvius fuhr auf. »Kostrowitzky! Der Rittmeister Kostrowitzky? Der Dichter?«

»Ich weiß nicht, ob er ein Dichter war, Herr Oberst, aber er war es, der uns führte. Er schien die Tschetschenen zu kennen. Abends im Biwak erzählte er uns von ihnen. Und fürwahr, erzählen, das konnte er. Wir haben ihm stundenlang zugehört.«

»Er hat das erfunden.«

Der Unteroffizier sah ihn verständnislos an. »Warum hätte er uns armen Soldaten etwas vormachen sollen? Und warum hätte er wieder allein zurückgehen sollen nach unserer Rückkehr in die Stadt? Er hat beim Oberst um Urlaub gebeten, wegen persönlicher Gründe, aber zu mir hat er gesagt: ›Ich kehre dorthin zurück.‹ Er ist da drüben gestorben, so sicher, wie ich lebe ... Herr Oberst, man stirbt nicht für Hirngespinste.«

Das Geheimnis um das Verschwinden von Wilhelm Kostrowitzky vor dreißig Jahren war niemals aufgeklärt worden und niemand hatte in diesem Zusammenhang je an die

Tschetschenen gedacht. Seine Leiche war nicht gefunden worden. Ohne Zweifel hatte man auch nicht besonders gründlich nach ihr gesucht. So war er um ein Staatsbegräbnis gekommen, mit Fanfaren und gewichtigen Reden. Vielleicht war das besser so. Man hüte sich, die Dichter auf der andere Seite des Spiegels aufzuscheuchen, wohin sie auf Zehenspitzen geschlichen sind. Eine Stele mit seinem Bildnis war im Stadtpark inmitten eines Birkenhains aufgestellt worden. Die Schulkinder lernten die ersten vier Verse eines seiner Gedichte auswendig, die als Epitaph darauf eingeschrieben waren:

Ein Adler stieß nieder aus erzengelweißer Unendlichkeit
Stehet mir bei
Laßt all diese Lichter zittern so lange die Zeit
Betet für mich ...

»Wie heißen Sie, Unteroffizier?« fragte Silvius.

»Wassili, Herr Oberst. Unteroffizier Wassili, Klemens. Von der Aufklärungseskadron des Kavallerie-Regiments.«

»Nun, Wassili, haben Sie Familie?«

»Ich hatte eine. Ich möchte nicht darüber sprechen.«

»Wenn das so ist, melden Sie sich freiwillig für eine Patrouille? Eine lange Patrouille. Fünfzig Tage. Ein Jahr. Ich werde diese Patrouille führen. Und ich will ehrlich sein: ich weiß nicht, wann wir zurückkommen.«

»Vielleicht niemals, Herr Oberst.«

Das schien den Unteroffizier nicht zu beeindrucken. Seine grünen Augen blitzten vor Tatendrang unter dem grauen Dickicht seiner Brauen. Wahrscheinlich aus einer alten Soldatenfamilie. Kräftig, grob, treu. Auch sein Name, Wassili, wies ihn, ganz so wie Pickendorff oder Wilbur, als Nachkomme jenes Geschlechtes aus, das vor Zeiten mit dem Markgrafen Askan II. aus dem Norden gekommen war, um in diesem Landstrich ein Lehen zu erwerben. Silvius verbesserte:

»Ich habe nur gesagt, daß ich es nicht weiß.«

»Wie Sie meinen, Herr Oberst. Auf jeden Fall bin ich Ihr Mann.«

»Danke. Ich will Sie ablösen lassen, damit Sie diese Nacht schlafen können. Sie werden das brauchen. Bei Tagesanbruch melden Sie sich bei Fähnrich Bazin du Bourg. Wir werden am Abend aufbrechen.«

Im Adjutantensaal erwartete ihn Bazin du Bourg, immer noch vor seiner Kerze in sein Buch vertieft. Silvius stellte seine Frage nun andersherum.

»Wenn ich Sie aufforderte, freiwillig mit mir eine Patrouille von unbestimmter Dauer weit aus der Stadt hinaus zu unternehmen, ließen Sie dann wohl jemanden hier zurück, der das bedauern möchte?«

»Das ist nicht so wichtig. Vielmehr sollte ich mich fragen, ob ich nicht jemanden zurückließe, den *ich* zu bedauern hätte.«

»Und Ihre Antwort?«

Der junge Mann schwieg einen Augenblick. »Diese Freiwilligenmeldung ... Nein, ich lasse niemanden zurück.«

Wenn es da ein Zögern gegeben hatte, so verschwand es rasch, als der Oberst die Ziele des Unternehmens entwickelte und was man daraus machen könnte. Der Fähnrich hörte begeistert zu. Mit einem Mal weitete sich der Horizont.

»Vielleicht werden wir nie an ein Ziel kommen«, sagte er. Und dieser Gedanke trug seine Seele fort in einen ungeheuren, erregenden Traum.

»Also bitte, fangen wir doch erst einmal mit dem Naheliegenden an«, unterbrach Silvius. »Kommen Sie mit! Wir schauen uns die Pferde an und dann wollen wir sehen, was wir in den Magazinen des Schlosses finden können, um uns auszurüsten. Ich beauftrage Sie mit den logistischen Vorbereitungen. Seine Durchlauchtigste Hoheit gibt Ihnen freie Hand für die notwendigen Anforderungen. Auf jeden Fall nehmen wir nur das mit, was in unsere Satteltaschen und unsere Mantelsäcke passt. Wir werden aus dem Lande leben müssen.«

Die Lagerhallen im Erdgeschoß der Nebengebäuden des Schlosses wurden nicht mehr bewacht; ihre schweren Türen waren von mächtigen Schlössern verriegelt, deren Schlüssel Major Wilbur an einem Reif trug. Er öffnete die erste Tür. Sie knarrte fürchterlich.

»Man müßte das alles schmieren«, sagte er. »Aber wer soll es machen? Wenn Sie weg sind, werden wir nur noch vierzehn auf dem Schloß sein.«

Das war kein Vorwurf. Der alte Major Wilbur beklagte sich nicht. Er stellte nur fest, daß, um selbst einen rudimentären Dienstbetrieb aufrechtzuerhalten, schon wieder notwendige Maßnahmen aufgehoben werden müßten, etwa die Bewachung der Zitadelle oder des Vorzimmers des Markgrafen. Wie sollte man auch mit so wenig Leuten den Staatsapparat bedienen? Er ertappte sich bei dem Gedanken, daß der Markgraf wie ein Fürst im Exil von einer Handvoll Getreuer umgeben war, die sich aufrieben, um ihn in der Illusion höfischen Zeremoniells seine Lage als entthronter Herrscher vergessen zu lassen. Wilbur war nicht sonderlich mißmutig. Wie der General Bertrand auf Sankt Helena hatte er die Aufgabe seines Lebens gefunden.

Das erste Magazin, das sie aufsuchten, war die Waffenkammer. Die an der Wand angebrachte Instandhaltungsübersicht zeigte, daß die Karabiner in Ständer F sechs Wochen zuvor überprüft worden waren. Danach brach die Liste ab. Einige der Karabiner hatten kleine Rostflecke, aber Abzug und Verschluß funktionierten einwandfrei. Sie wählten sieben Stück des allerneuesten Modells aus, das in der Kavallerie des Markgrafen in Gebrauch war. In Abwesenheit des Waffenunteroffiziers fertigte Major Wilbur selbst die Ausgabequittung aus und ließ den Oberst unterschreiben. Angesichts des Zerfalls des Staates war das witzlos, aber Wilbur hielt an dieser Formalität fest – als ob untergegangene Gemeinwesen in der Beachtung posthumer Rituale weiterlebten. Silvius unterschrieb weitere Quittungen in der Sattlerei und in der Kleiderkammer. Um seine kleine Truppe einheitlich auszustatten, fiel seine Wahl auf den schwarzen, scharlachrot paspelierten Waffenrock der Kavallerie und den schwarzen pelzgefütterten Winterumhang, der so weit war, daß er Pferd und Reiter vor den Unbilden der Witterung schützte. Diese Uniform war bis zu den fernsten Grenzen des Landes bekannt. Die Einwohner achteten sie. Früher jedenfalls. Trotz ihrer geringen Stärke war die Kavallerie des Markgrafen seit langen Jahren die gepanzerte Faust seiner Macht gewesen und verkörperte den Schutz, den er gewährte. Vielleicht, so hoffte Silvius, erinnerte sich mancher daran. Aber die Waffe konnte zweischneidig sein und die Wirkung des Symbols sich umkehren. Das Risiko mußte man eingehen. Sieben tiefe, weiche Sättel und ebensoviele Zeltbahnen vervollständigten die Ausrüstung. Schließlich lieferten die fast erschöpften Bestände der Intendantur, gerecht zwischen der Patrouille und der Garnison geteilt, doch noch etwas Tee, Kaffee, Schokolade, Zwieback, Tabak, Dörrfleisch, Reis, Tabletten zur Wasserentkeimung sowie einige Fläschchen Genever, die in Feldflaschen umgefüllt wurden. Um ihre Beine flitzten Ratten.

»Letzte Woche hätten sie sich noch nicht soweit vorgewagt«, stellte Wilbur phlegmatisch fest. »Der Frontverlauf ändert sich. Ich werde das, was uns bleibt, auslagern und an einen sicheren Ort auf dem Schloß bringen müssen.«

Eine angenehme Überraschung hielt der Marstall bereit. Freudiges Wiehern begrüßte sie. Die sieben Pferde waren prächtig, voller Leben, sie piaffierten ungeduldig in ihren Boxen. Das Fell glänzte und war gebürstet, die Mähnen gekämmt, die Hufe neu beschlagen. In den Krippen fehlte es nicht an Futter – aber man sah, daß es damit zu Ende ging. Ein kleiner untersetzter Mann mit schmalen Augen und dunkler Haut, in der Uniform eines Unteroffiziers der markgräflichen Stallmeisterei, nahm gerade eines der letzten Bündel auf die Heugabel.

»Dich kenne ich doch«, sagte Silvius. »Du bist Abaï.«

Der bestätigte mit einer Neigung des Kopfes.

»Wir haben uns im vergangenen Jahr gesehen, bei der Jagd. Du warst es, der die Spur des Wildes aufgenommen hat. Wir haben drei Rehböcke erlegt. Seitdem gab es keine Jagd mehr.«

Der kleine Mann deutete ein Lächeln an. Er hatte weiße scharfe Zähne und ein kurzes graues Bärtchen am Kinn.

»Du bist allein hier?«

Abaï neigte den Kopf.

»Und Du kümmerst dich um die Pferde? Du striegelst sie, versorgst sie, fütterst sie? Du liebst sie, das sieht man. Die Tiere scheinen bei bester Laune zu sein.«

Erneutes Lächeln.

»Du weißt, daß wir sie mitnehmen werden?«

Das Lächeln verschwand. Aber jetzt sprach der kleine Mann: »Es ist besser, wenn Sie sie mitnehmen. In zwei Tagen werden sie nichts mehr zu fressen haben, als das Gras, das auf dem Hof zwischen dem Pflaster wächst.«

Er verstand sich auszudrücken, aber mit dem kehligen Akzent und den Nasal-Lauten, wie sie vielen asiatischen Stämmen eigen waren. Der seine war in der Vergangenheit lange Zeit zwischen den Grenzen der Rassen und Religionen umhergeschweift, um sich schließlich, nur noch ein halbes Dutzend Clans zählend, im Schutze des Großen Waldes niederzulassen, vielleicht fünfzig oder hundert Jahre vor der Gründung der Stadt durch den zweiten Markgrafen. Abaï war ein Umiât. Die Umiâten waren unermüdliche Jäger, Fischer, Holzhauer, Reiter und Läufer, auf den Bäumen genauso zu Hause wie auf dem Boden. Sie hatten den Markgrafen Treue geschworen, vorausgesetzt, man ließe sie nach ihrer Art leben. Da sie wenig zahlreich waren und das Land um sie herum dünn besiedelt, war das immer einigermaßen gutgegangen. Obgleich ungebärdig, waren sie doch denen ergeben, die sie achteten und so verschmähten sie es nicht, zu dienen. In den Kriegen der alten Zeit hatten umiâtische Bogenschützen unter dem Banner des Fürsten gefochten. Sie waren Fährtenleser und Treiber, vertraut mit der Natur, erfaßten instinktiv das Wesen der Tiere, begabt mit einem scharfen Sinn für Gut und Böse, der sie oft furchtbar machte, zuverlässig, doch wenig gesprächig. So stellten sie ein ausgleichendes Element dar, eine Art imaginäre Zuflucht, die man gerne mit Geheimnissen umgab; umso mehr als man sie kaum zu sehen bekam.

Früher bewunderten die Kinder sie und spielten im Stadtpark »Umiâten«. Die Marionette ihres Schamanen hatte einen festen Platz in der Vitrine des Markgrafen.

»Was wirst Du nun machen?« fragte Silvius.

Abaï hielt sich nicht mit Förmlichkeiten auf. »Bei meinen Pferden bleiben. Herr Oberst, Sie werden mich brauchen.«

Silvius warf Wilbur einen fragenden Blick zu.

»Abaï hat recht«, sagte der alte Major. »Er kennt sich aus. Nehmen Sie ihn mit ... Bitte, unterschreiben Sie hier, Herr Oberst. Für die Pferde. Danach werden wir das Gebäude schließen. Verwaltungsmäßig gibt es dann keinen markgräflichen Marstall mehr.«

Er betrachtete die riesige Halle und die beiden Reihen von je fünfzig, jetzt unbelegten Boxen. Sie war mit bronzenen Pferdeköpfen geschmückt, mit Kriegstrophäen, dem Feinde abgenommenen Standarten und den Standbildern der großen Stallmeister – unter ihnen ein Pickendorff, im Kettenhemd, den Helm unter dem Arm. Ihr Schritt hallte auf den Steinplatten wie in einer leeren, unbeseelten Kathedrale. Einige Halme von Heu und Stroh lagen verstreut auf dem Boden der Kammer am Ende der Halle. »Den Ratten bleibt nichts großartiges mehr zu stibitzen«, sagte Wilbur. »Ich nehme an, Herr Oberst, Sie nehmen auch den Leutnant Tankred mit, der am Außentor Wache hat.«

»Das werde ich.«

»Er ist ein fröhlicher junger Mann, voller Übermut«, fuhr der Major fort. »Er vertrieb uns die Einsamkeit. Er wird uns fehlen. Der Markgraf war ihm sehr zugetan. Er erinnerte ihn an seinen verstorbenen Sohn. *Davon* will der Markgraf sich befreien ...«

Diesmal war Bewegung in seiner Stimme. Die Aussicht, allein die düsteren Gänge des Schlosses und den verlassenen Rondenweg zu durchmessen, ohne die wärmende und belebende Nähe eines Tankred an seiner Seite ... in der Messe ohne Gegenüber sein Mahl einzunehmen ... in der Stille seiner Erinnerung die alten Zeiten für niemand anderen mehr wachzurufen als für sich selbst ... außer dem alten krächzenden Biron niemanden mehr, wer es auch sei, zu hören, der ihm mit jugendlicher Stimme Guten Tag oder Guten Abend wünscht, der weiß, daß das Leben immer weitergeht ... Den Markgrafen dort oben in seiner Bibliothek von Verzweiflung übermannt zu wissen, ohne den Trost von Tankreds Gesellschaft ... alles das lastete unendlich auf ihm, kaum daß er sich dessen bewußt geworden war. Indem er sich wieder faßte, fragte er: »Wann werden Sie aufbrechen, Herr Oberst?«

»Morgen vor Einbruch der Nacht.«

»Es wird alles vorbereitet sein. Ich werde die Bestände der Messe zusammenkratzen und Ihnen einen Imbiß bereiten lassen. Man soll nicht sagen, daß Sie uns verlassen, ohne daß das Schloß Ihnen die Ehre erwiesen hätte. Es ist schließlich immer so gemacht worden.«

Als er zur Torwache zurückkam, fand Silvius wieder den Leutnant Tankred vor, der in der Kälte mit den Füßen stampfte. Er setzte ihn kurz in Kenntnis und nannte ihm die Zeit, zu der er sich einstellen sollte.

»Zu Befehl!« sagte der junge Mann nur mit fester Stimme und nahm mit einem kräftigem Hackenklappen, das unvermittelt die Stille belebte, Haltung an. Und Silvius dachte, daß in der Tat mit Tankred alles sich beseelte.

»Hält Sie etwas zurück?« fragte er.

»Sollte es das, Herr Oberst?«

»Ich denke nicht. Der Markgraf selbst hat Sie vorgeschlagen. Das ist ein Beweis der Wertschätzung und der Zuneigung.«

»Steht es mir frei, abzulehnen?«

»Das tut es nicht.«

»Dann hält mich nichts auf«, schloß Tankred, und fügte hinzu: »Und dennoch, der unglückliche Fürst ... Ich werde Ihnen etwas anvertrauen, Herr Oberst. Wenn Seine Durchlauchtigste Hoheit mich rufen ließ, um Schach zu spielen oder zu plaudern oder mit ihm zu Abend zu essen, hatte ich den Eindruck, daß, wenn ich eintrat, jemand unsichtbares sogleich enteilte, und daß dieser Unsichtbare der Tod war. Der Tod liebt mich nicht, Herr Oberst.«

»Der Markgraf weiß das. Er hat es mir gesagt. Bis morgen.«

Das Portal der Kathedrale Sankt Askan war nicht abgeschlossen. Es hatte unzählige Risse, und das Schloß war herausgebrochen. Silvius schob den schweren Türflügel zurück und trat in das Gebäude, wobei er ein paar Eulen aufschreckte, die von einem Pfeiler zum anderen flogen. Auf dem Hauptaltar brannte eine kleine rote Lampe. Mechanisch bekreuzigte sich Silvius und beugte das Knie. Als er die absolute Einsamkeit ermaß, welche die Gottheit umgab, wiederholte er seine Handlung bedächtig und mit Überlegung. Keine Faser seines Herzens regte sich. Gott schien seiner nicht zu bedürfen. Ein Junge schlief in einer Ecke, hingestreckt auf ein ärmliches Bett aus Decken. Sein Gesicht war ihm nicht unbekannt. Er konnte nicht älter als vierzehn Jahre sein und hielt, wie eine geliebte Schwester, ein Gewehr mit abgesägtem Lauf in seinen Armen. In der Stadt hatte man die Waffenhandlungen geplündert. Die Kinder waren zur Gefahr und jeder der Feind eines jeden geworden. Im Schlaf lächelte der Junge ein wenig, wie ein Engel. Doch Silvius blieb auf der Hut. Während er vorbeiging, ließ er ihn, die Hand auf dem Griff seiner Pistole, nicht aus den Augen. Die Tür zur Sakristei war zweifach verriegelt. Er klopfte. Bischof Osmond van Beck öffnete. Ein großes Feuer brannte im Kamin. Funkensprühend prasselte das trockene Holz einer Chorbank. Es war warm.

»Wir gehen, denke ich mir«, sagte der Bischof.

»Morgen. Woher wissen Sie das?«

»Es war die einzige Lösung ... Sehen Sie, hier sind schon meine Stiefel und meine Pistolen. Und mein Gepäck ist fertig. Auch Gott ist fortgegangen ...«

Er öffnete den Tabernakel des Hauptaltars und holte ein Ziborium heraus, in dem sich einige Hostien befanden.

»Wissen Sie, daß heute Sonntag war? Ich habe heute morgen die Messe gehalten und zwanzig Hostien konsekriert. Das war noch zuviel, es ist niemand gekommen. Wir werden sie miteinander teilen und gemeinsam konsumieren.«

Das taten sie. Dann blies der Bischof das Licht aus. Die Gegenwart des Herrn war erloschen. »Mein Gott, mein Gott«, stammelte der Junge, als er sich im Schlaf umdrehte.

»Und morgen, von wo brechen wir auf?« fragte der Bischof.

»Vom Schloß, bei Einbruch der Nacht.«

»Wohlan! Ein gutes Pferd, kalter Wind, die Ewigkeit ...«

Die Lampe über Fédoras Türe brannte immer noch, aber die zugezogenen Vorhänge besagten nach dem Brauch des Viertels, daß die Schöne Besuch hatte. Das ließ Silvius von Pickendorff voll tiefer Zufriedenheit lächeln. So war doch noch nicht alles tot in der Stadt. Er mußte gar nicht anklopfen. Fédora öffnete ihm sogleich.

»Du bist unvorsichtig«, sagte er zu ihr. »Wenn es nun jemand anders gewesen wäre?«

»Da ist keine Gefahr. Die anderen schleichen um die Mauern. Nur Du wagst es noch, mitten in der Nacht den Tritt Deiner Stiefel auf dem Pflaster hallen zu lassen. Du und auch dieser da ...«

»Wie lange ist er schon da?«

»Drei Stunden«, sagte Fédora vergnügt und ihre Augen strahlten vor Freude.

»Respekt, mein Herr. Wer sind Sie?«

Der junge Mann war aufgesprungen und errötete wie ein Kind, während er ungeschickt seine Halsbinde knotete und eine Uniformbluse mit den Abzeichen des Militärgymnasiums am Kragen überzog. »Kadett Stanislaus Vénier, Herr Oberst. Ich bin im Begriff abzureisen.«

Silvius kannte die Véniers, eine der großen Familien der Nordprovinz, von denen viele Statthalter gewesen waren. In der Hauptstadt sah man die Véniers selten, aber sie ließen dort ihre Kinder erziehen.

»Abreisen«, sagte Silvius. »Wohin?«

»Nach Hause!«

Donnerwetter! Was für eine Antwort.

»Allein?«

Der junge Mann pfiff verächtlich. »Es sind noch zehn Kadetten am Gymnasium. Ich habe versucht, sie zu sammeln, aber sie verkriechen sich alle wie die Ratten.«

»In dieser Uniform«, sagte Silvius »kommen Sie keine fünf Meilen aus der Stadt heraus. Man wird Sie umbringen.«

»Es bleibt dabei. Und überhaupt, Herr Oberst, ich bin nicht so leicht umzubringen. Ich bin bester Schütze der Schule, Meister im Säbel- und Degenfechten, vierter Dan der fünf japanischen Kampfkünste, goldene Nahkampfspange und goldenes Nachtkampfabzeichen. Und – ich habe auch schon getötet!«

»Wann?« fragte Silvius.

»Gerade eben, als ich herkam. Drei Kerle wollten über mich herfallen. Zwei sind tot, der andere ist entkommen. Meine Feuertaufe ... Was für ein Tag!«

Indem er das sagte, betrachtete er voller Stolz, sie gewissermaßen in seine Bemerkung einschließend, Fédora – die gedankenvoll und mit unverholener Bewunderung seinen Blick erwiderte. Es war offensichtlich nicht die einzige Feuertaufe des Abends gewesen. Unverkennbar: Kadett Stanislaus Vénier hatte soeben krachend seinen Einzug in das Leben gehalten. Und er hätte sich keine unpassendere Zeit dafür aussuchen können.

»Wie alt sind Sie, Kadett?« fragte Silvius.

»Fünfzehn Jahre und elf Monate, Herr Oberst.«

Der Junge maß gut sechs Fuß, hatte breite Schultern und lange kräftige Reiterbeine und eine Mähne blonder Locken. Er gefiel Silvius. Sechs Reiter hatte er. Dieser würde der siebte sein. Einen Augenblick herrschte Schweigen.

»Lesen Sie Kostrowitzky?« sagte Silvius endlich.

Die Frage überraschte den jungen Mann. »Äh ... natürlich ... ein wenig ...« Er rezitierte den berühmten Epitaph auf der dem Nationaldichter gewidmeten Stele im Stadtpark: »*Ein Adler stieß nieder aus erzengelweißer Unendlichkeit, Stehet mir bei ...*«

Silvius unterbrach ihn.

»Das kennt jeder. Etwas anderes?«

Der Junge zögerte. Silvius ließ nicht locker. »Nun aber? Der erste Vers, der Ihnen in den Sinn kommt?«

Stockend, als ob sie ihn Überwindung kosteten, reihte er die Worte: *»Bald Frau bald Rose todestrübe …«*, dann hielt er inne, ihm war unbehaglich. Fédora fuhr fort:

Bald Frau, bald Rose, todestrübe
Der Letztgekommne Dank verdient.
Er schließt die Tür ob meiner Liebe
Ich hab dich nie gekannt mein Kind …

»Das ist es, nicht wahr? Eine gute Wahl. Silvius, nimm ihn mit, er verdient es.«

»So sei es … Kadett Stanislaus Vénier, ich habe Ihnen in der Tat etwas anderes zu bieten als einen unwürdigen und nutzlosen Tod …«

Er legte ihm den Sachverhalt in einigen Sätzen dar und endete: »Melden Sie sich auf dem Schloß, eine Stunde vor Einbruch der Nacht …«

Als sie sich am nächsten Tage wieder zusammenfanden, hatte Major Wilbur sein Versprechen gehalten. Im Gesandtensaal war ein Buffet angerichtet, an dem nichts zu fehlen schien, was früher die Gastlichkeit des Markgrafen ausgemacht hatte. Genever in Kristallflacons, Champagner, Syrten-Kaviar, Rentierwurst, Rauchfleisch, geräucherte Forelle, Reh- und Hasenpastete, eingelegte Zwiebeln, Nußkuchen und Gebäck mit Pinienkernen, Konfitüre von Bergpreiselbeeren. Und dann dieser Käse, der so hart war, daß man ihn mit dem Beil zerkleinern mußte, und diese feinen Scheiben von Buchweizenbrot, schwarz und fest, mit dem Geschmack des Waldes – mehr als nur Brot und Käse, vielmehr eine Art nationales Symbol, in dem Arm und Reich sich wiedererkannten. Weiße Tischtücher und Prunkgeschirr mit dem markgräflichen Wappen; Fackeln brannten in verschwenderischer Zahl, gewaltige Holzscheite im Kamin verbreiteten eine wunderbare Wärme.

Im ebenfalls erleuchteten Hof warteten, an Ringe angebunden, die sieben Pferde; gesattelt, über ihren prallen Flanken die mit Verpflegung und Munition gefüllten doppelten Satteltaschen, die gerollte Zeltbahn auf den Mantelsack geschnallt. Leder und Schnallen blinkten wie zur Parade. Eine Ehrenformation war unter Gewehr vor dem Peristyl angetreten. Um sie zusammenzustellen, hatte Wilbur die Mauern und Tore entblößen, die Zitadelle aufgeben und aus den Büros die letzten Schreiber holen müssen. Aber die kleine Truppe zeigte eine stolze Haltung. Alle Welt auf diesem Schloß spielte Theater – diejenigen, die gingen und diejenigen, die blieben – und niemand täuschte sich darüber, daß sie sich, um des Glanzes des Augenblicks willen, unverfroren selbst zum Narren hielten. Das schwarz-goldene markgräfliche Banner mit den drei silbernen Adlern wehte auf dem uralten feudalen Bergfried, beleuchtet von zwei Holzfeuern, deren Flammen von den Wolken widerschienen und die das letzte Holz verbrannten. Ab morgen würde man auf dem Schloß nicht mehr heizen können. Aber Wilbur hatte den Gruß der Garnison versprochen.

Der Markgraf, im weißen Waffenrock mit Stern und großem Ordensband, ließ sich nach dem Zeremoniell der feierlichen Audienzen die sieben Männer in aller Form vorstellen. Alle sieben trugen den schwarzen, scharlachrot paspelierten Waffenrock des Kavallerie-Regiments, den Umhang auf den Rücken geschlagen und vor der Brust mit einer vergoldeten Kette gehalten. Früher waren die Mädchen in der Stadt schwach geworden beim Anblick dieser Uniform.

Der alte Hofmarschall Biron amtete mit liturgischer Gravität, als er, einen nach dem anderen, jeden der sieben Reiter in der Reihenfolge ihres Ranges vor den Fürsten geleitete, während Major Wilbur sie ankündigte.

»Seine Exzellenz Oberst Graf Silvius von Pickendorff, Militär-Gouverneur der Stadt.«

Hackenklappen. Händedruck. Seine Durchlauchtigste Hoheit Welf III. zeigte keine Regung. Er beschränkte sich, nach dem Brauch, auf einige konventionelle Worte, sprach das völlige Vertrauen aus, das er in den Obersten setzte, was die Erfüllung dieses schwierigen Auftrages anging. Worauf Silvius im selben Ton erwiderte, wie sehr ihn dieses Vertrauen ehre und wie sehr er entschlossen sei, es nicht zu enttäuschen. Was man bei so einem Anlaß eben sagt ...

»Seine Exzellenz der Hochwürdigste Herr Bischof Osmond van Beck, Koadjutor der Stadt.«

Auch der Bischof hatte die Kavallerieuniform angelegt, nur die Pektorale und der Amethystring am Finger wiesen ihn als Geistlichen aus. Es folgte ein – wiederum ganz konventionelles – kleines Ballett, bei dem der Fürst andeutungsweise das Knie beugte und der Prälat ihn sogleich wieder aufhob. Der Markgraf wählte einen scherzenden Ton, wie es sich gegenüber einem Vertrauten geziemt, wenn man die Etikette abmildern möchte, ohne jedoch gänzlich darauf zu verzichten.

»Ah! Exzellenz, heute recht kriegerisch«, sagte er.

»Mit der Erlaubnis Eurer Durchlauchtigsten Hoheit.«

Das war alles. Dem war nichts hinzuzufügen.

»Fähnrich Maximilian Bazin du Bourg, vom Artillerie-Regiment.«

»Sie waren ein vorbildlicher Adjutant«, sagte der Markgraf. »Ich werde Sie vermissen, aber wir werden uns wiedersehen. Nehmen Sie dieses Buch mit, das Sie immer begleitet?«

»Kostrowitzky? Durchlauchtigste Hoheit, ich ...«

Der Fürst hörte die Antwort nicht. Die Frage war nur der Form halber gestellt. Eine Andeutung von Anteilnahme, zu der sich der Herrscher herabgelassen hatte und die keine Antwort verlangte. Draußen begann es zu schneien. Beklommenen Herzens dachte der Markgraf an seine entvölkerte Stadt, an das Schicksal, das sich ihm entzog, an diese Jugend, die ihn verließ und die er von sich weisen mußte – um schließlich in seiner Einsamkeit zu versinken, was nun niemand mehr, wer es auch sei, verhindern würde. Er wandte seine äußerste Willenskraft auf, um die zeremonielle Fassade aufrechtzuerhalten.

»Leutnant Richard Tankred, vom Kavallerie-Regiment.«

Mein Gott, wie er ihm ähnlich sieht ... sann der Markgraf, indem er an seinen toten Sohn dachte. Er behielt die Worte für sich, die ihm in den Sinn kamen, Worte der Zuneigung, der Erinnerung an vertrauliche Gespräche, warmherziger Verbundenheit – hätten sie doch nur die Tore weit geöffnet für Sturzbäche unbeherrschbarer Gefühle.

»Unteroffizier Klemens Wassili, Aufklärungseskadron des Kavallerie-Regiments.«

»Ah! Sie sind es, mein alter Wassili?« sagte der Markgraf. »Sie wollen auch hinaus ziehen?«

»Na und ob! Durchlauchtigste Hoheit.«

Die Munterkeit des alten Soldaten erheiterte, ebenso die Weise, in der er die ihm entgegengestreckte Hand des Markgrafen ergriff und sie schwenkte, als wäre sie ein Pumpenschwengel.

»Oberbereiter Abaï.«

»Wachtmeister Abaï«, verbesserte der Fürst. »Bitte nehmen Sie dies zur Feier Ihrer Beförderung.«

Damit drückte er ihm einen Doppel-Askandor in die Hand. So war es der Brauch. Der Umiâte schob ihn in seine Tasche und fragte sich, was zum Teufel er damit anfangen sollte, wenn er wieder in seine Wälder zurückgekehrt wäre.

Schließlich war Stanislaus an der Reihe.

»Kadett Stanislaus Vénier, vom Militärgymnasium.«

Der Kadett klappte mit den Hacken, bolzengerade, Kinn hoch – eine prachtvolle junge Kampfmaschine.

»Da Ihr Auftrag Sie in den Norden führen wird, werden Sie ohne Zweifel Ihren Herrn Vater sehen«, sagte der Markgraf. »Richten Sie ihm meine Grüße aus. Ich schätze ihn sehr und werde die unschätzbaren Dienste, die Ihre Familie stets der Stadt geleistet hat, in Erinnerung behalten.«

Ohne Zweifel ... Ohne Zweifel ... Ohne Zweifel glaubte er kein Wort von diesem unwahrscheinlichen Wiedersehen im hintersten Winkel einer Provinz, aus der es keine Nachricht mehr gab. Der alte Vénier würde tot sein, und war wohl zu dieser Stunde schon tot – ermordet von irgendeiner Bande, lag zerschmettert mit seiner ganzen Familie unter den rauchenden Trümmern seines Schlosses.

»Ich werde nicht versäumen, es ihm zu sagen, Durchlauchtigste Hoheit.«

So. Das war geschafft. Jeder hatte seine Rolle gespielt. Der Fürst knabberte noch einige Scheiben Schwarzbrot, lobte, wie es üblich war, den Käse und stieß, belanglose Worte wechselnd, mit jedem an. Danach zog er sich zurück, so daß seine Gäste sich nun ernsthaft dem Buffet zuwenden konnten. Und was bis jetzt einer Feierlichkeit hätte ähnlich sehen können, änderte sich sogleich von Grund auf. Sie stellten fest, daß sie Hunger hatten und ein solcher Überfluß an Eßbarem sich lange Zeit nicht mehr, vielleicht niemals wieder, einstellen würde. Sie aßen, ihre Kinnbacken wurden lebhaft, unterbrachen das Kauen nur für beiläufige Bemerkungen. Keiner sprach von ihrem Auftrag.

Im Kamin brannte das Feuer herunter. Der Korb mit den Holzscheiten war leer. Die Kerzen verloschen eine nach der anderen. Man hatte sie vierteln müssen, um die Kandelaber zu bestecken. Als der Grund der letzten Flasche sichtbar wurde und der letzte Nußkuchen gerecht verteilt war, gab Silvius das Zeichen zum Aufbruch. Der Bauch war voll, die Gedanken schon anderswo – niemand hatte mehr den Wunsch, zu bleiben.

Im Ehrenhof grüßten einander die tote und die lebende Armee, und der fallende Schnee schien sie bereits zu trennen. Jene, die blieben – jene, die gingen. Hinter einem Fenster im ersten Stockwerk zeichnete sich für einen kurzen Augenblick die Gestalt des Markgrafen ab, dann wurden die Vorhänge wieder zugezogen – so wie seit Wochen die in der unbenutzten Kammer von Myriam. Oberst Silvius von Pickendorff drückte Major Wilbur die Hand. Sie war eisig. Er kommandierte: »Aufsitzen!« Dieses Kommando gab einem ganzen Ensemble vertrauter Geräusche Raum – Klirren, Wiehern, Scharren von Stiefeln und Hufen auf dem Pflaster –, die ein letztes Mal das Schloß mit Leben erfüllten, bevor es für eine lange ungewisse Zeit in Schweigen und Einsamkeit versinken würde.

Die Feuer auf dem alten Bergfried warfen noch mit roter Glut ihren Schein auf das Banner der Markgrafen. Bald würden sie verlöschen...

Sieben Reiter verließen die Stadt. In der Abenddämmerung zogen sie durch das nicht mehr bewachte Westtor der untergehenden Sonne entgegen. Erhobenen Hauptes, ohne sich zu verbergen – anders als all jene, die die Stadt preisgegeben hatten. Denn sie flohen nicht, sie verrieten nichts, hofften schon gar nicht und erlaubten sich nicht, zu träumen. Leicht das Herz und die Seele frei, kalt funkelnd wie Kristall, gerüstet für das, was sie erwartete. Der Markgraf hatte befohlen – sie marschierten. So einfach war das. Und der jüngste unter ihnen, der keine sechzehn Jahre zählte, trällerte ein Lied.

Trocken schlug der Schritt der Pferde auf das Pflaster. Aus dem Dunkel des Torgewölbes drang eine Stimme herauf: »Gott schütze euch ...« Es war die Stimme eines Mannes. In ihr war nichts als Müdigkeit. Keine Überzeugung schien sie zu beleben. Nichts, was in diesem Anruf das geringste Vertrauen in Gott bezeugte. War Gott nach so langen Jahrhunderten müde geworden? Oder wären gar die Menschen ihres Gottes müde geworden? Der Schöpfung? Oder ihres Schöpfers? ... Wie hatte es angefangen? Niemand wußte es mehr.

Niemanden kümmerte es mehr. Was blieb, war eine Gewohnheit. Und die Erinnerung an ein seit langem verlorenes Gefühl, das in der Stimme des Mannes nachbebte: »Gott schütze euch …«

Der Mann, ein vergessener Posten der markgräflichen Gendarmerie, war einen Schritt aus dem Gewölbe hervorgetreten und berührte nun beinahe die Brust der Tiere und die Stiefel der Reiter. Das glänzende Fell der Pferde verströmte dampfende Wärme, in die sich kräftiger, gesunder Tiergeruch mischte. Einer der Reiter holte tief Atem, mit einem barbarischen Jubel, der das Herz dessen, der blieb, verzweifeln ließ. Für die Dauer eines Augenblickes dachte der Mann, der sie gehen sah, daß mit ihnen das Leben selbst fortging.

»Gott schütze euch bis zu unserer Rückkehr …«, antwortete der Reiter an der Spitze, der Oberst Silvius von Pickendorff.

Er würde nicht zurückkehren. Er würde niemals zurückkehren. Und er wußte das. Und die anderen sechs Reiter wußten das auch – bis auf einen jungen Mann mit blonden Locken, der noch nicht sechzehn Jahre alt war und fröhlich sein Lied trällerte, während er genießerisch die eisige Luft der anbrechenden Nacht einsog. Diese seltsamen Fürbitten. Diese hier war von derselben Art wie das »Ruhet in Frieden«, mit dem seit der Morgendämmerung des Glaubens die Gestorbenen in den Schlaf gewiegt worden waren. Niemals hatte dergleichen irgendeinen Sinn gehabt.

Nur der Reiter an der Spitze hatte geantwortet. Die sechs anderen blieben stumm und zügelten ihre piaffierenden Pferde. Sie hatten denen, die sie verließen, nichts mehr zu sagen, nichts von ihnen zu erwarten, verstanden sie nicht, hatten mit ihren Gefühlen nichts mehr zu schaffen. Sie hatten

die Brücken hinter sich abgebrochen. So bedeutete ihnen auch dieser Mann nichts mehr, dem der Oberst einige Worte hingeworfen hatte. Sie würdigten ihn keines Blickes. Dem Mann blieb nur, die Pracht ihrer Pferde zu gewahren, und das reiche Zaumzeug, und ihre glänzende Montur. Ihre Entschlossenheit. Ihre Kraft. Ihren Hochmut. Und den Karabiner von hartem Holz und blitzendem Stahl. Und den langen, schwarzen, pelzgefütterten Mantel, der in Falten schwer bis auf die Kruppe des Pferdes herab fiel.

Der Mann senkte den Blick auf seine eigene Erscheinung und erkannte, daß er schmutzig war, klein, häßlich, erstarrt und ausgehungert. Er suchte auf dem Grund seines Herzens nach einem alten Rest von Haß. Und da er ihn fand, gut eingekocht und servierfertig, begriff er ein weiteres Mal, daß mit denen, die gingen, das Leben selbst fortging.

Auf der geraden Straße, die von der Stadt wegführte, setzte Oberst Silvius von Pickendorff sein Pferd in Galopp und seine Gefährten folgten ihm. Nur der Kadett Stanislaus Vénier blieb zurück, um rasch eine Volte zu reiten und eine Abschiedsgeste zu machen, die ebensowohl der schweigenden Stadt gelten mochte wie dem bereits verblassenden Andenken Fédoras. Nur eine jugendliche Laune. Nicht einmal ein Bedauern. Vielleicht eine Frechheit. Drei Sekunden später dachte er nicht mehr daran und holte im Galopp die anderen Reiter ein. Sein schwarzer Mantel verlor sich in der Nacht, die sich über alle Dinge gebreitet hatte. Seine blonden Locken wehten im Wind wie ein Kometenschweif. Bald entschwand auch er den Augen des Mannes, der zurückblieb.

Der Mann sah verwundert in die Nacht, wohin das Leben fortgegangen war. Der Schnee, der die Erde und die Straße bedeckte, hatte den Galopp der Pferde aus dem Universum der Töne gelöscht. Derart, daß, kaum hatten sie das Torgewölbe verlassen, wo die Hufe der Tiere noch auf dem Pflaster klapperten, auch die sieben Reiter mit einem Mal in tiefe Stille entschwunden waren. Der Mann lauschte. Auch das vereinzelte Gewehrfeuer in der Ferne jenseits des Horizonts war erstorben – was vom Tode kündet, das kündet auch vom Leben, das liegt in der Natur der Sache. Selbst aus der Stadt drang kein Geräusch herüber. Das Kind, das weinte, die junge Frau, die sang, der Bordun der Kathedrale, der Hornist der Garnison, der die Signale blies – der Mann hörte nichts mehr.

Es war die Stunde, zu der die Posten der markgräflichen Gendarmerie abgelöst wurden, von denen nur einer noch aus Gewohnheit am Westtor die Wache hielt. Der Mann wartete. Niemand kam. Ein letztes Mal wandte er sich nach der geraden Straße und suchte mit den Augen den blonden Kometen. Er betete, daß der wenigstens noch ein Punkt in der Nacht sein möge. Und je mehr diese Hoffnung schwand, um so kostbarer wurde ihm das, was sich nun endgültig seiner Wahrnehmung entzog. Schließlich, gebrochen, bereit für die Ewigkeit, senkte er seinen Blick auf den beschneiten Boden. Kein Zeichen war dort zu sehen. Nicht der geringste Hufabdruck. Nicht die geringste Spur vom Aufbruch der sieben Reiter.

Nun war die Einsamkeit des Postens unwiderruflich. – Der Mann ging nach dem Friedhof. Und legte sich in sein Grab.

II.

Die erste Nacht verbrachten sie in einem verlassenen Zollhaus. Am Morgen ritten sie weiter. Die Straße führte an den Eisenbahnanlagen entlang; Lagerhallen, Werkstätten, Schuppen, Rangiergleise zogen sich in einiger Entfernung unterhalb der Stadtmauern hin. Dort lag auch der Zentralbahnhof, ein barockes Bauwerk mit Dachreitern, flankiert von einem Uhrturm, der einem Leuchtturm glich, vom Meer hierher versetzt, an den Rand der endlosen Ebene, wo sich der zweigleisige Bahndamm wie eine Staumauer bis zum Horizont hinzog. Die Anlage war einige dreißig Jahre zuvor durch den Markgrafen Askan-Friedrich XI., den Schwager eines Königs von Bayern, errichtet worden. Die Große Halle mit ihrer Verglasung war in der ganzen Welt berühmt, ebenso wie das Restaurant, das die besten Maler der Stadt mit monumentalen Fresken geschmückt hatten, auf denen, von stukkiertem Flechtwerk gefaßt, in bezaubernder Farbigkeit die verschiedenen Provinzen des Landes dargestellt waren.

Wie der Markgraf gesagt hatte und soweit man wußte, war seit sechs Monaten kein Zug mehr angekommen oder abgefahren. Der letzte eingegangene Rapport der Eisenbahndirektion vor drei Monaten berichtete von Sabotage, Zerstörung, Desertion des Personals, was eine Wiederaufnahme des Betriebs in naher oder ferner Zukunft definitiv unmöglich machte. Seitdem nichts mehr.

»Wir werden uns trotzdem umsehen«, sagte Silvius.

»Was erwarten Sie?« fragte Bischof van Beck.

»Nichts natürlich. Aber wir wollen sichergehen. Es wäre mir nicht wohl bei der Vorstellung, wir hätten auch nur die geringste Hoffnung hinter uns gelassen. Wir würden diesen Gedanken wie einen Mühlstein mit uns herumschleppen.«

Auf dem Bahnhofsvorplatz saßen sie ab. Einige Dutzend Droschken, auf ihren Halteplätzen entlang des Gehsteigs gegenüber dem Eingang aufgereiht, boten ihren Blicken, ohne daß dergleichen noch befremdlich gewesen wäre, alle Stadien des Verfalls dar. Von den meisten war nur der Wagenkasten übrig, der auf seinen Achsen ruhte. Die Scheiben zerschlagen, die Türen herausgerissen, die Verdecke zerfetzt. Räder und Deichseln fehlten. Gewiß waren sie zum Feuermachen verwendet worden, als man die Pferde hatte essen müssen. Die letzte Droschke hingegen war nahezu intakt, als hätte sie ihren Platz in der Reihe erst kürzlich eingenommen, welcher Eindruck aber sogleich Lügen gestraft wurde durch das davor angeschirrte Tier – ein Pferdeskelett, das noch aufrecht auf seinen Beinen stand, wie ein Diplodocus im Museum, ein vollständiges und intaktes, ganz weißes, kalt anatomisches Knochengerüst. Nicht der kleinste Fetzen Fell oder trockenen Fleisches hing daran. Die doppelte Reihe der Rippen seines Brustkastens, in dem jede Spur von Eingeweiden fehlte, erschien wie das Gitter eines leeren Gefängnisses.

»Ich kann mir denken, wer hier geschmaust hat«, meinte belustigt der Unteroffizier Wassili. Denn hoch am Himmel, durchdringenden Blickes meilenweit in die Runde spähend, kreiste eine Schar schwarzer Raubvögel.

»Ein schönes Tier«, sagte Wassili noch, während er mit seiner behandschuhten Rechten auf den Rücken des Gerippes klopfte, das sogleich wie ein Kartenhaus mit leisem Klappern in sich zusammenfiel, so daß die Knochen sich durcheinander im Schnee zu Füßen des zu Tode erschrockenen Unteroffiziers auftürmten.

Die sieben Reiter lachten aus vollem Halse, wie sie seit langem nicht mehr gelacht hatten. Und der Oberst Silvius von Pickendorff, da er seine Gefährten betrachtete und sich selbst so herzlich lachen sah, dachte, daß ganz offensichtlich sie alle sieben sich schon sehr verändert hatten – als wäre bereits viel Zeit verflossen.

»Jetzt ist das Pferd wirklich tot«, sagte er. »Es hat auf uns gewartet, um sich abzumelden ... Und nun zum Bahnhof. Es könnte da noch Überraschungen geben. Leutnant Tankred und Kadett Vénier, mit mir. Fähnrich Bazin du Bourg sichert bei den Pferden mit Abaï und Wassili. Euer Gnaden?«

»Ich komme mit Ihnen«, sagte der Bischof. »Ich möchte zu gerne wissen, was aus dem Andachtswaggon des Markgrafen geworden ist. Ein Juwel der Kunstschreinerei. Eine richtige kleine Narretei. Mit einer Glocke und einem Kreuz auf dem Dach. Die Bauern nahmen den Hut ab und bekreuzigten sich, wenn sie ihn durch die Ebene fahren sahen. Der Glaube des Volkes zeigte sich in äußerlichen Formen dieser Art, die so viel oder so wenig wert waren wie andere ...«

Die Toröffnung des Bahnhofs klaffte weit. Die Rahmen waren herausgerissen und verheizt worden, ebenso wie die Bänke der Wartesäle und der Tisch der Gepäckannahme.

Auf den Fliesen der verwüsteten Großen Halle waren noch Spuren von Feuerstellen vorhanden, Haufen von Asche, untermischt mit halbverkohlten Knochen, die ohne Zweifel von den Droschkenpferden stammten. Nur die Verglasung ganz in der Höhe mit ihrer Eisenverstrebung (eine der ersten Arbeiten Eiffels) war bei dem Durchzug der Horden, die auf ihrer Flucht anscheinend hier gelagert hatten, verschont worden. Und diese Horden, dachte Pickendorff – und sagte es auch dem Bischof – waren niemand anderes als die Einwohner der Stadt, die doch zu jener Zeit unter den Hauptstädten Europas eine der zivilisiertesten, rechtschaffensten, gemeinsinnigsten gewesen war. Wie mochte es jetzt um die anderen stehen? Waren auch sie von diesen sonderbaren Vorgängen erfaßt?

Unrat und Bruch aller Art bedeckte den Boden, dazwischen aufgeschlitzte Koffer, leere und zerbrochene Flaschen, verschmutzte Wäsche, vertrocknete Kothaufen, der ganze menschliche Auswurf. Obwohl ein eisiger Wind wehte, hing ein undefinierbarer Fäulnisgeruch, schwach, aber durchdringend, wie Grabeshauch, in unsichtbaren Schwaden über dieser Trostlosigkeit. Silvius band ein Taschentuch vor Mund und Nase und seine Gefährten taten es ihm nach. An den Wänden hingen bunte Plakate: Feine Damen – mit riesigen Hüten und Schleiern, einen gerollten Sonnenschirm in der Hand, in der Begleitung behandschuhter Herren in perlgrauem Rock und Strohhut und gefolgt von Trägern, die phantastische Gepäckstücke schleppten, darauf prestigeträchtige Etiketts prangten – bestiegen die schwarz-goldenen Waggons des *Silbernen Adlers,* des Flaggschiffs der markgräflichen Eisenbahngesellschaft, indes man im Hintergrund Venedig, Istanbul, Paris erahnen konnte. Andere Plakate rühmten die romantischen Reize der Berge oder des Großen Waldes. Ein Umiât wie aus dem Märchenbuch, in traditioneller Tracht, mit ledernen Mokassins und Pelzmütze, machte mit Pfeil und Bogen Jagd auf eine Herde Gazellen. Auf einem weiteren Plakat war die internationale Eisenbahnbrücke von Sépharée abgebildet, eine Hängebrücke, die mit einem einzigen riesigen Bogen eine felsige Schlucht überspannte, auf deren Grund der Fluß dahin strömte; dort erhob sich auf einem Felsvorsprung der befestigte Grenzposten, wie eine Burg aus uralten Zeiten, über der stolz das Banner der Markgrafen wehte – im Schein der in einer schreienden Farborgie untergehenden Sonne, würdig der extravagantesten Farbdrucke. Der Bischof rümpfte die Nase. Er war ein Mann von sicherem Geschmack, in seinen Mußestunden betätigte er sich als Kunstsammler.

»Dieses da kannte ich noch nicht. Bei meiner letzten Rückkehr aus Rom hing es noch nicht da. Da können Sie mal sehen, was Dekadenz ist! Oft findet man sie gerade dort, wo man sie nicht erwartet hätte. Daß man diese Scheußlichkeit aushängen konnte, ohne den mindesten Widerspruch zu erregen, sagt alles. Ich, für meinen Teil, liebe Sépharée. Ich bin früher, in jungen Jahren, dort Garnisonsgeistlicher gewesen. Ein zutiefst erschreckender Ort von grandioser Hoffnungslosigkeit, von endzeitlicher Schönheit, trotz der Eisenbahnbrücke, die uns, dreihundert Meter über der Schlucht, mit dem Rest der Welt verband. Zwei internationale Züge überquerten sie morgens und abends mit einem Donnergetöse, das die folgende Einsamkeit noch lastender machte. Auf der einen Seite das Leben, Betriebsamkeit, Lärm. Das war der Zug, nur einige

Minuten am Tag. Auf der anderen diese überwältigende Landschaft, die uns umfing. Am Ende graute uns vor der Durchfahrt des Zuges, als ob sie die natürliche Ordnung störte, als ob sie einen Anschlag auf die Ewigkeit darstellte. Worauf wir warteten, was wir herbeisehnten, das war die Nacht, der Ostwind, der den Fluß aufwühlt ... Haben sie je in Sépharée kommandiert, Silvius?«

Pickendorff verneinte.

»Na, dann ist Ihnen etwas entgangen. Das geheime Glück, die Fülle, der innere Jubel von Sépharée. Und dann dieses Plakat, verstehen Sie ... Haben Sie gelesen, was darauf steht?«

Er las vor: *Sépharée. Gruppenreisen. Preisnachlass. Sondertarife für Gesellschaften und Familien. Führung durch Geschichte und Sage. Erfrischungen und Verköstigung im Zug. Abfahrt jeden Samstag um 7.^{00} Uhr.*

Silvius hob die Schultern. »Darauf kommt es nicht mehr an, Osmond. Das war gestern, vor langer Zeit. Schauen Sie sich lieber das da an.«

Er deutete auf eine Anzeigetafel, die noch unversehrt auf ihrem Gestell stand. Unter der Rubrik *Verspätungen* waren mit Kreide einige Worte geschrieben:

Sépharée-Express

Zug Nr. 021, Abfahrt: 7.^{00} Uhr

Voraussichtliche Verspätung: 3 Stunden

Dann hatte dieselbe Hand *3 Stunden* durchgestrichen und statt dessen geschrieben: *7 Stunden*, diese erneut durchgestrichen und ersetzt durch: *12 Stunden*, dann: *Abfahrt unbestimmt*, und zuletzt: *Zug entfällt*.

»Also wenigstens etwas Gutes«, meinte der Bischof vergnügt. Dann wies er Silvius darauf hin, daß diese Bekanntmachung auf der Tafel nicht ausgewischt oder durch eine andere ersetzt worden war. Dies belege, daß der Zug Nr. 021 den letzten verzweifelten Versuch einer kollabierenden Behörde darstellte, noch einmal ihre Existenz zu rechtfertigen. »Warum das überhaupt?« wunderte er sich.

»Es muß ein Samstag gewesen sein, und ich kenne die Bürokratie«, sagte Silvius. »Bei all ihrer Subalternität blitzt manchmal Größe auf. Zu normalen Zeiten hätte dieser Zug fahrplanmäßig als erster an diesem Morgen bereitgestellt werden müssen, aber seit geraumer Zeit funktioniert nichts mehr. Auf dem Bahnhof herrscht Chaos, Marodeure haben sich der Einrichtungen bemächtigt. Das Personal, angefangen mit dem Bahnhofsvorstand, ist geflohen, oder streikt, oder wird bedroht, oder mißhandelt, hat sich verängstigt in irgendeinem Büro verschanzt. Wie immer in solchem Falle erhebt sich dann einer, von dem man es nicht erwartet hätte. Ein Hilfsschreiber, ein Unscheinbarer, auf den man niemals geachtet hatte. Ich sehe es vor mir, wie ihm der Kragen platzt, wie er, ganz allein mitten in diesem Saustall, von einem Schuppen zum anderen läuft, versucht, die letzten Heizer, die letzten Mechaniker zusammenzutrommeln – und natürlich nichts erreicht. Er muß sich den ganzen Tag abgemüht haben, um die Form zu wahren, aus Pflichtbewußtsein, für die Ehre, oder einfach weil er sich wie ein Ertrinkender an die einzige Welt klammert, die er kennt, die einzige, in der er seinen Platz hat. Vielleicht glaubt er schon gar nicht mehr an diesen Zug, stellt ihn nur noch als Einbildung in seinem Kopf bereit. Endlich, am Abend, er pfeift aus dem letzten Loch, holt ihn die Wirklichkeit ein und trifft ihn mitten ins Hirn. Er erkennt, daß er nichts mehr ist und daß das, was er gewesen war, und das, dem er gedient hatte, von nun an nicht mehr existiert. Dann hat er sein Kreidestück genommen und auf die Tafel geschrieben: *Zug entfällt.* Danach ist er verschwunden. So stelle ich mir das vor. Wer weiß, was aus ihm geworden ist ...«

»Was Sie mir da beschreiben, mein lieber Silvius, das ist des Menschen Los«, sagte der Bischof.

Silvius erwiderte nichts. Er hob nur ein herumliegendes, einigermaßen sauberes Wäschestück auf, und wischte damit bis auf den letzten Buchstaben aus, was auf der Tafel geschrieben stand. Sinnend verharrte er.

»Das Gnädigste Fräulein ist in Sépharée, nicht wahr?« begann der Bischof wieder.

»Zumindest befand sie sich dort vor vier Monaten. Aber seitdem keine Nachricht.«

Pickendorff erzählte von seinem Gespräch mit dem Fürsten, der letzten Nachricht von Myriam, der gesperrten internationalen Brücke, dem aufgegebenen Grenzposten des Bundes der Talschaften auf dem anderen Flußufer. Er sprach von dem versiegelten Brief des Markgrafen, den er, in wasserdichtes Leintuch eingenäht, auf der Brust in der Innentasche seines Waffenrockes trug ...

Bischof van Beck lächelte. »Ich freue mich für Sie, Herr Oberst. Diese Fahrt bekommt ein Ziel. Aber ein gutes? Oder ein böses?«

»Was meinen Sie damit?«

Der Bischof zog ein elegant in schwarzes Leder gebundenes Notizbuch aus seiner Tasche. »Zuweilen notiere ich mir Eindrücke, Gedanken, Merksätze. Jugendliche Flausen, an denen ich festhalte. Das hier habe ich heute morgen hingekritzelt.«

Er las vor: »Sieben Reiter verließen die Stadt. In der Abenddämmerung zogen sie durch das nicht mehr bewachte Westtor der untergehenden Sonne entgegen. Erhobenen Hauptes, ohne sich zu verbergen – anders als all jene, die die Stadt preisgegeben hatten. Denn sie flohen nicht, sie verrieten nichts, hofften schon gar nicht und erlaubten sich nicht, zu träumen. Leicht das Herz und die Seele frei, kalt funkelnd wie Kristall, gerüstet für das, was sie erwartete. …«

»Gewiß, so steht es um uns«, sagte Silvius, »aber worauf wollen Sie hinaus?«

»Darauf, daß wir den Dingen ins Gesicht sehen müssen. Wollen wir nicht der Verzweiflung erliegen, so dürfen wir uns keinerlei Hoffnungen machen. Und Pläne genausowenig. Sie zerbrächen beim Zusammenstoß mit der Wirklichkeit, wie das wahrscheinlich dem armen Trotzkopf geschehen ist, dessen Bild Sie beschworen. Das sind die beiden Voraussetzungen der inneren Distanz, von der unser Überleben abhängt. Sie machen für sich eine Ausnahme.«

»Warum? Myriam?«

Der Bischof bestätigte mit einer Neigung des Kopfes.

»Ich liebe sie«, bekannte Silvius schlicht.

»Ich weiß, daß Sie sie lieben. Sie haben gelitten, als sie die Stadt verlassen hat und Sie werden noch mehr leiden, weil Sie hoffen, sie wiederzufinden. Es war die Hoffnung, von der Sie vorhin sagten, es gefiele Ihnen nicht, sie wie einen Mühlstein mit sich zu schleppen. Wie wollen Sie das miteinander vereinbaren?«

»Ich werde unseren Gefährten nichts davon sagen, das ist alles. Diese Bürde trage nur ich. Ich teile sie mit niemandem.«

»Dadurch wird sie nur schwerer«, sagte der Bischof.

»Sei's drum. Sie werden mir helfen, Sie sind stark. Aber wie ist es mit Ihnen Osmond, erhoffen Sie sich nichts?«

Bischof van Beck zögerte. »Doch. Gott. Vielleicht finden wir ihn am Ende unseres Weges. Aber ich werde auch nicht davon sprechen. Stellen Sie sich vor, er versetzte uns.« Amüsiert lächelte er ein wenig und fuhr fort: »Ich für meinen Teil fände mich damit ab. Die Männer Gottes kennen den Zweifel. Sie wissen, daß die Gottheit sich uns entzieht. Das bringt ihr Amt mit sich und es befeuert ihren Glauben. Aber die anderen? Sehen Sie doch, wie sie vor dieser großen Leere stehen. Herr Oberst, um der Moral Ihrer gewaltigen Armee willen, lassen wir die Hoffnung beiseite ...«

Mehrere Schüsse zerrissen die Stille. Sie schienen von den Abfahrtsgleisen herzukommen, wohin Leutnant Tankred und Kadett Vénier gegangen waren, um einen am Bahnsteig abgestellten Zug näher in Augenschein zu nehmen. Silvius erkannte das trockene Gebell des Kavalleriekarabiners und den charakteristischen Knall, wie der Abschuß eines Böllers, den ein Jagdgewehr mit abgesägtem Lauf erzeugt.

Er lud seinen Karabiner und lief, von dem Bischof mit gezogener Pistole gefolgt, bis zum letzten Waggon, in dessen Schutz sie sich niederkauerten. Von dem waren nur das Fahrgestell und die eisernen Stützen des Aufbaus geblieben. Alle Holzteile waren verheizt worden. Und kaum besser stand es um die anderen Waggons, an denen entlang sie nach vorn liefen – wobei sie sich tief ducken mußten, um Deckung zu nehmen, denn es wurde mehrmals auf sie geschossen.

»Was ist los?« fragte Silvius Tankred, der die Lage durch die Risse des Dampfkessels der geborstenen Lokomotive beobachtete.

»Wir werden von dieser Lagerhalle aus aufs Korn genommen, genau vor uns. Es müssen fünf oder sechs sein, vielleicht mehr. Diese Schufte haben mich nur knapp verfehlt.«

»Wir sollten uns absetzen. Wir haben genug gesehen. Ob sie leben oder tot sind, für uns existieren diese Leute da nicht mehr. Es hat keinen Sinn, unsere Haut zu riskieren. Wo ist Kadett Vénier?«

»Er kümmert sich um sie. Er hat gesagt, das sei seine Sache. Ich bin nicht mehr dazu gekommen, ihn zurückzuhalten. Er hat sich geradewegs auf sie gestürzt und geschossen wie ein Verrückter. Dort! Hören Sie ...«

Ein Karabiner knallte mehrmals. Hinter einem Prellbock, einige Meter von der Lagerhalle entfernt, im Anschlag lang hingestreckt, bediente der Kadett seine Waffe mit meisterlicher Behendigkeit.

»Sie? Wer, sie?« fragte Silvius.

Tankred senkte verlegen den Kopf. Die Antwort fiel ihm nicht leicht.

»Er hat schon zwei erwischt. Wenn Sie von dieser Seite aus beobachten, Herr Oberst, an der Lagerhalle, am Fuß der Mauer, knapp links des Signals, können Sie sich selbst überzeugen.«

Pickendorff stellte seinen Feldstecher ein. »Mein Gott«, sagte er. »Kinder ...«

Zwei schmächtige, hochaufgeschossene Körper, die noch im Tode die Anmut junger Knaben hatten ... Obgleich verdreckt, zerlumpt, mit struppigem Haar, hatten sie viel von der anrührenden Feinheit ihres Alters bewahrt, und Silvius glaubte das engelhafte Gesicht des Jungen wiederzuerkennen, der am Vorabend in der Kathedrale geschlafen hatte, sein Gewehr mit abgesägtem Lauf im Arm. Auch jetzt noch trug das Kind seine Waffe bei sich. Es hielt sie an sein Herz gedrückt.

Silvius gab seinen Feldstecher dem Bischof.

»Das ist er«, sagte van Beck. »Wissen Sie, wer das war? Der Enkel des alten Wilbur. Page auf dem Schloß. Ein gewalttätiges, verschlossenes Kind. Er terrorisierte seine Kameraden. Niemand hatte Einfluß auf ihn. Selbst sein Großvater fürchtete ihn. Eines Tages hat man ihn auf frischer Tat ertappt, wie er die Droge an die Pagen verteilte. Mit Rücksicht auf den Major Wilbur war der Skandal vertuscht worden und man hat ihn vom Schloß gejagt. Wilbur hat es mir erzählt. Als er ging, hat er zu seinem Großvater gesagt: ›Ich hasse euch. Ich hasse euch alle. Euren alten Zierrat, eure alten Manieren, eure alten Gefühle. Ihr lebt nicht. Ihr tut so als ob, und ihr seid euch dessen nicht einmal bewußt. Ihr seid nichts als Marionetten.‹«

Den Haß abgerechnet, dachte Silvius, war das nicht weit von dem entfernt, was der Markgraf über das Leben sinniert hatte, als er die Puppen in seiner Vitrine betrachtete …

»Ist das ein Grund«, sagte er, »um gegen Kinder Krieg zu führen? Tankred! Rufen Sie Vénier zurück!«

Weitere struppige Gestalten erschienen, die Waffe in der Hand, im ersten Stockwerk der Lagerhalle an den großen Öffnungen, die als Laderampen dienten. Eine Reihe von Schüssen fiel. Tankred faßte sich mit der Hand an die Stirn. Blut klebte auf den Fingern. Eine Schramme. Die Kugel hatte ihn nur gestreift.

»Sehen Sie, der Tod liebt mich nicht, Herr Oberst. Aber diesmal war es nur um Haaresbreite … Das sind vielleicht Kinder, aber *sie* sind es, die Krieg gegen *uns* führen. Und ziemlich schneidig, wie man zugeben muß. In alten Zeiten gab man ihnen Reiche zu erobern ...«

Erneutes Knallen schnitt ihm das Wort ab. Aufgerichtet zu ganzer Größe, wie auf dem Schießstand, gab der Kadett Vénier wohlgezielte Schüsse ab. Ein Körper stürzte herab, dann ein zweiter. Der Kadett lud seine Waffe und schoß, während er voran schritt. Er pfiff eine Marschmelodie. Dann senkte sich die Stille wieder über die Lagerhalle. Kein Lebenszeichen war dort mehr zu erkennen. So kehrte der Kadett zurück und reckte triumphierend die Arme. Er schien zufrieden.

»Sechs, Herr Oberst!« sagte er zu Silvius, der ihm entgegengegangen war. »Ich habe sechs von ihnen umgelegt. Vier unten und zwei oben.«

»Sie haben sechs *getötet*«, verbesserte Silvius trocken. »Sechs Jungen, die Ihre Kameraden hätten sein können. Darauf sind Sie stolz?«

Der Kadett sah ihn erstaunt an. »Wilbur war in der Tat mein Kamerad. Das hat ihn nicht gehindert, als erster auf mich zu schießen. Herr Oberst, gerade weil wir gleichaltrig sind, war es meine Sache, sie zu bekämpfen. Wir haben das unter uns abgemacht. Sie wollten meinen Skalp, ich habe ihren bekommen. Keine Sentimentalitäten. Sie hingegen, Sie hätten Gewissensbisse gehabt, weil Sie glauben, unter zwanzig Jahren hätten Sie es mit Unmündigen zu tun. Wenn es ernst wird, ist Sentimentalität die Todsünde der Erwachsenen. Bei allem schuldigen Respekt, Herr Oberst, aus diesem Grunde sind Sie und die Ihren in diesen letzten Monaten überrollt worden. *Ich* hatte meine Wahl auf der Stelle getroffen. In unserem Alter weiß man alles voneinander. Man hat ein untrügliches Gespür. Man irrt sich nie in seinem Feind. Ich weiß, was in ihren Köpfen vorging, und was ich davon wußte, von Anfang an, gefiel mir überhaupt nicht. Sie wußten, was in meinem vorging, und das gefiel ihnen auch nicht. Wir kannten einander, wir verabscheuten einander und, glauben Sie mir, wir wußten warum! Mehr als Sie jemals verstehen werden ... Wenn meine Worte und meine Handlungen Ihnen mißfallen, Herr Oberst, so erkennen Sie bitte an, daß ich zumindest meine Gründe habe.«

Damit warf sich der Kadett Stanislaus Vénier in eine so absichtlich übertrieben parademäßige Hab-Acht-Haltung, daß es beinahe unverschämt war. Was vielleicht besagen sollte: »So ist es nun mal. Sie müssen mich nehmen, wie ich bin.« Pickendorff schwieg. Er betrachtete dieses große, in seine funkelnagelneue Reiteruniform eingeschnürte Kind, das eine so selbstgewisse Miene zur Schau trug und keinerlei Gefühlsregung zeigte. Um dorthin zu gehen, wohin sie gingen, dachte er, und um den Dingen, die kommen würden, die Stirn zu bieten, war der Kadett ohne Zweifel von ihnen allen am besten gerüstet.

»In Zukunft mäßigen Sie sich«, sagte er. »Wir sind keine Tötungsmaschinen. Halten Sie sich an Ihre Befehle. Und nun wollen wir sehen, was Ihre ...« Er suchte nach dem Wort: Opfer? Abschüsse? Da er es nicht fand, wich er aus. »Vielleicht sind einige nur verwundet?«

»Das würde mich wundern«, erklärte der Kadett gleichmütig. »Ich verfehle nie ein Ziel.«

Ungehalten über so viel jugendliche Überheblichkeit, hätte der Bischof beinahe versetzt, daß vielleicht auch Gott den Kadetten nicht verfehlen werde, aber dann, da er sich erinnerte, daß er selbst, in seiner eigenen Kathedrale, einen Jungen von beinahe demselben Alter erschossen und, Notwehr hin oder her, keine Reue empfunden hatte, besann er sich. Wahrlich,

dachte er, die christliche Barmherzigkeit wird eine schwierige Übung werden ...

Der Kadett verfehlte in der Tat nie ein Ziel. Alle waren auf dieselbe Art gestorben. Ein kleines Loch haargenau auf der Höhe des Herzens. Der Bischof schloß ihnen die Augen und sprach das *De Profundis*. Sie zu begraben, war nicht möglich. Sie führten weder Hacken noch Schaufeln mit, und der Boden war hartgefroren. Ganz abgesehen von der Gefahr der Ansteckung. Einige dieser unglücklichen Jungen zeigten verdächtige Flecken auf der Haut, Auftakt jener geheimnisvollen Krankheit, die zusammen mit der *Amanita orontica*, dem Aufruhr und der Anarchie – diese vielleicht die psychologischen Folgen jener – die Stadt entvölkert hatte.

Dann gab der Leutnant Tankred zu bedenken – wobei er sich sogleich für das Entsetzliche seiner Feststellung entschuldigte –, daß so frische Leichen unmöglich einen derartigen Verwesungsgeruch ausdünsten konnten. Unter ihren vor das Gesicht gebundenen Taschentüchern hatten sie alle vier es bereits gerochen, aber nicht gewagt, die sich aufdrängende Vermutung auszusprechen. Als sie in die Lagerhalle eindrangen, stellten sie fest, daß dieser starke, durchdringende Gestank von einem schwarz-goldenen Zug herkam, der unbeweglich auf dem Abstellgleis stand. Es war der berühmte *Silberne Adler*, der Stolz der markgräflichen Eisenbahngesellschaft, mit seinen Salonwagen, Schlafwagen, Raucherwagen, Speisewagen. Voran, noch blitzend trotz aller Verwüstung, ein Ungetüm von sechzehn Rädern, ausgerüstet mit einem Kuhfänger, die Lokomotive Mallet 160, über der sich ein Schornstein erhob, so hoch wie der von venezianischen Palais. Der dem Bischof so teure Andachtswagen, mit seinem Miniaturglockenturm und dem Kreuz, stand in der Mitte des Zuges.

Sie traten näher, das Herz schlug ihnen bis zum Hals, und der Zug, der sich von weitem so beeindruckend ausnahm, erwies sich als das, was er war: eine Reihe von Wracks. Das Wappen der Gesellschaft war zerschlagen, die an den Seiten angebrachten Schilder mit den Reisezielen in sinnloser Wut beschmiert. Die Türen hingen halb herausgerissen in ihren Angeln. Die Zugänge zum Gleis waren bedeckt mit zerbrochenem Glas, zerschlagenem Geschirr, leeren Flaschen aller Art, Champagner, Cognac, Genever, französischer Wein, russischer Wodka, der gesamte Inhalt der Bar und der Vorrat des Restaurants aufgebraucht bis auf den letzten Tropfen. Sie schritten über aufgeplatzte Kissen, schmutzige Tücher, aufgebrochene Zigarrenschachteln, alles verschmiert, an den Sohlen klebend und stets dieser entsetzliche Gestank, der die Waggons gleichsam ummantelte. Da es keinen Bahnsteig gab, gingen sie ebenerdig an dem Zug entlang, ohne durch die Fenster ins Innere der Waggons sehen zu können. Es war Bischof van Beck, der sich als erster entschloß. Er zog sich am Trittbrett des Andachtswaggons hinauf und verschwand für einige Augenblicke, um beinahe sofort leichenblaß wieder herauszukommen.

»Gehen Sie weg«, konnte er gerade noch mit tonloser Stimme sagen. »Gehen Sie weg, alle drei. Warten Sie auf mich draußen auf dem Platz.«

Und als Silvius darauf bestand, ihn zu begleiten, um zumindest für seine Sicherheit zu sorgen, setzte er hinzu: »Nein, Herr Oberst. Dieses Mal geht es nur mich an ...«

Zwanzig Minuten später kam er wieder zu ihnen und als sie ihn langsamen Schrittes, wie schlafwandelnd, aus dem Bahnhof herauskommen sahen, erkannten sie an der unablässigen Bewegung seiner Lippen, daß der Bischof betete. Auch als er zu Pferde saß, hörte er nicht auf zu beten. Silvius stellte ihm keine Fragen. Schweigend ritten sie im Schritt und entfernten sich von der Unterstadt. Irgendwann sagte der Bischof zu Silvius: »Sie wollten sicher gehen, nicht die geringste Hoffnung hinter sich zu lassen? Nun, Gott hat Ihren Wunsch gerade über alle Maßen erfüllt.«

Und bis zum Abend fügte er nichts mehr hinzu, sondern spulte nur seine stummen Gebete ab, ohne ein Wort an seine Gefährten zu richten.

Pickendorff hatte entschieden, bevor sie nach Norden vordrängen, die Lage in dem rund zwanzig Meilen entfernten Hafen festzustellen. Folglich nahmen sie die Südstraße und mußten, um dies zu tun, die Mauern der Stadt umrunden, wobei sie darauf achteten, sich in einigem Abstand von ihr zu halten. Nun da sie die Stadt verlassen hatten, schwand sie mehr und mehr aus ihrem Sinn, und sie scheuten sich, ihr wieder allzu nahe zu kommen, mehr noch, sie wiederum zu betreten. Fremd, so schien es ihnen, war sie seit ihrem Aufbruch geworden, wie ein großes gestrandetes Schiff, das der Nebel nach und nach verhüllt.

Die Zitadelle, das Schloß, die befestigten Tore, der Doppelturm der Kathedrale zeichneten sich in verschwommenen Linien ab. Es war aber kein Nebel. Die Sonne glitzerte auf dem Schnee. Die Luft war kalt und klar. Was sich über die Stadt senkte, war der Schleier des Vergessens, und der junge Stanislaus Vénier stellte erstaunt, doch ohne Bedauern fest, daß, als er an Fédora dachte, er sich nicht mehr an ihr Gesicht erinnerte.

Wie aus weiter Ferne, mit ersticktem Ton, krachte die Kanone der Zitadelle. Eine einzige Kanone. Ein einziger Schuß. Der zweite folgte nach mehr als einer Minute. Dann der dritte und der vierte, und weitere, aber stets in derselben langsamen Folge. Silvius wußte um den Grund dieser Langsamkeit. Das waren Salutschüsse, gewiß, aber abgefeuert von einem einzigen Kanonier, dem letzten Überlebenden des Regiments, der die Verrichtungen von vier Mann ausführte. Der Brauch und das Protokoll schrieben vor, daß die Kanonen der Zitadelle nur Salut schossen, um einen fremden Herrscher zu begrüßen – was sicher nicht der Fall war –, oder anläßlich der Geburt, der Thronbesteigung, des Geburtstages oder des Todes des Fürsten.

Silvius richtete seinen Feldstecher auf den alten Bergfried des Schlosses. Beinahe durchsichtig geworden, hob er sich kaum vom Himmel ab. Das Banner des Markgrafen wehte in Trauer auf Halbmast. Er glaubte auch, die einsame unbewegliche Gestalt auf dem Bergfried zu erkennen. Woran dachte in diesem Augenblick der alte Major Wilbur, der das Amt des Schloßgouverneurs versah, ohne Zweifel der letzte, der diese Dienststellung wahrnehmen würde? Daß nun, da der Fürst aus dem Leben geschieden, er nutzlos geworden war? Daß die Zeit, die wie aus einer zerbrochenen Sanduhr rann, ihm seinen Enkelsohn nicht wieder zurückgeben würde? Daß er nun sein eigenes Dasein bis zu seinem Ende würde ertragen müssen, indem er die endlosen leeren Minuten, Stunden, Tage zählte? Daß die sieben Reiter, die in der Ferne verschwanden und endgültig die Stadt hinter sich ließen, vielleicht niemals wiederkehren würden? Oder dachte er womöglich nur daran, vorschriftsmäßig die Kanonenschüsse zu zählen, damit, wie das Protokoll verlangte, es insgesamt einhundertundzwanzig wären, nicht einer mehr, nicht einer weniger ...

»Was sehen Sie, Herr Oberst?« wollte Leutnant Tankred wissen.

Silvius reichte ihm seinen Feldstecher.

»Ob der Fürst sich getötet hat?« fragte der Leutnant, als er ihn zurückgab.

»Gewiß nicht.«

»Und doch, Herr Oberst, wenn ich bei ihm geblieben wäre, um ihm meine Dienste zu widmen, wie es meine Pflicht als Adjutant war, mit ihm zu plaudern, ihn vielleicht zum Lachen zu bringen, oder wenigstens zum Lächeln, mit ihm Schach zu spielen, ihm beim Spaziergang im Park Gesellschaft zu leisten, mit ihm zu speisen, wenn er mich einlud ...«

»Es ist gut, Tankred, es ist gut. Es war sein ausdrücklicher Wunsch, daß Sie gehen und mich begleiten ...«

Ein Kanonenschuß krachte, dann noch einer, stets im selben Abstand, und krönte mit ein wenig Rauch die Zinnen der Zitadelle. Wie weit war Wilbur mit Zählen gekommen? Zehn oder zwölf Schuß? Bis hundertzwanzig würde es noch eine Ewigkeit dauern.

»Das genügt!« sagte Silvius. »Marsch!«

Er setzte sein Pferd in Galopp und sprengte mit verhängten Zügeln auf der Südstraße hin, gefolgt von seinen sechs jauchzenden Reitern, deren Blut aufwallte in der eisigen Luft. Abaï entblößte beim Lachen alle seine scharfen Zähne, Wassili fühlte sich wieder wie zwanzig, wie zur Zeit des Rittmeisters Kostrowitzky – dieselben zwanzig Jahre, die Tankred und Bazin du Bourg auskosteten, der Leutnant und der Fähnrich, die sich berauschten an ihrer eigenen Jugend, trunken vor Glück zu leben, rasend dahinzugaloppieren, obwohl nichts und niemand sie erwartete. Bischof van Beck vergaß darüber für einen Augenblick seine Gebete, ganz hingegeben der reinen Lust dieses wilden Dahinjagens, Seite an Seite mit Pickendorff und dem Kadetten Vénier, der aus vollem Halse sein Pferd mit Rufen anfeuerte, die ihm der Wind vom Mund riß. Dieser lange Galopp, so recht eine Befreiung nach der düsteren Abschiedszeremonie auf dem Schloß, vereinte sie, ließ sie verschmelzen zum Einklang der Herzen und der Seelen. Als sie auf Pickendorffs Befehl alle sieben absaßen, um die Pferde sich erholen zu lassen, betrachteten sie einander mit neuen Augen. Brüder waren sie, vereint durch unlösbare Bande. Sie kannten kein Gestern und kein Morgen, nur ihre Gemeinschaft – und darüber waren sie glücklich.

Silvius suchte die Stadt mit dem Feldstecher. Jetzt war sie vollständig verschwunden, bis auf eine kleine runde Wolke, vielleicht der Pulverdampf einer Kanone. Aber kein Ton war mehr zu hören.

Diesen Abend quartierten sie sich in einer verlassenen Schäferei ein, wo alter Geruch von Wollfett sie an Zeiten des Überflusses erinnerte, und an ländliche Festgelage während des Manövers. Abaï entdeckte ein verirrtes Lamm. Bald drehte sich das Tier am Spieß über der Glut, die roten Schimmer auf die Gesichter warf. Eine Feldflasche mit Genever ging von Hand zu Hand. Sie hatten Durst. Sie hatten Hunger. Sie waren keine aus einer Geisterstadt entkommenen Gespenster mehr, sondern Männer aus Fleisch und herzhaftem Appetit. Ein wenig abseits sitzend, wärmten sich Pickendorff und van Beck schweigend am Feuer. Endlich entschloß sich der Bischof zu sprechen.

»Ich will Ihnen erzählen, was ich heute morgen gesehen habe, Silvius, aber nur Ihnen allein«, begann er mit halblauter Stimme. »Das Grauen – das ist nicht der Tod all dieser Menschen, der Beginn der Verwesung..., sondern die Art, wie sie gestorben sind. Man hätte meinen können, sie seien versessen darauf gewesen, bevor sie aus dem Leben ins Jenseits hinübergingen, sich rückhaltlos in alle nur denkbaren Laster zu stürzen, gegen alle Gebote zu verstoßen, als ob sie beladen mit einem Höchstmaß an Sünden vor Gott hatten erscheinen wollen. Zuerst habe ich gedacht, das sei in gewisser Weise das Unterfangen, auf der Schwelle des Todes Gott zu verneinen. Doch es verhält sich anders. Das war im Gegenteil der Wille, Gott den Fehdehandschuh hinzuwerfen, gegen ihn an die Verdammnis zu appellieren, ein entsetzlicher Akt des Glaubens. Ohne Zweifel wußten viele, daß es mit ihnen zu Ende ging. Ihre Magerkeit, ihre violette Haut, selbst der Ausdruck ihres toten Blickes sprachen eine eindeutige Sprache. Aber einige mußten bei guter Gesundheit dort angekommen sein, oder vielmehr, waren mit Gewalt dorthin geschleppt worden, als schmackhaftes Fleisch sozusagen – verzeihen Sie den Ausdruck, der, glauben Sie mir, immer noch schwach ist im Vergleich zu einer Wirklichkeit, die wie ein offenes Buch zu lesen war. Junge Frauen, Kinder, Mädchen und Jungen. Keine Rücksicht auf Alter oder Geschlecht ... Habe ich erwähnt, daß sie fast alle entkleidet waren? Der Zustand in dem ich sie sah, all das Schändliche mit dem sie befleckt waren ... Es fällt mir schwer, weiterzumachen. Ich finde keinen Geschmack an solchen Schilderungen. Um einige hatten sie sich auch geschlagen, sogar einander getötet. Mein Gott! Wenn ich an dieses entsetzliche Bild des Lebens denke, das diejenigen von ihnen, die zuletzt gestorben sind, mit hinunter genommen haben … Diese sechs Jungen, die uns heute morgen angegriffen haben, glauben Sie, daß es *das* war, was sie zu schützen versuchten? Sie wären gestorben, um den Zugang zu einem solchen Schlachthaus zu verteidigen?«

Silvius dachte einen Augenblick nach. »Sie wußten sich selbst auch verloren. Das war die einzige Sache, die ihnen blieb. Wenigstens haben sie gekämpft. Am Ende hat Kadett Vénier recht gehandelt. Sie sind anständig gestorben …«

Der Bischof stürzte ein randvolles Glas Genever hinunter. Sie sprachen niemals mehr darüber.

Das Fleisch des Lammes war so zart, wie man es nur wünschen konnte. Die Haut knusprig und goldbraun gebraten. Sie aßen mit den Fingern die Stücke, die Abaï ihnen auf der Spitze seines Messers reichte. Silvius teilte die Wachen ein, danach breiteten sie Decken auf der Erde aus und legten sich schlafen, eingehüllt in ihre langen pelzgefütterten Umhänge. In sein Notizbuch schrieb der Bischof unter dem Datum des Tages schlicht: *Pie Jesu Domine, dona eis requiem* … Fünf Minuten später war er eingeschlafen.

Abgesehen von Kap Sankt Askan, dem Südkap, das eine Viertelmeile weit in die See vorsprang, verlief die Küste geradlinig, gesäumt von weißen, auf ihrer Höhe von Heideland bedeckten Kreidefelsen. Zu ihren Füßen rauschte ununterbrochen die Brandung. An einer Stelle öffnete sich die Steilwand zu einem breiten, sanften Abhang, der sich weitete und in einem Sandstrand endete, an dessen westlichem Rand der im Schutz des Kaps angelegte Hafen lag. Wollte man sich einen Rundblick verschaffen, weithin über das Meer, den Strand, die Kreidefelsen und den Hafen, dann mußte man sich auf das Kap begeben, dazu die Hauptstraße verlassen und einem Sandweg folgen, der zur Signalstation führte, mit ihrem kleinen rot-weißen Leuchtturm und ihren zwei langen Winkerarmen, die unbeweglich in der Haltung eines jansenistischen Gekreuzigten verharrten. Auf halbem Wege ritten sie vorbei an einer, jetzt von Buschwerk überwucherten, Schanze für zwei Batterien, zu der auch ein Ofen zum Erhitzen der Kanonenkugeln gehörte. Die in Friedenszeiten ohnehin kleine, durch die Seuche noch dezimierte Besatzung war bei Beginn der Ereignisse abgezogen worden, da der Markgraf sich nicht hatte entschließen können, auf seinen eigenen von Meuterern besetzten Hafen schießen zu lassen. Das wäre auch zu nichts nütze gewesen. Der Rest der Meuterer war kaum noch imstande gewesen, Schaden anzurichten, der Hafen längst zu einer Geisterstadt geworden. Die Verbindungen mit der Hauptstadt waren danach unterbrochen worden.

Silvius kannte das Südkap gut. Schon als Kind war er hiergekommen, um Krieg zu spielen, indem er unter den Augen der gutmütigen Wachtposten der Schanze eine Armee von in alte, zerrissene Uniformstücke gekleideten Vogelscheuchen aufstellte und kommandierte »Zum Sturm! Vorwärts!« Er war oft hiergewesen. Hier kannte er jeden Weg und Steg, auch den Pfad, der steil hinabführte bis zu einem Vorsprung auf halber Höhe der Klippe, von wo aus man einen Felsen überblickte, den zu bestimmten Zeiten des Jahres Robben und Seelöwen bevölkerten. Eine alte Sage ging um im Lande, von Seelöwen aus Patagonien, die zwei Ozeane durchquerten und drei Meere von Kap Hoorn und dem mythischen Chili her, um nach einer märchenhaften Reise schließlich hier, am Kap

Sankt Askan, zu sterben. Es schien, als ob sie gekommen wären, um eine Nachricht zu überbringen, deren Sinn niemand jemals verstanden hatte. Und tatsächlich entdeckte man einoder zweimal im Jahr auf ihrem Felsen ein totes Paar dieser Tiere, die nach ihrer Größe und ihrer Mähne in die Südwelt gehörten. Gelehrte hatten dieses Phänomen untersucht, ohne eine Erklärung dafür zu finden. Dann hatten sich die Dichter der Sache angenommen, zuletzt Kostrowitzky, der vielleicht der Wahrheit nahegekommen war.

Als er den Anfang des Pfades gefunden hatte, sprang Pickendorff vom Pferd. »Sie begleiten mich, Maximilian«, sagte er zu Fähnrich Bazin du Bourg. »Sie sind der Mann der Stunde. Aber geben sie acht, der Weg ist rutschig.«

Sich an verkümmerten, vom steten Westwind gebeugten Pinien festhaltend, erreichten sie bald den Vorsprung, der über das sprudelnde Meer und den kleinen Felsenarchipel vorragte, wo zwei große Seehunde unbeweglich Seite an Seite ausgestreckt lagen. Der größere trug eine Löwenmähne um sein Doggenmaul. Der zweite, kleinere, erinnerte mit seinen Schnurrhaaren an einen riesigen Fischotter. Ein Männchen und ein Weibchen. Sie lagen aneinander geschmiegt, der kahle Kopf des Weibchens verborgen in der grauen Mähne ihres Gefährten.

»Die sind wohl von dort unten«, sagte Silvius. »Vor zwanzig Jahren habe ich welche gesehen. Aber seitdem habe ich sie immer verpaßt. Nehmen Sie meinen Feldstecher und sagen Sie mir, ob sie leben.«

Der Fähnrich betrachtete sie lange. Sie schienen abgemagert, der Körper kraftlos, der Bauch schlaff ausgebreitet auf dem Felsen. Ihre Flossen warfen Falten, wie die zu großen Ärmel einer Soutane. Die lange Reise hatte ihr Fett und ihre

Energie verzehrt. Sie mußten am Ende ihre Kräfte hier angekommen sein.

»Ich sehe sie nicht atmen«, sagte Bazin du Bourg. »Ich glaube, sie sind tot.«

Die Möwen wußten das bereits. Kreischend zogen sie ihre Kreise. Tag für Tag einander abwechselnd würden sie die Zeit abwarten, bis schließlich die Haut aufplatzen und ihrer Gier das verrottete Fleisch preisgeben mußte.

»Und doch«, gab Silvius zu bedenken, »ist das Meer hier fischreich ... Davon hätten sie wieder zu Kräften kommen können. Deshalb ist zu vermuten, daß sie sich freiwillig zu Tode hungern. Sie lassen sich einfach sterben, weil sie ihren Weg vollendet haben. Was wohl dort unten geschehen sein mag, daß sie bis hierher kommen, um uns zu sagen, was wir nicht verstehen und danach nicht zurückkehren, nicht einmal weiterleben zu wollen? ...«

Und zugleich dachte er: Auch wir machen uns auf eine lange Reise. Was werden wir am Ziel finden, das uns den Lebenswillen bewahren läßt? Wem werden wir die Botschaft übergeben, und wird sie noch verstanden werden? ...

Der Fähnrich blätterte in einem kleinen gebundenen Buch, das er aus seiner Tasche gezogen hatte. Schließlich fand er die Stelle, die er suchte. »Kostrowitzky«, sagte er. »Das erwarten sie von mir, nicht wahr, Herr Oberst?«

Silvius bejahte. »Lesen Sie, bitte. Ich kenne die Stelle. Die Worte gehen mir im Kopf herum, aber ich bekomme sie nicht zusammen.«

»*Grabspruch für einen Seefahrer*«, begann der junge Mann. »*Hier ruhen der Admiral der Seehunde des Südens, Löwe der Meere aus Patagonien, und die Löwenprinzessin, seine Gemah-*

lin. Gott führte sie vom Kreuz des Südens bis zum Polarstern auf dem Kurs des Widersinns. Sie taten nichts, was nicht andere getan hatten, da sie doch starben in der Ferne, wie früher die Männer aus dem Norden, die sterben gingen am Kap Hoorn. Sie hatten hier nichts verloren, nicht mehr als die Seeleute dort unten, als einen Sinn zu finden im Leben. Denn man muß nicht unbedingt ein Mann sein, um schließlich sterbend zu entdecken, wo Patagonien liegt …«

Eine Welle, viel größer als die anderen, brach sich an dem Felsen und bedeckte für einen Augenblick die beiden toten Seelöwen, wie ein Katafalk aus Gischt.

Als sie wieder zum Kap hinaufstiegen, fanden sie dort ihre Gefährten im Gespräch mit einem Neuankömmling. Der Mann trug die weiß paspelierte dunkelblaue Uniform des markgräflichen Marinekorps, einer kleinen Elitetruppe, welche die Überwachung der Küsten sicherstellte, den Dienst auf den Leuchttürmen, den Signalstationen und auf dem Hafenamt versah sowie wie die beiden Kanonenboote (die ganze Kriegsflotte der Stadt) bemannte. Drei goldene Winkel auf seinem Ärmel wiesen ihn als Oberbootsmann aus. Mit seinen fleckenlosen weißen Gamaschen, seiner weißen Patronentasche am Koppel, der flachen Schirmmütze mit Kinnriemen, dem vorschriftsmäßig am Riemen über der Schulter getragenen Karabiner, schien er von einem anderen Planeten gekommen, aufgetaucht aus einer Zeit, die es nicht mehr gab. Er klappte mit den Hacken und meldete: »Gustavson, Karl. Oberbootsmann im Telegraphendienst, zehn Dienstjahre, Leiter der Signalstation des Kaps. Zu Diensten, Herr Oberst … Ich habe die Hoffnung nicht aufgegeben. Ich habe ausgeharrt.« Dann zögerte er, stellte aber schließlich die Frage, die ihn verzehrte: »Herr Oberst kommandieren selbst die Vorhut?«

»Das ist keine Vorhut, Gustavson. Hinter uns folgt niemand. Wir sind sieben. Mehr nicht. Außerdem ist Seine Gnaden van Beck, trotz seiner Uniform und seiner Waffe, kein Soldat.«

Der Bischof grüßte leicht mit dem Kopf und lächelte. Der Auftritt gefiel ihnen. Sie spielten mit, wie es sich gehörte. Oft ist die Haltung das Rückgrat der Seele.

»Aha«, sagte der Oberbootsmann. »Dann steht es dort hinten genauso wie hier ...«

Ein starker Westwind blies in Böen und trieb schwarze Wellen gegen das Kap. »Es gibt Hagel«, fuhr Gustavson fort. »Besser wir stellen uns unter zum Plaudern. Es ist gemütlicher bei mir zu Hause, auf der Signalstation. Meine Frau wird Ihnen Kaffee machen. Auch einen kleinen Imbiß, wenn Sie Hunger haben ...«

Kaffee! Die freundliche, sorgende Hausfrau würde ihnen Kaffee servieren! Konnte es sein, daß es noch Orte des Friedens gab in diesem Land? Und vielleicht noch nette Kinderchen, eine ganze Familie in ihrem Heim, wie früher ...

»Haben Sie Kinder, Gustavson?«

»Drei, Herr Oberst. Ein Junge und zwei Mädchen.« Und obwohl niemand es von ihm verlangte, fügte er hinzu: »Mit dem Jungen habe ich ein wenig Ärger«, solchermaßen andeutend, daß dies eine Sorge war, die ihn noch lange begleiten würde.

Zweihundert Meter vor der Signalstation sperrte ein kleiner Krater den Weg. Man konnte ihn jedoch auf einem breiten Pfad durch den Stechginster umgehen.

»Eine Mine«, erklärte der Seesoldat. »Es gibt hier eine regelrechte Verteidigungszone, die vor langem eingerichtet wurde, als man einen Angriff der Syrten erwartete. Auf der Signalstation habe ich den Plan. Ein altes Modell, aber sie wurden jedes Jahr überprüft. Als drunten der Tanz begonnen hat, habe ich sogleich die Zünder und Zündleitungen durch neue ersetzt. Dann, als sie hier aufkreuzten, habe ich eine unter ihren Füßen hochgehen lassen. Sie haben ihre Verwundeten mitgenommen und Fersengeld gegeben. Ich denke, sie werden nicht wiederkommen. Ah! Da ist Gerda. Herr Oberst, meine Frau.«

Frau Gustavson legte rasch ihre Schürze ab, um die Gäste zu begrüßen. Eine blonde Frau, etwa dreißig Jahre alt, von bäuerlicher Erscheinung, ein wenig unbeholfen, aber mit strahlendem Gesicht und rosigen Wangen. »Sagt dem Herrn Oberst Guten Tag«, sagte sie zu zwei Mädchen von fünf und sieben Jahren, was diese auf die liebenswürdigste Weise taten. Der Junge aber weigerte sich eigensinnig, trotzig den Blick auf den Boden geheftet. Sein Vater fuhr ihn grob an: »Na, bist du taub?« Darauf hob er den Kopf und bohrte seinen Blick regungslos in den Pickendorffs, der zuletzt schmerzlich berührt die Augen abwandte. Der Junge war kaum über zehn Jahre alt. Silvius erkannte in ihm dieselbe Gehässigkeit und Gewalttätigkeit, deren entsetzter Zeuge er an Weihnachten bei den jungen Gästen des Markgrafen gewesen war.

»Entschuldigen Sie, Herr Oberst«, sagte Gustavson. »Trotz allem, ich versichere Ihnen, lieben wir ihn, seine Mutter und ich.«

»Und ich liebe euch nicht«, stieß der Junge hervor. Die Ohrfeige ließ nicht auf sich warten. Der Junge zuckte mit keiner Wimper.

»Das sind die Flegeljahre«, sagte Silvius (der kein Wort

davon glaubte), um dem Auftritt ein Ende zu machen. »Sie kommen bei ihm einfach etwas früher. Das gibt sich mit der Zeit. Wenn Sie uns jetzt die Anlage zeigen, Gustavson ...«

Vor der Eingangstür der Station erhob sich auf einem frisch gerechten Kiesboden ein kleines Monument, adrett von einer nach dem Brauch der Marine weiß gestrichenen Ankerkette eingefaßt. Es handelte sich um einen römischen Meilenstein, wie er den Gelehrten vertraut war. Eingeschrieben auf Vorder- und Rückseite war dort zu lesen:

BACT

LEG

XXXI

HADRIA

IMP

Der Bischof, der ihn übrigens kannte, übersetzte: »*Bactriana Legio* ... die Zahl einunddreißig ... *Hadrianus Imperator*... die römische Legion einunddreißig, baktrische Hilfstruppen im Dienste des Kaisers Hadrian.« Das älteste und erste Zeichen abendländischer Präsenz auf dem künftigen Territorium der Stadt. Und auch das am weitesten nach Osten vorgeschobene der Armeen des Kaisers Hadrian, errichtet in den Jahren 135–136 n. Chr. während eines mißglückten Feldzuges gegen die Syrten, die sogleich wieder an Bord ihrer geteerten ledernen Boote gegangen waren. Der Kaiser hatte den Feldzug nicht selbst angeführt. Sein Legat, Quintus Marcellus, ein Daker, war am Kap zurückgeblieben, um auf ein zur Verstärkung geschicktes Geschwader zu warten, das nie eintraf. Zuletzt hatte er sich auf dem Landwege zurückziehen müssen. Seine Baktrer hatten sich zerstreut und als er schließlich mit noch etwa hundert regulären römischen Reitern über die Ebene zurückgehen wollte, hatten die aus dem Gebirge auftauchenden Tschetschenen alle niedergemacht. Dann waren fünf Jahrhunderte verflossen, bevor der Markgraf Askan III. den Tschetschenen ihre erste Niederlage beigebracht hatte und sein Banner über dem Kap aufpflanzte.

»Ich sage es Ihnen doch immer wieder, die Tschetschenen!« meinte der Unteroffizier Wassili, der eine persönliche Angelegenheit daraus machte. Dann deklamierte er, eine Hand auf dem Herzen, die andere erhoben, die Inkarnation des Schwulstes:

Wilhelm, sagte ich, es ist soweit, und dann
Zogen mit lyrischem Schritt die Tschetschenen heran ...

Und um den Namen des Autors zu nennen, dichtete er aus Versehen einen Alexandriner: »Wilhelm Kostrowitzky, der führt' uns damals an!«

Und obendrein reimte es sich! Einen Augenblick standen sie alle starr vor Staunen. Dem alten Unteroffizier Klemens Wassili, dreißig Dienstjahre, der gerade einmal lesen und schreiben konnte, vertrauter war mit Wachtstuben und rauchigen Kneipen als mit Dichterlesungen im Staatstheater, hatte man das schlichtweg nicht zugetraut. Er verharrte erhobenen Armes – ein wahres Standbild! – und wußte nicht, wie er wieder in die Haut eines Unteroffiziers des Kavallerie-Regiments zurückfinden sollte. Barmherzig begann der Bischof zu applaudieren. Silvius biß sich auf die Lippen, um nicht zu lachen.

»Wo haben Sie denn das her, Unteroffizier?« fragte er.

»Von da drinnen!« antwortete Wassili und schlug sich mit der Faust an den Kopf. »Ich habe es mir gemerkt.«

Jetzt prusteten alle los.

»Was sagt unser Kostrowitzky-Kenner dazu?« fuhr Silvius fort.

Bazin du Bourg blätterte fieberhaft in seinem kleinen Buch. »Ich kenne es fast auswendig«, sagte er, »aber ich finde nichts davon, kein Verweis. Allein, Herr Oberst, das wäre ganz nach seiner Art.«

»Ganz nach seiner Art! Allerdings!« rief der Unteroffizier Wassili. »Der Rittmeister Kostrowitzky hat uns das eines Abends so aus dem Ärmel geschüttelt, während in der untergehenden Sonne eine große Abteilung Tschetschenen mit entrollten Standarten den Gebirgshang entlang galoppierte ...«

»Ich meine aber mich zu erinnern, ich hätte Sie erzählen hören, Unteroffizier, daß Sie sie in Wahrheit kaum gesehen haben. Nur Schatten, verschwommene Gestalten.«

Der alte Soldat errötete wie eine junge Nonne. »Das heißt ... nicht wirklich ... wir hörten dem Rittmeister zu.«

Und Nummer drei, dachte Pickendorff. Nun sind wir drei, die auf etwas hoffen. Da hat er dreißig Jahre nur den einen Gedanken in seinem Strohkopf gehabt: eines Tages die Tschetschenen wiederzusehen, die der Phantasie seines Rittmeisters entsprungen sind.

»Das ist Ihr Garten?« fragte er, um das Thema zu wechseln, den Oberbootsmann Gustavson. Sie befanden sich innerhalb der Umwallung der Signalstation. Die Kartoffeln, Karotten, Rettiche und die Spalier-Birnen waren vor dem drohenden

Hagel durch abnehmbare hölzerne Gitter geschützt. Es gab auch einen Hühnerverschlag, ein Paar Schweine in einem Koben und eine friedliche Kuh in ihrem Stall.

»Das Reich meiner Frau«, verkündete Gustavson stolz.

»Meine Anerkennung, Gnädige Frau. Sie könnten eine Belagerung aushalten. Gerade wenn der Feind fehlt, dauern die Belagerungen mitunter am längsten.«

Verständnislos pflichtete Gustavson bei. Der Hagel begann zu fallen. »Treten wir ein, Herr Oberst. Ich darf vorangehen.«

Die Marine beweist stets Geschmack und weiß sich zu helfen. Ob an Bord oder an Land, sie versteht sich ausgezeichnet darauf, einen Stil zu pflegen, wie er dem Korpsgeist dieser Waffe entspricht. Das ganze Erdgeschoß der Signalstation nahm das Wohnzimmer der Familie Gustavson ein. Kupferbeschlagene Schiffsmöbel standen dort, in der Mitte ein langer einladender Tisch, und an der kalkgeweißten Mauer prangte auf dem Ehrenplatz das offizielle Porträt des Markgrafen Welf III. Silvius warf einen kurzen Blick darauf und entschied, seinen Tod zu verschweigen, auf daß er wenigstens über die so wohlgeordnete Welt des Oberbootsmannes Gustavson weiterhin herrschen mochte. Ein Kachelofen verbreitete behagliche Wärme. Frische Vorhänge schmückten die Fenster. Durch die Scheiben waren zwischen Hagelschauern Fetzen des Meeres zu erkennen. Im ersten Stock lagen die Schlafzimmer. Im zweiten der leere Mannschaftsraum (die drei Hilfskräfte waren seit dem Beginn der Ereignisse verschwunden). Im dritten das Büro mit dem Morsetelegraphen, der stumm blieb, seitdem die Linie unterbrochen worden war. Im vierten und letzten Stockwerk, noch weiter oben, am Ende einer Wendeltreppe, ein kleiner sechseckiger verglaster Raum, der einen Ausblick auf den Horizont gewährte, auf das Meer, den Hafen und die Steilküste. Außerhalb, auf einem Balkon, erhob sich die eigenartige schmale Gestalt des Winkertelegraphen mit Bedienungshebeln, Ketten und Zahnrädern und einem Flaggenmast. Überkopf, in einer engen runden Kapsel, befand sich die Laterne des Scheinwerfers. Silvius und der Bischof waren zusammen mit Gustavson bis hier hinauf geklettert, während die anderen unten blieben.

»Ich habe mir Sorgen gemacht wegen des Scheinwerfers«, erklärte der Oberbootsmann. »Ich habe ihn auf meine Verantwortung hin gelöscht, aber ich weiß nicht, ob das richtig war.«

Sichtlich quälte ihn diese Frage. Er öffnete eine Dienstvorschrift, die auf einem Pult lag. »Das Reglement für die Leuchttürme und Signalstationen«, fuhr er fort, »schreibt ausdrücklich vor, daß im Kriegsfall sofort und ohne auf Befehle zu warten alles Licht zu löschen ist. Nun, ich habe keinerlei Befehle erhalten. Befinden wir uns im Krieg oder befinden wir uns im Frieden, Herr Oberst?«

Auf einem Stativ stand ein Fernrohr. Pickendorff klemmte sein Auge dahinter und richtete es zuerst auf den Hafen und auf die drei Molen. Die erste Mole war die der Marine. Keine Spur von den beiden Kanonenbooten. Am Anlegeplatz lag einzig ein Schiffsrumpf von eleganten Formen, dessen Aufbauten sämtlich verbrannt waren. Silvius erkannte die Yacht des Markgrafen.

»Was ist geschehen?«

»Über die haben sie sich gleich zu Anfang hergemacht«, erklärte der Oberbootsmann. »Der ganze Abschaum der Einwohnerschaft. Die Besatzung hat sie nicht gehindert. Der Tanz hat mehrere Tage gedauert. Selbst in der Nacht konnte man sie bis hier herauf grölen hören. Die Kinder sind davon aufgewacht. Mein Sohn war ganz außer sich. Ich habe ihn in seinem Zimmer einsperren müssen. Als das Feuer ausbrach sind viele verbrannt. Ich will nicht von dem Gestank reden, Herr Oberst. Das muß wenig hübsch sein, dort drinnen. Andere sind ins Wasser gesprungen und ertrunken. Keiner hat es überlebt ...«

Er sprach bedächtig. Es schien ihn nicht zu berühren. Silvius nahm seine Erkundung wieder auf. Die zweite Mole, wo sich ein Hafenbahnhof befand, war die sogenannte Presidio-Mole. Dort legten zweimal im Monat die markgräflichen Postschiffe an, die die Verbindung mit zwei kleinen Enklaven im Territorium der Syrten herstellten (man war dazu eine Woche auf See), welche die Stadt seit vielen Jahrhunderten infolge verschiedener Zufälligkeiten besaß. Über diese beiden Besitzungen atmete die Stadt die Luft der großen weiten Welt. Der Markgraf schickte dorthin die ungebärdigsten seiner Untertanen, wo sie in der Folge Wunder wirkten. Soldaten, Missionare, Kaufleute, Ingenieure, Ärzte. Kostrowitzky selbst hatte dort einige Zeit auf Rechnung der städtischen Manufakturen für den ganzen Norden des Kontinents Waffen gehandelt. Die Bordelle waren voller Mädchen von dort unten, mit kaffeebraunen Brüsten und zwitschernden Stimmen, die die blonden, wohlerzogenen jungen Leute der Stadt von fremden Firmamenten träumen ließen. Die Ankunft der »Presidio-Koffer« – so nannte man die Schiffe – ließ den Hafen unter einer Woge von Fröhlichkeit erbeben. Die geöffneten Frachträume – und was daraus zutage gefördert wurde – strömten Wohlgerüche aus: Kaffee, Zimt, Kampfer, exotische Früchte. Und die Passagiere, die, noch in koloniales

Weiß gekleidet, an Land gingen, schwärmten aus in die Cafés und wußten dort bis spät in die Nacht von ihren Abenteuern zu erzählen. Wenn man ihnen zuhörte, wobei der Alkohol sein übriges tat, so hatte noch der Geringste unter ihnen auf der anderen Seite des Meeres einen Harem untröstlicher junger Schönheiten zurückgelassen. Goldstücke rollten über die Tische, geprägt mit den Bildern turbantragender Herrscher ferner Länder. Der Hafen lebte im Rhythmus der »Koffer«. Fuhr der eine ab, wartete man auf den anderen. Und dann jüngst, im letzten Jahr, schienen diejenigen, die ankamen, weniger fröhlich, weniger schwatzhaft, die Fracht weniger duftend, weniger vielfältig, karg geradezu. In den Bordellen alterten die Mädchen und wurden nicht ersetzt. Der Charme zerbrach Stück für Stück, aber es blieb die Erinnerung, bis zu jenem Vorweihnachtstag, an dem der »Presidio-Koffer« am Tage seiner üblichen Ankunft unvermittelt ausblieb. Dann verstrichen zwei Wochen: nichts. Man hatte auf den folgenden gewartet, aber kein Schiff zeigte sich. Das Meer blieb hoffnungslos leer. So hatte im Hafen alles begonnen.

Das Auge an das Fernrohr geheftet, erforschte Silvius den ausgebrannten Hafenbahnhof, die verlassenen und verwüsteten Quais. An der Fischermole dieselbe Verwüstung. Ein halb gesunkener Kutter, ein anderer, von dem nur noch der Ladebaum aus dem Wasser ragte, und keine Spur von einem menschlichen Wesen.

»Und nun«, fragte Silvius, »ist dort unten noch jemand am Leben?«

»Das weiß ich nicht, Herr Oberst«, sagte Gustavson. »Ich konnte nicht hinuntergehen um nachzusehen. Das Reglement für die Leuchttürme und Signalstationen schreibt im

Artikel 1 vor, daß die Sicherstellung des Betriebs bei Tag und Nacht Vorrang hat, was auch immer draußen geschehen mag. Ich bin ohne Hilfskräfte. Ich hatte keine Wahl. Ich habe mich nicht von der Stelle gerührt. Sonst hätte ich mich des Verlassens meines Postens schuldig gemacht.«

Das kam ihm auch sichtlich gelegen. Eingemauert in seine Gewißheiten, hatte sich der Oberbootsmann Gustavson gegen das Chaos verschanzt.

»Alles was ich Herrn Oberst sagen kann«, fügte er hinzu, »ist, daß man unten seit einiger Zeit nichts mehr hört. Gegenwärtig beobachte ich nur das Meer. Das ist meine Aufgabe.«

»Geben sie mir die *Schiffsbewegungen*, bitte.«

Es handelte sich um ein Meldeheft mit numerierten Seiten, das gemäß der Vorschrift auf den Leuchttürmen und Signalstationen der Stadt zu führen war. Unter dem Datum vom …: *17.^{30} Uhr. Abfahrt der SS* Wilhelm Kostrowitzky, *markgräfliches Postschiff, auf Kurs zu den Presidios. Flaggensignal bei Umrunden des Kaps: »Auf Wiedersehen.« Signalstation antwortet: »Gute Reise …«*

»Dieses da, das war das letzte«, kommentierte der Oberbootsmann, »obwohl wir uns dessen vielleicht noch nicht sicher sein können. Für gewöhnlich signalisierten die Kapitäne der ›Koffer‹: ›Auf Wiedersehen und bis bald.‹ Das gehörte zum Zeremoniell. Dieses Mal nur ein trockenes ›auf Wiedersehen‹. Ich habe damals nicht darauf geachtet. Die *Kostrowitzky* ist niemals zurückgekehrt. Es waren einige Leute auf der Brücke. Ich hatte das Auge am Fernglas. Feine Gesellschaft, soweit ich sehen konnte. Die sind rechtzeitig abgehauen. Ein Kind allein hat mit dem Taschentuch gewunken, wie es sonst alle getan hatten …«

Pickendorff setzte seine Lektüre fort: *Keine. Keine.* So einen Tag nach dem anderen. *Schiffsbewegungen: keine. Gezeichnet: Oberbootsmann der Küstenwache Gustavson.* Endlich, unter dem Datum vom …: *$7.^{05}$ Uhr. Ankunft des Kutters* Fédora, *Rückkehr vom Fischfang am Syrten-Kap. Signalisiert, daß auf ihn geschossen wurde nach Sichtung der Flagge »Anlandung verboten. Quarantäne«. Signalstation antwortet: »Verstanden. Ich übermittle …«* Aber unten auf derselben Seite der Eintrag: *$20.^{32}$ Uhr. Abfahrt des Kutters* Fédora. *Gibt kein Fahrtziel an. Signalstation wiederholt Anfrage ohne Ergebnis …*

»Er ist tatsächlich am selben Abend wieder abgefahren«, erklärte der Oberbootsmann. »Wahrscheinlich ohne Kapitän. Man hat sich um einen Platz an Bord geschlagen. Es gab Tote und Verletzte. Bis auf die zwei gesunkenen Kutter und die beiden Kanonenboote an der Marinemole hat sich der Hafen in einer Nacht geleert. Sie haben ihre Positionsleuchten gelöscht, aber im Mondlicht habe ich sie erkannt. Es waren die *Athos*, die *Battenberg*, die *San Michele*, die *Victorin*. Ich habe den Scheinwerfer entzündet, damit sie Peilung nehmen konnten. Ein einziger hat mit Blinkzeichen geantwortet: ›Danke. Lebt wohl.‹ Das war die *Victorin*. Der Kapitän war ein Freund. Ich weiß nicht, ob er sich an Bord befand. Keiner von ihnen ist zurückgekehrt. Am nächsten Tag, bei Sonnenaufgang, ist die *Sankt Askan* tätig geworden …«

Pickendorff las: *$4.^{52}$ Uhr. Kanonenboot* Sankt Askan *lichtet Anker, führt Stander des Kommodore Warsoff, Befehlshaber der Sicherungsflotille der Küstenwache, Füsiliere unter Waffen auf der Brücke angetreten. Kommodore in weißen Handschuhen an der Reeling …*

»Warum haben Sie gerade dieses Detail festgehalten?«

»Ich weiß nicht, Herr Oberst. Ich habe mir gesagt: Jetzt geht's rund!«

Silvius lächelte. Jupp, Jupp Warsoff, der Freund aus Kinderzeiten. Damals im Pagenkorps verzieh er niemals einen Angriff auf die Ehre, den Fürsten oder seine eigene Person. Er teilte seine Abreibungen in weißen Handschuhen aus. Er zog sie aus der Tasche und streifte sie langsam über, während er seinen Gegner fixierte. Das war seine Art, das Urteil zu sprechen. Später, an Bord seines Schiffes, kommandierte der Kommodore Warsoff stets in weißen Handschuhen. Er war auch sonst für seine Extravaganzen bekannt, wie zum Beispiel, die Kanone in die Luft schießen zu lassen, während der Kaplan auf der Brücke die Messe zelebrierte, oder etwa an Bord Bälle zu geben und dazu auf seine Kosten die schönsten Mädchen aus den Bordellen einzuladen, unter der Bedingung, daß sie im Abendkleid kämen und sich ehrbar gegen die Seeleute betrügen. Es wurde langsamer Walzer und Boston getanzt. Seine Besatzung verehrte ihn.

Silvius nahm seine Lektüre wieder auf: *5.^{05} Uhr.* Sankt Askan *signalisiert: »Schwere Zwischenfälle an Bord der* Friedrich-Welf. *Gehe auf Patrouillen-Position drei Meilen vor der Küste. Bitte Marinebehörden benachrichtigen ...« 6.^{52} Uhr. Kanonenboot* Friedrich-Welf *läuft aus. Keine Nationalflagge auf der Pupp. Kein Offizier an der Reeling. Besatzung mit Zivilisten gemischt. Frauen an Bord. Alle Anzeichen von Insurrektion. Signalstation fragt: »Geben sie Ihr Fahrziel an.« Keine Antwort ... 7.^{12} Uhr. Geschützfeuer auf hoher See, ca. drei Meilen vor der Küste, Azimut 185°. Starker schwarzer Rauch, danach Explosionen. 7.^{14} Uhr. Roter Lichtschein, große Explosion. 7.^{55} Uhr. Kanonenboot* Sankt Askan *auf Sichtweite vor dem*

Kap. Signalisiert: »Kanonenboot Friedrich-Welf *durch mich versenkt 44°36' Nord 32°37' Ost. Keine Überlebenden. An Bord alles klar. Gehe in See auf weite Fahrt. Bitte Marinebehörden benachrichtigen.« Gezeichnet: »Kommodore Warsoff.«*

»Tatsächlich habe ich niemanden benachrichtigen können, weder die Admiralität noch den Palast«, schloß der Oberbootsmann Gustavson den Bericht ab. »Es war an diesem Morgen, als die Telegraphenlinie endgültig unterbrochen wurde.«

Weite Fahrt? Welche Fahrt? Während er sich noch die Frage stellte, wußte Silvius bereits die Antwort. Wie er selbst hatte Jupp Warsoff die Stadt verlassen ohne die Hoffnung oder den Wunsch, wieder dorthin zurückzukehren ... Er blätterte weiter. *Schiffsbewegungen: keine. Schiffsbewegungen: keine. Keine. Keine. Keine* ... Schließlich klappte er das Heft zu.

»Und nun, was mache ich mit dem Scheinwerfer, Herr Oberst? Zünde ich ihn wieder an? Oder lasse ich ihn aus?«

Es klopfte an der Tür. Es war das jüngere der beiden kleinen Mädchen, ein wenig außer Atem vom Treppensteigen, ganz rosig, ganz allerliebst, mit einem Satinknoten im Haar und Lackschuhen zum Sonntagsstaat. Ehrerbietig machte sie einen Knicks und sagte ganz artig: »Mama hat mir aufgetragen, dem Herrn Oberst auszurichten, daß das Diner serviert wird ...« Auch Silvius wußte sich vollendet zu betragen. Er tätschelte die frischen Wangen der Kleinen, beglückwünschte den stolzen Vater zu der reizenden Erscheinung und den vorzüglichen Manieren des jungen Fräulein Gustavson, und antwortete ihr im selben Ton: »Richten Sie Ihrer Frau Mutter meine Empfehlung aus und sagen Sie ihr, daß wir herunterkommen ...« Die Abschiedszeremonie auf dem Schloß, nur in kleinerem Rahmen, stand ihm wieder vor Augen. Morgen würde gewiß auch diese Erinnerung verblassen ...

»Aber der Scheinwerfer, Herr Oberst?« Jetzt stieg Panik auf in der Stimme des Oberbootsmannes.

»Ach ja, der Scheinwerfer ...« sagte Pickendorff zerstreut. »Das Reglement ... Befinden wir uns im Frieden oder im Krieg? Dienstlich, wenn es das ist, was Sie beschäftigt, interessiert es mich nicht. Mir scheint, wir befinden uns in einer Lage, die das Reglement nicht vorsieht. Aber wenn Sie meinen Rat wollen, ich würde ihn jede Nacht entzünden, bis das Öl verbraucht ist.«

»Zwei Monate und drei Stunden«, präzisierte Gustavson nachdem er ein anderes Verzeichnis herangezogen hatte. Mit dem Auge am Fernrohr nahm Silvius einen letzten Rundblick. Die See war leer, still und verlassen lag der Hafen. Silvius nahm Abschied vom Meer und von allem, was sich jenseits davon befand, von der ganzen Welt in gewissem Sinne. Eine Frage nur stellte sich ihm noch (was er sich übrigens zum Vorwurf machte): war es denn anständig, Frau Gustavsons Diner zu verspeisen und ihren Trottel von Mann ohne jede Ermutigung, ohne Hoffnung, stehen zu lassen? Er wollte es wenigstens versuchen.

»Zwei Monate und drei Stunden? Nun, das ist vielleicht länger, als der Kommodore Warsoff braucht, um seinen Auftrag auszuführen. Ihr Scheinwerfer wird ihm die Annäherung bei seiner Rückkehr erleichtern.«

»Glauben Sie wirklich, daß er zurückkehren wird, Herr Oberst?« Der Oberbootsmann war kurz davor, zusammenzubrechen. Nun, da der Aufbruch seiner Gäste bevorstand, entdeckte er plötzlich, was Einsamkeit hieß.

Pickendorff hob die Schultern. »Natürlich wird er zurückkommen«, sagte er. »Und außerdem wird Sie das beschäftigen, Gustavson.« Dessen zumindest war er gewiß. Der gute Mann würde seinen Scheinwerfer, seine Fresnel-Linse und das Getriebe in Schuß halten bis zum letzten Tropfen Öl …

Bevor man sich zu Tisch setzte, bestand der Oberbootsmann unbedingt darauf, daß auch sein Keller dem Oberst die Ehre erweise. Der barg seine Vorräte. Ersichtlich sein ganzer Stolz. Pedantisch wie ein Kleinkrämer führte er Inventar bis auf das letzte Einmachglas. Da gab es Schinken, Würste, Säcke mit Mehl und Linsen, Ölkannen, Bierfässer, Fleischkonserven, eingemachte Früchte und Gemüse, Streichhölzer, Lampendochte, Schiffszwieback, alles etikettiert, datiert, in Regale geräumt und auf den Millimeter ausgerichtet, »Und nichts als das, was das Reglement vorschreibt, Herr Oberst«, erklärte er. »Auf den Schiffen auf See, den Leuchttürmen und Signalstationen Vorrat für zwei Monate. Ich habe hier natürlich auch meine persönlichen Vorräte, aber die habe ich selbst bezahlt. Was das Übrige angeht: als unten der Schlamassel losging, bin ich ein letztes Mal zu den Marine-Magazinen hinuntergegangen. Stellen Sie sich vor, Herr Oberst, in dem allgemeinen Durcheinander hat man mir nicht einmal Ausgabequittungen ausgestellt. Also bitte, bevor Sie gehen, bedienen sie sich, wenn Sie etwas brauchen, was es auch sei.«

»Danke. Ich glaube, daß in unseren Satteltaschen noch etwas Platz ist. Ich werde den Wachtmeister Abaï schicken.« Und im selben Augenblick stellte er sich mit einem gewissen Vergnügen vor, wie des Oberbootsmannes Gustavson Vorräte sich erschöpft hatten, wie er vor seinen ausgeräumten Regalen brütete, indes die leeren Linsensäcke gähnten und sein letztes

Bierfaß hohl Chamade schlug, wie er sich dann gewissenhaft an sein Pult setzte, um Spalte für Spalte all das, was er in zwei Monaten mit seiner kleinen Familie gegessen und getrunken hatte, zusammenzuzählen, mit dem Lineal einen Strich zog, das Endergebnis darunter schrieb, zur Kontrolle neunmal nachprüfte und seine nutzlos gewordene Feder weglegte, mit großem Hunger im Magen und schwindelerregender Leere im Hirn. Dann würde ihm der Himmel auf den Kopf fallen.

Natürlich hatte Frau Gustavson ein fürstliches Mal aufgetragen. Ihr schönstes Tischtuch deckte die Tafel. Speisen und Getränke türmten sich. Sie machte ein Wesen daraus, ihre Gäste zu plazieren: »Herr Oberst auf den Ehrenplatz ...«, das hieß unter dem Portrait des Markgrafen. »Herr Bischof zu meiner Rechten, und, mal sehen, mal sehen ...«, sie tat zögerlich, »wir vereinfachen die Tischordnung, denn wir sind ja *entre nous*, nicht wahr ... der jüngste der Herren zu meiner Linken.« Das war der Kadett Stanislaus Vénier. Silvius drängte. Daß seine kleine Truppe sich stärkte und die Gelegenheit dazu soviel als möglich nutzte, war ja recht, doch eilte es ihn, diese trügerische Schonfrist zu beenden. Kaum war das Tischgebet gesprochen, stopften sie sich den Bauch voll. Sie schlangen enorme Mengen hinunter. Der Unteroffizier Wassili lockerte sein Koppel und schaffte seinem Hals Luft. Selbst Abaï hörte man rülpsen, wie es bei den Umiâten Sitte ist. Die Konversation freilich litt darunter. Gustavson kredenzte den Genever und schenkte sich selbst davon stets aufs neue das Glas randvoll, das er in einem Zuge hinunterstürzte, dabei seinen kleinen Finger wie ein »I« abspreizend, während seine Gattin, nüchterner, ohne erkennbaren Anlaß auflachend, den glücklichen Ausdruck einer friedlichen liebenswerten Kuh zur Schau trug. In der Ecke, am anderen Ende des Zimmers, stand stumm und still Gustavson junior und starrte mit Widerwillen auf die Szene. Warum hatte man ihn nicht spielen geschickt? fragte sich Silvius. Aber spielte diese Art Kind überhaupt? Sah man seine harten Züge und seinen steinernen Blick, konnte man daran zweifeln. Jedesmal, wenn Silvius vom Teller aufsah, begegnete er dem haßerfüllten Blick des Kindes. Schließlich platzte ihm der Kragen.

»Kann man diesen Jungen nicht woanders hinschicken? Wenigstens bis das Essen beendet ist?«

»Oh, wissen Sie, Herr Oberst«, antwortete Frau Gustavson, »er kann manchmal auch lieb sein.«

Der Junge lachte hämisch. »Lieb? Ich? Ich bin nicht lieb. Ich bin böse. Und ihr, ihr beide, ich sehe genau, was ihr unter dem Tischtuch macht.«

Unter dem Tischtuch nahm der Kadett Vénier rasch die Hand vom Schenkel seiner Tischdame. Das war ohnehin nur der Ausklang gewesen. Die Hauptsache hatte sich anderswo, in einem der Schlafzimmer, abgespielt, während der Oberbootsmann Gustavson dem Oberst im Wachraum der Signalstation Bericht erstattet hatte.

»Mein Liebling ...«, säuselte Frau Gustavson, um ihren Sprößling zu besänftigen.

Jetzt brach es aus dem Bengel heraus in einem Gemisch aus Freude und Wut. Ein widerwärtiger Auftritt. »Und vorhin bin ich euch gefolgt. Und vorhin habe ich euch gehört ... Uh! Uh! Uh! Mehr! Mehr! ... Ich habe dich gesehen, den Arsch in der Höh'. Und er mit seinem dicken Pimmel, seinem dicken Pimmel ...« Er stampfte mit dem Fuß, der Körper zuckte und zitterte. Speichel rann von seinen Lippen.

»Er lügt! Er lügt!« schrie seine Mutter.

Und sein Vater setzte hinzu: »Wirst du wohl still sein, du kleiner Rotzlöffel!«

Doch das war ohne Nachdruck gesagt. Der Oberbootsmann schenkte sich das Glas voll und kippte es hinunter, wie die vorigen und schien das Interesse an der ganzen Angelegenheit verloren zu haben. Der Junge wurde immer heftiger. Sein Blick brannte vor Mordgier. Diejenigen, die den Verwundeten den Rest geben, müssen diesen Blick haben. »Und danach hast du ihm einen geblasen, ihm einen geblasen, ihm einen geblasen ...«

»Macht doch, daß er still ist! Um Gottes Willen!« kreischte Frau Gustavson.

Der Kadett Vénier erhob sich, reckte seinen großen athletischen Körper. Es schien ihm überhaupt nichts auszumachen. Er war einfach nur ruhig und hatte sich in der Gewalt.

»Bleiben Sie sitzen«, befahl Bischof van Beck. »Das ist meine Sache.« Und er ging auf das Kind zu, die rechte Hand erhoben, die Finger zum Segen geschlossen. Schreiend lief der Junge davon ...

Ein wenig später, als sie alle sieben auf dem Sandweg in die Nacht galoppierten und die frische Luft in vollen Zügen eingesogen, meinte Silvius: »Nun, alles in allem, lassen wir hier eine fast heile Welt zurück.«

Eine durch die Entfernung gedämpfte Explosion antwortete ihm. Der Fähnrich Bazin du Bourg, als Fachmann, gab die Erklärung. »Das muß der kleine Rotzlöffel sein, der mit den Minen seines lieben Papas spielt.«

Nachdem sie sich orientiert hatten, wandten sie sich in nordöstlicher Richtung dem Gebirge zu und ließen die Stadt weit im Westen ...

III.

Es war Frühling geworden. Ein noch zaghafter Bergfrühling. In der Sonne schmolz der Schnee, nur im Schatten blieb er noch liegen. Das Gras kam in großen Flächen hervor, Berggras, kurz, aber dicht, saftig grün, das die Pferde mit Behagen abfraßen. Gebirgsbäche stürzten von den Eisfeldern herab und führten herrliches klares Wasser. Es war schön. In einem Himmel von wunderbarer Bläue zog ein Königsadler seine Kreise. Nicht mehr fern ragten die Gipfel. Schwarz auf weiß, Fels und Schnee, zeichneten sie sich in der ungetrübten Luft ab als ununterbrochene Kette, die sich endlos nach dem Norden hinzog. Nur noch ganz undeutlich dehnte sich hinter den Reitern in der Ferne die Ebene.

Sie waren lange auf halber Höhe des Berghanges geritten, an den Rändern der menschlichen Besiedlung, die hier und da markiert waren durch alte Grenzsteine und ein paar längst überholte militärische Hinweisschilder entlang eines oft kaum mehr erkennbaren Saumpfades. Dieser hier war auf der Generalstabskarte des Obersten von Pickendorff in einfacher Punktierung eingetragen, begleitet von einer seiner gegenwärtigen Bedeutung ganz unangemessenen, verschnarchten Bezeichnung, die Buchstabe für Buchstabe von Nord nach

Süd die Höhenlinie »dreitausend Fuß« entlangschritt: *Strategische Straße Nr. 1.* Es handelte sich um ein Überbleibsel aus fernen Zeiten, als diese von einer Tausendschaft seßhaft gewordener und assimilierter Nachkommmen der Tschetschenen bewohnte Grenzmark noch als Unruhezone betrachtet wurde, obwohl dort kein Schuß mehr gefallen war, seitdem der Markgraf Askan-Friedrich V. sie vor zweihundertundfünzig Jahren endgültig befriedet hatte.

Pickendorff und seine Reiter waren bis jetzt kaum einem Menschen begegnet, nur einigen großen, farbenfroh gekleideten, schnauzbärtigen Burschen, die, lange Pfeifen rauchend, ihre Herden domestizierter Yaks hüteten. Wenn die kleine Truppe vorbeizog, hatten sie freundlich gegrüßt, aber von weitem, indem sie sich darauf beschränkten, die Hand zum Friedenszeichen zu heben – offenbar gleichgültig gegen das Ansehen und die Volkstümlichkeit des schwarzen pelzgefütterten Umhangs und der schwarzen, scharlachrot paspelierten Uniform der markgräflichen Kavallerie, auf welche Pickendorff gesetzt hatte. Keiner hatte sich herbeibequemt, um eine Unterhaltung zu beginnen. Gewiß, sie galten als wenig mitteilsam, aber Silvius war dennoch verwundert. So hatte er schließlich den ersten Schritt getan und sein Pferd vom Wege hinab gelenkt nach einem jurtenförmigen Haus mit Lehmmauern, wie es für diese Gegend typisch war. Ein stattlicher, hochgewachsener, hagerer Alter mit umgehängtem Gewehr hatte ihm Sauermilch angeboten. Auf die Fragen des Obersten hatte er geantwortet, daß ja, in der Tat, er und die Seinen auf der Hut hatten sein müssen, daß Strolche aus der Ebene heraufgekommen waren, um über Vieh und Frauen herzufallen, aber daß in Abwesenheit der Armee sie sich berechtigt gesehen hätten, mit ihnen kurzen und gründlichen Prozeß zu machen. Sie hatte die Leichen nicht begraben, sondern als Warnung in den Bäumen aufgehängt, nachdem sie zur Abschrekkung ein wenig hergerichtet worden waren. Seitdem waren sie nicht mehr bedroht worden, wollten aber wachsam bleiben, und der Herr Oberst möge ihrer Ehrerbietung und ihrer Loyalität versichert sein. »Und von dort oben?« hatte Pickendorff gefragt, indem er nach dem Gebirge deutete. Der Alte hatte ihn mit erstaunter Miene angesehen: »Von dort oben? Es kommt niemand von dort oben, Herr Oberst. Alle Wege sind seit langem gesperrt und die Pässe sind unbenutzbar. Überhaupt, wer sollte denn kommen?« Während er zu seinen Gefährten zurückritt, fragte sich Silvius dennoch, wo das Gewehr des Alten hergekommen sein mochte – moderne, ausländische Produktion, von einer den Waffenfabrikanten der Stadt unbekannten Bauart.

Dann hatten sie ihren Weg fortgesetzt, plauderten hier und da bei einigen seltenen Begegnungen, kauften Milch oder Käse von hübschen Mädchen mit unnahbarem Blick, die ihr Haar unter einem Seidentuch verbargen – ohne daß ihnen etwas anderes als liebenswürdige und höfliche Gleichgültigkeit begegnet wäre, gewürzt freilich mit wiederholten beiläufigen Erwähnungen der Strolche, mit denen man »angemessen« verfahren war (hier grinsten die großen Burschen ganz ungeniert, bei selbstverständlich »aller dem Herrn Oberst schuldigen Ehrerbietung und Treue ...«).

Anderntags war es an dem Bischof, mit ihnen zu sprechen. Trotz seines Kavallerie-Waffenrockes ließen das Bischofskreuz an der Halskette und der Amethystring am Finger eindeutig seinen Stand erkennen. Zudem geizte er nicht mit Segnungen, wenn er vom Pferd stieg. Man verhielt sich respektvoll gegen ihn, aber ohne großen Eifer zu zeigen. Während die alten Leute, meistens, andeutungsweise flüchtig das Knie beugten, schienen die Jüngeren und vor allem die Kinder den Brauch nicht zu kennen. Ein Mißstand, den Bischof van Beck darauf zurückführte, daß bei ihnen dauernd amtierende Vikare selten waren. Waren diese Kinder überhaupt getauft? Das sei nicht der Fall, hatte man ihm geantwortet, das letzte Mal, als ein Priester vorbeigekommen war, hätten sie sich im Gebirge befunden, um mit ihren Familien dem Almauftrieb der Schafe zu folgen und sie seien zu spät benachrichtigt worden.

»Aber trotzdem. Um die Taufe hättet ihr euch bemühen müssen!« hatte ihnen der Bischof vorgehalten, und nur ein stummes Konzert fatalistischer Gebärden zur Antwort erhalten. Zweihundertfünfzig Jahre Christentum nach einer eher erzwungene Konversion – das war ohne Zweifel zuwenig Zeit, um einen Glauben einzuwurzeln. Auch war diese Gebirgsprovinz stets Missionsgebiet geblieben. Davon zeugten einige Wegkreuze hier und dort entlang des Saumpfades, in deren Fuß jeweils eine Platte eingelassen war. Es waren darauf in jetzt beinahe unleserlichen Buchstaben der Monat und das Jahr der Mission festgehalten, ebenso der Name des Heiligen, unter dessen Schutz sie stattgefunden hatte. Meistens war das der Heilige Pedraton, der Eremit und Märtyrer der Grenze aus den fernen ersten Zeiten der Eroberung. Einige dieser Kreuze waren zerbrochen. Alter, Witterung, mangelnde Pflege ... Eines zeigte jedoch eine saubere, noch frische Bruchkante, welche der Bischof nachdenklich betrachtet hatte, ohne andere Auskunft zu erhalten als ahnungslosen Gesichtsausdruck und ohnmächtiges Seufzen.

»Und die Kirche?« hatte Bischof van Beck gefragt. »Man hatte damals eine Kirche für euch gebaut? Ich entsinne mich an eine Kollekte in der Kathedrale für ihre Erneuerung und ihren Unterhalt ...«

»Die Kirche? Aber selbstverständlich«, hatte ein anderer Alter (der das gleiche Gewehr über dem Rücken trug) geantwortet, »nach fünf Tagen Marsch, stets dem Saumpfad nach, kommen Herr Bischof zur Kirche Sankt Pedraton, in einer etwas dichter besiedelten Gegend.« Silvius fand das auf der Karte bestätigt. Als kleiner Kreis mit einem Kreuz darüber war das Bauwerk dort eingezeichnet. Dann hatten sie ihren Marsch fortgesetzt.

Am nächsten Tag entschieden sie, sich ein wenig Ruhe zu gönnen. Ihre verspannten Beine verlangten nach Entlastung und die Pferde nach wohlverdienter Erholung. Sie spitzten Pflöcke für die Zeltleinen an und schlugen ihr Lager am Ufer eines Baches auf. Der Bischof las in der Sonne sein Brevier. Alle säuberten sich im Bach, bis zu den Knien im Wasser, verdrehten ihre Füße auf dem Kies und lachten wie Schulbuben. Bei der Gelegenheit wuschen sie auch ihre Wäsche und breiteten sie zum Trocknen auf dem Gras aus. Der Adler hoch droben beobachtete sie nach wie vor. Gewiß hatte er seinen Horst an der Flanke eines der schwarzen Felsengipfel, die im Osten zwei- oder dreitausend Fuß hoch aufragten, wie Türme sich über einer Festungsmauer erheben. Dann kam zart und licht der Abend. Um ein duftendes Pinienholzfeuer sitzend, verzehrten sie zwei Hasen, die Abaï nicht weit entfernt gefangen hatte. So wurde Munition gespart.

Es stellte sich die Frage, vor wie langer Zeit sie die Stadt verlassen hatten. Bazin du Bourg meinte: »Elf Tage«. Der Leutnant Tankred: »Dreizehn«. Der Kadett Vénier dachte an neun. Der Unteroffizier Wassili, als er gefragt wurde, schien daran wenig interessiert, so beschäftigt war er damit, ein knuspriges Rückenstück auseinanderzunehmen. Da also keiner mitgezählt hatte, mußten sie Bischof van Beck zu Rate ziehen, der sein Notizbuch aus der Tasche holte: »Vielleicht habe ich einen oder zwei Tage übersprungen«, räumte er ein, »aber ich denke, ohne allzusehr daneben zu liegen kann ich sagen, daß wir vor sechzehn Tagen aufgebrochen sind.«

Abaï schenkte die Becher mit Genever voll, und Silvius ließ eine Schachtel mit kleinen Zigarren herumgehen, mit dem Wappen der Marine auf der Banderole, aus dem »persönlichen Vorrat« des Oberbootsmannes Gustavson, den im übrigen jeder vergessen hatte.

»Sechzehn Tage, Osmond? Glauben Sie?« sagte er, während er sich die seine an einem Stück Glut anzündete. »Das hängt davon ab, wie man die Dinge betrachtet. Ich für meinen Teil neige eher zu zweiunddreißig Tagen.«

Der Bischof blätterte sein Notizbuch Seite für Seite um und zählte mit den Fingern. »Unmöglich. Selbst wenn ich mich ein paarmal geirrt haben sollte, sind es ganz sicher nicht mehr als sechzehn Tage.«

»Sechzehn Tage für Sie, Osmond«, gestand Silvius zu, »aber zweiunddreißig für mich, mindestens. Oder vielleicht achtundvierzig. Oder noch viel mehr, wer weiß? Unendlich viele Tage ...«

Überrascht sahen ihn alle an und warteten auf eine Erklärung. Der Unteroffizier vergaß darüber sogar zu kauen, der halb abgenagte Knochen in seiner Hand hing in der Luft. An ihn wandte sich Pickendorff.

»Hören Sie gut zu, Wassili, Sie sollten in der Lage sein, das zu verstehen. Seit wir aufgebrochen sind, waren wir von Sonnenaufgang bis in die Nacht unterwegs. Nach der Berechnung des Herrn Bischof sind wir sechzehn Tage nach Norden geritten und haben uns mithin sechzehn Tage lang von der Stadt entfernt. Einverstanden?«

Der Unteroffizier nickte.

»Nun, alles das ist relativ, Unteroffizier, und stellt nicht die ganze Wahrheit dar. Nehmen wir an – gesetzt, wir hätten die Männer und die Pferde dafür, was nicht der Fall ist –, daß ich heute beispielsweise einen Boten nach der Stadt absende, mit einem sehr wichtigen Schreiben, bestimmt für ... sagen wir, den Interimsgouverneur des Schlosses, den Major Wilbur – falls er noch am Leben ist. Wie lange wird dieser Reiter brauchen, um an sein Ziel zu kommen?«

»Wenn er so schnell reitet wie wir, was schon nichts geringes wäre, sechzehn Tage, Herr Oberst.«

»Sechzehn Tage, in der Tat. Bis jetzt. Passen Sie gut auf. Wenn dieser Bote auf dem Schloß ankommt – falls er dort ankommt, bedenkt man den Zustand des Landes – wie viele Tage werden dann vergangen sein, seitdem wir selbst aufgebrochen sind?«

Wassili kniff angestrengt die Brauen zusammen. »Mir scheint, Herr Oberst ... Sechzehn Tage für uns, sechzehn Tage für ihn, macht: zweiunddreißig. Zweiunddreißig Tage Herr Oberst!« Das machte ihm großen Eindruck.

»Gut. Fahren wir fort«, sagte Silvius. »Unser Bote ist nun auf dem Schloß, aber wir wissen nicht, was dort geschieht. Bis jetzt spricht nur eine einzige Stimme, allein in eine Richtung – tatsächlich ein Selbstgespräch. Damit eine Zwiesprache wirklich zustande käme und Leben und Raum in der Zeit gewönne, wäre es nötig, daß wir von Major Wilbur eine Antwort bekämen. Immer noch einverstanden, Wassili?«

»Äh ... Ja, Herr Oberst.«

»Da wäre also der Major Wilbur, der schon am nächsten Tag bei Sonnenaufgang unseren Boten wieder zu uns zurückschickt ...«

»Der arme Kerl«, barmte sich der Unteroffizier. »Zweiunddreißig Tage sich den Arsch aufgerissen, und noch einmal sechzehn Tage, um wieder zu uns zu kommen ... Aber das macht achtundvierzig! Achtundvierzig Tage, Herr Oberst!«

Solchermaßen über die Evidenz triumphierend, glaubte der Unteroffizier Wassili scharfsinnig zu werden. »Wenn ich so darüber nachdenke, Herr Oberst: wir haben gesagt achtundvierzig Tage, aber wenn wir selbst uns inzwischen wieder in Marsch gesetzt hätten, müßte man da nicht noch viel weiter ausholen?«

Er brach ab, versuchte, es im Kopf auszurechnen, verlor sich in unendlichen Räumen. Überwältigt gab er schließlich auf.

»In der Tat«, sagte Pickendorff, »und jetzt wird es interessant. Dieser Bote hat den Major Wilbur bei Sonnenaufgang verlassen, um uns seine Antwort zu bringen, allein, wir sind unterdessen weitermarschiert, wie es unser Auftrag ist, und haben uns dabei immer weiter entfernt. Der Bote liegt also achtundvierzig Tage hinter uns zurück, und es wird ihm schwerfallen die aufzuholen, wenn wir nur stetig weitermarschieren. Man könnte sich jedoch vorstellen, daß dieser Reiter ein Übermensch wäre, eine Art unverwüstlicher Kentaur, der kaum Schlaf braucht und über frische Pferde zum Wechseln verfügt, alles höchst unwahrscheinliche Dinge ... Er hetzt also seine Pferde ab und könnte tatsächlich dahin kommen, uns wieder einzuholen, den Abstand um einige Tage, sagen wir zwei oder drei, zu vermindern, wenn wir selbst beispielsweise weitere zwanzig Tage geritten sind, Können Sie mir folgen?«

»Nicht ganz, Herr Oberst.«

»Das ist doch klar. Achtundvierzig Tage, plus zwanzig Tage, weniger, wie gesagt, die zwei oder drei Tage, die wir dem Reiter zugestehen, um wieder zu uns zu finden, macht: fünfundsechzig Tage. Die Antwort von Major Wilbur hat also fünfundsechzig Tage gebraucht, um uns zu erreichen, nachdem wir den Major Wilbur vor sechzehn Tagen verlassen haben ... Und jetzt, Unteroffizier, machen wir Dampf und multiplizieren all das mit zehn, das heißt, wir nehmen an, daß wir den Major Wilbur vor einhundertsechzig Tagen verlassen haben, was unausweichlich eintreten wird. Zu diesem Zeitpunkt werden wir in Wahrheit von ihm, von der Stadt und unseren Erinnerungen um ein Jahr, neun Monate und fünf Tage entfernt sein ...«

Das stimmte vielleicht nicht ganz, aber er wußte nicht, wie recht er hatte. In der kalten, verlassenen Stadt fühlte Fédora in ihrem gerundeten Leib das Kind des Kadetten Vénier, das zu bekommen sie sich entschlossen hatte und das ihr Fußtritte gab. Aber das ist eine andere Geschichte ...

Am Feuer hing jeder seinen Gedanken nach. Den Kopf zwischen den Händen sagte Wassili nur »O je, o je ...« Dann, nachdem er sich gründlich das Hirn zermartert hatte, fragte er schließlich: »Der Bote des Major Wilbur, Herr Oberst ...

Wenn er nicht ein besserer Reiter wäre als wir, wenn er keine Pferde zum Wechseln hätte, wenn er seinem Pferd Ruhe gönnen müßte, ganz wie wir, dann, dann ... er würde uns niemals erreichen! Also. Das wäre ...«

Er sprach das Wort nicht aus. Der Bischof tat es. »Die Ewigkeit. Darauf wollten Sie hinaus, nicht wahr, Silvius? Glänzende Sophistik. Sie haben uns richtig drangekriegt, Herr Oberst.«

Pickendorff nahm einen Schluck Genever und zündete seine ausgegangene Zigarre wieder an. Zufrieden mit seiner Wirkung, lächelte er. »Zugegeben ... Und dennoch, ich bin überzeugt, daß uns heute bereits eine Ewigkeit von der Stadt trennt und von denen, die wir dort zurückgelassen haben und daß es schon so war seit der ersten Minute unseres Aufbruchs. Hat das nicht seine Ordnung, letztendlich? Ist Gott nicht deshalb auf die Erde niedergestiegen, um diese Ewigkeit mit Leben zu erfüllen, um uns zu verkünden, daß wir uns alle zusammen dort wiederfinden werden an dem Tag, den er dafür bestimmt hat?«

»Unter anderem«, bekannte der Bischof.

»Nun, Osmond, darüber ließe sich noch manches sagen ...«

Die untergehende Sonne beleuchtete feierlich das Gebirge. Dafür war die Ebene im Osten bereits in Dunkelheit getaucht. Hoch über dem Lagerplatz schwebte unentwegt der Adler. Kaum mit den Flügeln schlagend und majestätisch dahingleitend, zog er in der malvenfarben gewordenen Luft weite konzentrische Kreise und änderte dabei seine Höhe, wie zur Feineinstellung seiner Beobachtung.

»Er hat es auf uns abgesehen, Herr Oberst«, sagte Abaï. »Diese Vögel haben ein scharfes Auge. Nichts entgeht ihnen, nicht einmal das, was man vor ihnen versteckt. Bei uns zu Hause tötet man sie und ißt sie. Ihr Fleisch schmeckt nicht, es ist hart und faserig, aber gut für die Augen. Soll ich ihn herunterholen?« Schon lud er seinen Karabiner.

»Laß' das, Dummkopf! Er leistet uns Gesellschaft. Da wo er ist, gerade über uns, und zwar lebendig, ist sein Anblick gar zu schön.«

»Egal«, brummte der Umiâte, »mir gefällt das nicht. Da streicht er übrigens ab.«

Der Adler hatte aufgehört zu kreisen und flog nach dem Gebirge. Durch den Spalt seiner in äußerster Aufmerksamkeit zusammengekniffenen Augenlider folgte ihm Abaï lange mit dem Blick. Der Vogel erhob sich in den Himmel. Er schien nicht auf dieser Seite zu horsten, da er nach rechts zwischen zwei Gipfeln durch eine Öffnung der Gebirgswand hindurchschoß und verschwand.

»Dieser Vogel macht das nicht zufällig«, meinte Abaï. »Es scheint, er gehorcht jemandem. Deshalb hätten wir ihn töten sollen, Herr Oberst. Ich denke, er wird zurückkommen.«

Am nächsten Morgen ritten sie weiter nach Norden. Bischof van Beck drängte zur Eile. Fünf Tagesmärsche, hatte der alte Gebirgler angegeben. Dieser fünfte Tag fiel auf einen Sonntag, und der Bischof hatte sich in den Kopf gesetzt, die Sonntagsmesse in der Kirche Sankt Pedraton zu zelebrieren. Immerhin nahmen sie sich die Zeit, unterwegs einen Schäferpfad zu erkunden, der zu den Gipfeln hinaufstieg. Es war der erste, auf den sie stießen. Er war auf der Karte eingetragen und führte zu einem ebenfalls dort verzeichneten, eine halbe Meile entfernten Paß, vielleicht derselbe, durch den der Adler hindurchgeschlüpft war. Tatsächlich führte er aber nirgendwo hin. Für die Pferde war er ungangbar und nach zehn Minuten eines schwierigen Fußmarsches verlor er sich zwischen den Felsen, um anscheinend unter einem enormen Erdrutsch zu enden. Völlig enttäuscht kam der Unteroffizier Wassili, der sich ganz aufgeregt zusammen mit Abaï und Kadett Vénier freiwillig gemeldet hatte, zurück.

»Damals, vor dreißig Jahren«, sagte er, »mit dem Rittmeister Kostrowitzky, haben wir nicht diesen Weg genommen, sondern einen anderen, weiter nördlich wie mir scheint. Auf jeden Fall ist hier seit langer Zeit niemand mehr gegangen. Es ist nur ein Ziegenpfad. Ich hätte mir ein paarmal beinahe den Hals gebrochen.«

Abaï schien Zweifel zu haben. »Es stimmt«, räumte er ein. »Man findet keinerlei Spuren, nicht einmal alte. Ich habe gesucht, und ich kann sehen.«

»Warum machst Du dann so ein Gesicht?« fragte Silvius.

Abaï zwirbelte sein Bärtchen, wie er es tat, wenn er nachdachte. »Dieser Erdrutsch, Herr Oberst. Ich frage mich, warum gerade an dieser Stelle. Es ist dort nicht besonders feucht, kein Wasserlauf oder Sturzbach, der unter dem Regen hätte anschwellen und so viel Erde mitreißen können, kein Rieselwasser, keine Versickerung. Der Hang ist steil, scheint aber fest. Ich verstehe das nicht. Mir gefällt das nicht. Und vor allem kann ich mir keinen Reim darauf machen. Um so viel Erde mit Schaufel und Schubkarre zu bewegen, würden hundert Mann nicht ausreichen, selbst wenn sie mehrere Tage schufteten. Haben Sie sich die Gegend angesehen, Herr Oberst? Man begegnet hier kaum jemandem und bis jetzt sind uns noch nicht zwanzig von diesen schnauzbärtigen Grobianen, die Yaks und Ziegen hüten, über den Weg gelaufen. Also, dieser Erdrutsch ... Na, sei's drum ...« Er zupfte heftig seinen

Bart. »Sei's drum«, wiederholte er. »Sei's drum. Aber mir gefällt das nicht.«

Sie sprachen nicht weiter darüber. Es war gegen Mittag, sie ritten schweigend auf dem Saumpfad, als der Fähnrich Bazin du Bourg, der an der Reihe war, einige hundert Meter der Kolonne voraus aufzuklären, kehrtmachte und zurückgaloppierte. »Es ist etwas geschehen, Herr Oberst! Zwei verbrannte Häuser, unten, links. Und zwei andere etwas weiter entfernt.«

Die kleine Truppe machte sich gefechtsbereit. Die Karabiner wechselten von der Schulter in die Hand und der Bischof hakte gemächlich seine Pistolentasche auf.

»Vorwärts, Kadett!« sagte Silvius. »Wir geben Ihnen Deckung. Sehen Sie sich das etwas näher an.«

Der Ort schien völlig verlassen. In den Steigbügeln stehend winkte der junge Stanislaus mit dem Arm und rief: »Sie können kommen, Herr Oberst. Hier ist kein Rattenschwanz ...«

Nur einige frisch aufgeworfene Gräber, liebevoll mit Laubwerk geschmückt, in das Margeriten und Kornblumen, die ersten Wildblumen des Frühlings, geflochten waren. Auf den Gräbern, in Holzplatten eingeritzt, standen einheimisch anmutende Namen, die sich wohl von alten tschetschenischen Patronymika ableiteten. Aber keine Kreuze, wie Bischof van Beck mit Befremden feststellte. Die Dächer der Häuser waren zu Haufen von verkohlten Balken und Schindeln zusammengestürzt, die Mauerziegel unter der Hitze geborsten. Im Innern war alles verbrannt und auf dem Boden konnte man Spuren von eingetrocknetem Blut zu erkennen. Was sich ihren Augen darbot, fügte sich nach und nach zu einem Bild, das nur eine Deutung zuließ: hier hatte ein Gemetzel stattgefunden. Geruch von Tod und kaltem Rauch lag noch über dem unheilvollen Ort. Abaï schnüffelte, sog die Luft ein, wie um ihr Hinweise zu entnehmen.

»Das ist vor noch nicht allzu langer Zeit geschehen«, sagte er. »Wohl zehn Tage her. Danach sind sie in dieser Richtung abgezogen. In der Richtung, aus der sie gekommen waren.« Und er wies dorthin, wo das hügelige Gelände sich stufenweise nach der Ebene senkte. Dann untersuchte er den Boden. »Sie sind sehr schnell abgezogen«, fuhr er fort. »Sie sind geflohen. Andere haben sie verfolgt, zu Pferde, und diese waren viel zahlreicher als jene.«

Silvius sah nichts von alledem, aber er vertraute dem angeborenen Spürsinn der Umiâten. »Gut. Wir werden uns das ansehen. Abaï, Du nimmst die Spitze. Wir folgen Dir.«

Nach einer Viertelstunde Trab wurde recht schnell deutlich, daß Abaï sich nicht geirrt hatte. Am Saum des bei dieser Höhe bereits lichten Waldes entdeckten sie eine von Hyänen angefressene Leiche, dann eine weitere und dann noch eine, schließlich eine Gruppe von einem guten Dutzend, die wohl die Nachhut gebildet hatten, um die Flucht zu decken. Ohne Erfolg. Das Gros der Truppe lag in der Mitte einer Lichtung, wo es eingekreist worden war, zu einem schauerlichen Leichenhaufen aufgetürmt, in dem alle Arten von Tieren wimmelten – kleine und große, gefiederte, mit Fell, Wirbeltiere und wirbellose –, in gräßlicher Bruderschaft der Aasfresser. Wie viele waren es? Wenigstens hundert, die wahrscheinlich von der Stadt und vom Hafen heraufgestiegen waren – zu urteilen nach den Resten ihrer Kleidung, darunter Fetzen von Zivil- und Militäruniformen, und den Jagdgewehren mit abgesägtem Lauf, die aus diesem Brei herausragten und die die Sieger (die Rächer?) nicht einmal mitgenommen hatten. Dies war also zweifellos eine dieser zusammengewürfelten Banden, die seit dem Beginn der Ereignisse ungestraft das Land in Feuer und Blut tauchten und die beschlossen haben mußte, ihre Raubzüge in das Gebirge auszudehnen, wo abgeschieden eine wenig zahlreiche, wehrlose Bevölkerung lebte. Allein, es hatte keine Überlebenden gegeben. Diejenigen, vielleicht zehn, die dem Kampf entronnen waren, schaukelten ebenfalls tot in den Ästen einer Birke – und in was für einem Zustand! Diesmal war es nicht das Werk der Tiere, sondern der Menschen. Auf ihren nackten Körpern waren die Spuren der Folter zu erkennen und gaben eine Ahnung, wie entsetzlich sie gelitten haben mußten – offensichtlich die ausgesuchte Behandlung, die der Alte, dem sie kürzlich begegnet waren, in seinen Schnauzbart lächelnd und zufrieden mit dem Kopf nickend, schlicht als »zur Warnung etwas herrichten« apostrophiert hatte …

Es stank, und da die Reiter genug gesehen hatten, kehrten sie um und gewannen wieder den Saumpfad. Abaï blieb noch kurz zurück und untersuchte den Boden um die Lichtung herum, zwischen dem Farnkraut und im Dickicht. Als er Pickendorff wieder einholte, berichtete er: »Es war beinahe eine richtige Armee, Herr Oberst.«

»Eine Armee? Was willst Du damit sagen?«

»Zumindest mehrere Eskadrons. Vielleicht sechshundert, siebenhundert Pferde.«

»Diese Yakhirten hätten eine Armee aufgestellt? Unmöglich. Mit Ermächtigung durch die Markgrafen verfügten sie seit der Befriedung über eine Territorialmiliz von einigen dreißig Mann, um die innere Sicherheit zu gewährleisten, mit der Aufgabe, die Pässe zu überwachen und die Bergpfade zu patrouillieren – aber siebenhundert, noch dazu beritten? Nein Abaï, das ist unmöglich! Diesmal irrst Du Dich.«

»Abaï irrt sich nicht, Herr Oberst,« erwiderte der Umiâte. »Abaï versteht zu sehen. Abaï sagt nur, was er sieht. Aber gut, wie Sie wollen ...« Und damit verschloß er sich in gekränktem Schweigen.

Zurück in dem zerstörten Weiler trafen sie drei Reiter an, die sie zwischen den verkohlten Ruinen erwarteten. Zwei von ihnen trugen die in der Hüfte von einem Gürtel geraffte braune Hemdbluse und die Mütze mit ledernem Schirm der Territorialmiliz. Sie hatten Knebelbärte und die kantigen Gesichter der Gebirgler und waren, die Sättel gepolstert mit Schafsfell, beritten auf kleinen, struppigen, stämmigen Pferden einheimischer Rasse, die so trittsicher waren wie Maultiere. Der dritte war von ganz anderer Art. Ihn kleidete ein eleganter Reitanzug – leuchtend grüne, persianergefütterte Seidenweste, makellos weiße Reithosen, lange rosenfarbene Schärpe. Um den Hals trug er an einer goldenen Kette eine kleine, ebenfalls goldene Pfeife. Sein edles Gesicht, mit matter Haut, Adlernase, blauen Augen, ließ erkennen, daß er wahrscheinlich einer der alten vornehmen Familien der Berge angehörte, die ihren Ursprung bis auf die fernen Zeiten der Emire zurückführten. Er stellte sich vor: »Sergej Alraman, Kommandant der Territorialmiliz. Meine Ehrerbietung, Herr Oberst.« Dann zu dem Bischof gewandt: »Ihr ergebener Diener, Hochwürdigster Herr.«

Damit war der Höflichkeit Genüge getan und er fuhr fort: »Sie sind also dort unten gewesen, Herr Oberst. Sie haben es gesehen. Ja, wir haben kein Pardon gegeben. Diese Elenden haben bezahlt. Vier Familien lebten hier«, er deutete nach dem kleinen Friedhof. »Die Alten, die Frauen, die Kinder ... sie haben keinen verschont. Vor allem über die Frauen und die Kinder sind diese Hunde hergefallen. Der Zustand, in dem wir ihre Leichen gefunden haben, ließ keine Zweifel bestehen, welchem Grauen sie ausgeliefert waren. Wir leben in einer fluchwürdigen Zeit. Meine Seele leidet, Herr Oberst. Und von nun an wird sie empfinden, was ihr bisher fremd war: Äußersten Ekel. Und maßlosen Haß.»

Darauf gab es nichts zu erwidern als Worte der Anteilnahme, an denen Silvius es nicht fehlen ließ. »Ich hätte in derselben Weise gehandelt«, fügte er hinzu, »und ich spreche Ihnen meine Hochachtung aus für diese beispielhafte Operation. Was mich allerdings erstaunt, stellt man das zahlenmäßige Mißverhältnis in Rechnung, das ist der absolute und vernichtende Charakter Ihrer Aktion.«

»Der Haß, Herr Oberst. Der Haß entfesselt Kräfte. Angesichts der Zeiten, die auf uns zukommen, kann ich Ihnen nur, mit allem Respekt, nahelegen, sich reichlich damit zu versehen.«

Die Blicke, die sie tauschten, bezeugten, daß sie einander verstanden hatten.

»Über wie viele Männer verfügen Sie, Kommandant Alraman?« fragte Silvius.

»Zwanzig von der stehenden Miliz, dazu etwa fünfzehn zusätzliche Freiwillige. Zusammen fünfunddreißig, mit mir sechsunddreißig.«

»Sechsunddreißig? Keine Verstärkung?«

»Könnte mir der Herr Oberst sagen, wo ich Verstärkung herbekommen sollte? Hat man mir auch nur einen Zug seines prächtigen Kavallerieregiments geschickt? Wir sind hier allein, abgeschnitten von jeder Obrigkeit, angewiesen einzig auf unsere eigenen Kräfte!«

Silvius tat, als stelle ihn das zufrieden. »Zürnen Sie nicht, Kommandant. Betrachten Sie mein Erstaunen als eine Reverenz an Ihren Mut. Die Güte Ihrer Bewaffnung spielte dabei sicher auch eine Rolle. Vorzügliche Waffen!«

Dabei deutete er auf die Gewehre, dieselben, die er bereits gesehen hatte, mit denen die drei Männer nebst einem langen Türkensäbel ausgerüstet waren.

Alraman lächelte. »Konterbande, Herr Oberst. Seit Beginn der Ereignisse, als wir erkennen mußten, daß aus der Stadt keine Hilfe mehr zu erwarten war, haben wir wieder Verbindung mit den Handelskarawanen aufgenommen, die die Wüste von Osten her durchqueren. Wenn der Frühling kommt, ziehen sie vorbei, um sich auf der anderen Seite des Gebirges mit Wasser zu versorgen. Tatsächlich haben wir den Handel niemals völlig aufgegeben. Tee, Zucker, Seide, Bernstein. Seine durchlauchtigste Hoheit der Markgraf drückte die Augen zu. Gott habe ihn selig ...«

»Woher wissen Sie, Kommandant, daß seine Durchlauchtigste Hoheit gestorben ist?«

Alraman wich aus. »Wir wissen es ...« Dann nahm er den Faden wieder auf: »Da der Südpaß für uns gesperrt ist – ich glaube übrigens, Sie haben sich davon selbst überzeugt, Herr Oberst«, er war bemerkenswert gut unterrichtet, dachte Silvius, »mußten wir warten, bis der Nordpaß wieder benutzbar wurde. Glücklicherweise setzte die Schneeschmelze früh ein. Unsere kleinen Pferde tun Wunder im Gebirge, und das Glück war uns hold. Die Händler fanden sich am Treffpunkt ein.«

Silvius wollte ihn fragen, wie ein solches Treffen mit nomadischen Händlern, die aus der tiefsten Tiefe der Wüste kamen, hatte vereinbart und auf die Stunde genau festgelegt werden können. Dann besann er sich anders. Sie sprachen eine Weile von diesem und jenem. Bischof van Beck äußerte seinen Wunsch, die Sonntagsmesse in Sankt Pedraton zu halten.

Ein Schatten flog über Alramans Blick. »Eine Messe, Hochwürdigster Herr? Ich fürchte, sie werden unsere armselige Kirche leer finden. In Abwesenheit des Vikars und aus Gründen der Sicherheit, die Sie gewiß verstehen, hat der Küster geglaubt, gut daran zu tun, alles Sakralgerät verteilt an sicheren Orten zu verstecken. Soviel ich weiß, hat man selbst die Glocke mit dem Wappen des Markgrafen Askan-Friedrich V., die aus der Zeit der Erbauung der Kirche stammt, entfernt. Aber wenn Sie es wünschen ...«

»Versuchen Sie, die Glocke wieder aufzuhängen«, sagte der Bischof. »Was sonst noch notwendig ist, habe ich in meinen Satteltaschen.«

»Ich werde mein Bestes tun, Hochwürdigster Herr«, versicherte Alraman, dem das sichtlich nicht zu gefallen schien.

Abaï, der den Himmel beobachtete, gab dem Gespräch eine neue Richtung. »Ich wußte doch, daß dieser Vogel wiederkommt!« verkündete er triumphierend. »Gerade über uns, Herr Oberst!«

Der Adler zog große Kreise am Himmel, die er mit jeder Runde verengte und dabei ein wenig an Höhe verlor. Nicht ein einziges Mal schlug er mit den Flügeln. Ein majestätisches Schauspiel von erhabener Meisterschaft. Alraman nahm einen ledernen Stulpenhandschuh, der in seinem Gürtel steckte und streifte ihn auf die linke Hand. Dann setzte er die goldene Pfeife, die um seinen Hals hing, an den Mund und entlockte ihr einen langen, schrillen Ton, an der Grenze des Erträglichen. Der Vogel ließ sich fallen wie ein Stein und setzte sich auf Alramans Faust nieder. Er faltete seine riesigen Schwingen zusammen und richtete auf jene, die ihn umstanden, einen Blick von schneidender Grausamkeit.

»Meine Hochachtung, Kommandant«, sagte Silvius, »da doch dieses Wunder anscheinend Ihnen gehört. Ich kannte die Begabung unserer Gebirgler, Tiere zu zähmen, aber ich wußte nicht, daß man auch den Königsadler abrichten kann. Noch einmal, meine Hochachtung.«

Alramans Antwort auf diese wohlbedachte Rede, bei der jedes Wort sorgfältig gewählt war, blieb nicht aus. Seine Verärgerung war so deutlich, daß sie sich selbst seinem Pferd mitteilte, das vor Wut zu piaffieren begann.

»Herr Oberst«, sagte er mit scharfer Stimme, »bei allem Respekt, den ich Ihnen und Ihrem Rang nach wie vor schulde, da ich auch den meinen dem verstorbenen Markgrafen verdanke, erlauben Sie mir, festzustellen, daß die Worte, die Sie gerade gesprochen haben, unerträglich sind. Draa ist in der Tat ein Wunder und er allein beweist schon die Existenz eines Gottes, der an Pracht, Adel, Mut und Schönheit sein Entzücken hat. Was das übrige angeht, Herr Oberst – meine Vorfahren, vor der Eroberung, hätten mit dem Säbel von Ihnen Genugtuung gefordert. Zunächst, Draa gehört mir nicht. Draa gehört niemandem, da er bis heute niemandem begegnet ist, der mächtiger wäre als er. Draa herrscht über sein eigenes Reich und verbreitet Schrecken unter nichtswürdigen Kreaturen. Man richtet keinen Königsadler ab. Gott erlaubte diese Schmach nicht. Man zähmt keinen Königsadler. Draa noch weniger als andere seiner Art, weil *er* es nicht erlauben würde. Draa ist frei, seine Freunde und seine Feinde zu wählen. Sein Freund zu sein ist eine Ehre und es macht mich stolz, es zu sein. Wenn er kommt, um sich auf meiner Faust niederzulassen, geschieht das unter Gleichen und Waffenbrüdern. Und zuletzt, Herr Oberst, was für Draa gilt, den Königsadler, gilt auch für die Männer der Berge. Sie haben in herablassendem Ton von ›*unseren* Gebirglern‹ gesprochen, diese Anmaßung ist Ihnen nicht mehr gestattet. Und Sie sollen wissen: mir auch nicht. Es sind nicht *meine* Gebirgler. Allein derjenige hätte das legitime Recht so zu sprechen, der …«

Unvermittelt brach er ab. Nicht wie jemand, der merkt, daß er zu weit gegangen ist, sondern als ob er gerade noch rechtzeitig innehielte, um nicht ein Geheimnis zu verraten. Silvius ließ sich die Zurechtweisung gefallen und machte eine versöhnliche Geste. Während der ganzen Dauer dieses Wutausbruchs hatte ihn der Vogel nicht aus den Augen gelassen. Alraman grüßte mit einer knappen Neigung des Kopfes.

»Meine Pflichten, Herr Oberst!« Dann zum Bischof gewandt: »Sie sollen Ihre Messe haben, Hochwürdigster Herr!«

Dann gab er seinem Pferd die Sporen und ritt im gestreckten Galopp nach Norden davon, gefolgt von seinen beiden Reitern, die kein Wort gesprochen hatten.

»Alle Achtung! Der Mann hat Format!« stellte Bischof van Beck fest. »Immerhin, Silvius, haben Sie ihm ziemlich zugesetzt. Sie sticht wohl der Hafer?«

»Ja«, gestand Silvius, »ich wollte das so und ich denke nicht, daß es falsch war, ihn in Rage gebracht zu haben. Sein tschetschenisches Blut hat das Übrige getan. Jetzt sehe ich ein wenig klarer, und zumindest bin ich mir einer Sache sicher: dieser Alraman haßt uns. Der heilige Haß, den er über diese Mörderbande herabbeschworen hat, gilt gleichermaßen mir, Ihnen Osmond, uns allen sieben.«

»Wir haben ihm aber keinen Grund dazu gegeben?«

»Überlegen Sie, Osmond. Von wo kommen wir? Wo kommen wir denn her? Von dort unten. Aus der Stadt. Aus der Stadt, aus der diese Schakale in Menschengestalt über sie hergefallen sind und ihre Frauen und Kinder hingeschlachtet haben, und die vielleicht wiederkommen werden. Zu unserer Schande sind es unsere Landsleute. Zwischen ihnen und uns macht Alraman keinen Unterschied mehr. Oder vielmehr: Er hat sich bewußt entschlossen, keinen Unterschied mehr zu machen.«

»Ja, er erstickt nicht gerade an christlicher Nächstenliebe. Dieser entsetzliche Anblick gerade eben auf der Lichtung. Die Art und Weise wie er und seine Männer sich gerächt haben, diese Folterungen, die vielleicht noch gräßlicher waren, als die, deren sich diese Elenden schuldig gemacht haben.«

Wie immer, wenn er erschüttert war, führte er sein Brustkreuz an die Lippen und küßte es verstohlen. Pickendorff bemerkte es. »Es ist nicht zu leugnen, daß Alraman recht hat. Wer weiß, ob nicht heutzutage nur der überlebt, der sich der christlichen Nächstenliebe entschlägt? Die unbedingt daran festhalten wollen, gehen unter. Und zu denen will Alraman nicht gehören, das ist alles.«

Nun mußten sie sich darüber klar werden, ob angesichts der Haltung Alramans in den kommenden Tagen nicht einige Vorsichtsmaßregeln zu treffen wären – im Lager bei Nacht Wachen ausstellen, die kleine Kolonne auseinanderziehen, um Hinterhalte zu vereiteln und nicht alle zugleich hinein zu geraten, oder im Gegenteil dicht aufschließen und stets wachsam sein, den Karabiner schußbereit in der Faust. Tankred, Bazin du Bourg und der Kadett Vénier waren dafür. Ihre Jugend ließ sie Gefallen an diesem kriegerischen Gebaren finden. Die Älteren, Abaï und Wassili, setzten skeptischere Gesichter auf. Pickendorff traf seine Entscheidung. Er vertraute auf die Aufrichtigkeit Alramans, an der zu zweifeln im Augenblick kein Anlaß bestand.

Als sie wieder anritten, gab Abaï seine Zurückhaltung auf. »Der Vogel, Herr Oberst.«

»Ja, sprich. Was beunruhigt Dich?«

»Abaï hat sich den Vogel lange angesehen. Abaï versteht zu sehen. Abaï hat gesehen. An seiner rechten Klaue, versteckt unter den Federn, ist ein kleines Behältnis befestigt. Der Vogel überbringt Nachrichten. Es sind Leute auf der anderen Seite des Gebirges. Dorthin ist er gestern geflogen und von dort ist er gekommen.«

»Die Händler«, meinte Bazin du Bourg. »Alraman hat von Händlern gesprochen. Das muß eine ihrer Karawanen sein. Der Adler diente als Bote, um ein Treffen zu verabreden ...«

Abaï nickte stumm. Dafür öffnete der Unteroffizier Wassili einer wahren Redeflut die Schleusen. Seine Augen blitzten vor Erregung, die Worte überschlugen sich. »Händler? Was erzählt uns der Herr Fähnrich von Händlern? Haben Sie vergessen, daß ich vor dreißig Jahren zu der Abteilung des Rittmeisters Kostrowitzky gehört habe, bei seinem Zug zu den Tschetschenen? Glauben Sie, daß es Händler waren, die er und ich erspäht haben, in Gefechtsformation mit entrollten Standarten? Ach, Sie wissen nicht, was für ein Mann der

Rittmeister Kostrowitzky war! Könnte ich, der ihn gekannt hat, der mit ihm aus demselben Kochgeschirr aß, der ihn im Biwak sogar im Schlaf hat reden hören, könnte ich nur einen Augenblick lang zugeben, daß er wegen *Händlern* ganz allein nach dort oben zurückgegangen und gestorben ist?«

Atemlos vor Empörung verstummte er. Man konnte ganz vergessen, daß der wackere Unteroffizier Wassili wahrscheinlich nur von sehr weit Schatten, kaum erkennbare Gestalten gesehen hatte. Dreißig Jahre später verklärte er es und dichtete mancherlei hinzu. Der treuherzige Reiter der Abteilung Kostrowitzky hatte darin freilich einen guten Lehrmeister gehabt. Die anderen betrachteten ihn voller Zuneigung.

»Wissen Sie, Wassili«, sagte Pickendorff sehr ernst, »daß Sie diesmal recht haben könnten? Kostrowitzky täuschte sich in den Händlern. Er hätte ihnen nicht zu nahe kommen dürfen.«

Beglückt errötete der Unteroffizier. »Sie werden sehen, Herr Oberst! Die Tschetschenen! Ich verwette meinen Sold ...«

»Es gibt keinen Sold mehr, Wassili. Der Generalschatzmeister der Stadt fehlt in unserem Kreise.«

Gelächter brandete auf. Endlich zählte das Geld nicht mehr. Es lebe das Leben!

»Na gut, dann verwette ich... ich weiß nicht, ich... meinen Tabak, meinen Schnaps, daß dort oben Tschetschenen sind!«

»Behalten Sie Ihren Tabak, Wassili. Nach zwei Tagen Marsch ab Sankt Pedraton, das heißt nächsten Mittwoch, werden wir den Nordpaß erreichen, von dem Alraman gesprochen hat, und Sie werden an der Spitze reiten. Dann werden wir ja sehen. Aber trotzdem ...«

Und Silvius versuchte sie daran zu erinnern, daß historisch gesehen keine dieser Hypothesen einer ernsthaften Prüfung standhielt. Nach Eroberungszügen von wechselndem Erfolg war das Gebirge beinahe zweihundertfünfzig Jahre zuvor durch den Markgrafen Askan-Friedrich V. endgültig befriedet worden. Seitdem waren die Tschetschenen nahezu friedlich in der Bevölkerung der Stadt aufgegangen. Von ihrer Eigenart blieb nur ein noch erkennbarer ethnischer Typus mit einer gewissen Vorliebe für prahlerische Kleidung. Ihre Sprache wurde nicht mehr gesprochen. Zur Zeit der Ereignisse studierte sie noch eine Handvoll harmloser Träumer aus philologischem Interesse. Ihr letzter Emir war mit wohl hundert Unbeugsamen von der anderen Seite des Gebirges geflohen und die Wüste hatte sie verschluckt. Niemand war ihnen jemals wieder begegnet …

Ein wenig später, als er Seite an Seite mit ihm ritt, vertraute Silvius sich dem Bischof an. »Und doch kommen mir Zweifel. Ich meine mich zu erinnern, daß der letzte Kommandant der Territorialmiliz des Gebirges, der vom verstorbenen Markgrafen ernannt worden war, sich gewiß nicht Alraman nannte. Es handelte sich, glaube ich, um einen alten, ehrenwerten, der Krone völlig ergebenen Herrn von Stand namens … namens … Slamin… Slaminoff … Auf jeden Fall nicht Alraman. Ich frage mich, wer dieser Alraman ist?«

Zumindest war es jemand, der Lebensart hatte, der dem Haß nicht die guten Manieren opferte. Ein Herr. Eine Stunde vor Einbruch der Nacht trafen sie auf dem Saumpfad einen berittenen Milizionär an, der sie erwartete – ebenso stumm wie seine Amtsbrüder – und ihnen Zeichen gab, ihm zu folgen bis zu einem Haus aus Lehmziegeln, wo alles für ihren Empfang vorbereitet war. Ein Feuer loderte im Kamin, daneben war ein hinreichender Vorrat an trockenem Holz aufgeschichtet. Bänke, die zugleich als Betten dienten, versehen mit Decken von Yakwolle, waren entlang der niedrigen runden Wände ins Mauerwerk eingelassen. An Einrichtung gab es weiter nur einen Tisch aus grob zugehauenen Brettern, auf dem frischgebackenes Brot stand, eine fachgerecht zerlegte Schafshälfte, ein Korb mit Wildpilzen, ein Krug Yoghurt, ein Topf Preiselbeerkonfitüre, Tee, Butter und ein kurzer Brief von Alraman, in dem er um Nachsicht bat für die Kargheit der Unterbringung und das Fehlen von Bedienung, aber er habe sich erlaubt, davon auszugehen, daß der Herr Oberst, der Hochwürdigste Herr Bischof und ihre Gefährten es vorzögen, unter sich zu bleiben statt in Gesellschaft von ungeschliffenen und wenig gesprächigen Gebirglern, die sie nur in Verlegenheit gebracht hätten. In Wirklichkeit, hatte Silvius bemerkt, isolierte sie Alraman. Das Haus stand allein. Der Milizionär zeigte ihnen einen Brunnen in geringer Entfernung und den Stall für die Pferde mit einer wohlgefüllten Futterkrippe, und galoppierte davon.

So war es auch an den drei folgenden Tagen. Ein Milizionär, in brauner Bluse und einer Mütze mit ledernem Schirm, stellte sich eine Stunde vor Sonnenuntergang ein und führte sie wortlos zu einer ebenso ländlich schlichten Unterkunft, die ihre unsichtbaren Eigentümer für die Nacht geräumt und nur etwas zu Essen für die Männer und die Pferde zurückgelassen hatten. Den Tag über begegneten sie nur wenigen Menschen, die sich stets außer Rufweite hielten. Große Burschen in gesteppten bunten Westen warfen ihnen von weitem flüchtig freundliche Gesten zu, doch wenn sie sich näherten, um mit ihnen zu sprechen, wichen diese sogleich zurück. Alramans Befehl mußte einen Bannkreis um sie herum gezogen und dessen Überschreiten den Einheimischen verboten haben. Silvius und seine Gefährten gewöhnten sich daran. Das vertiefte ihre beabsichtigte Vereinsamung. Sie fragten sich nur, was der Grund dafür sein konnte. Manchmal blieb ein Mädchen zurück, oder auch zwei – sie mochten neugieriger sein oder widerspenstiger als die anderen – und folgten ihnen mit den Blicken, wurden aber alsbald von einem Vater, Bruder oder Ehemann zurückgerufen; dann streiften ihre langen grünen, malven- oder rosenfarbenen Röcke den Boden unter ihren Füßen und flogen auf in schillerndem Farbenspiel. Die Reiter ihrerseits schauten den Mädchen nach und bewunderten ihren hohen Wuchs und stolzen Schritt. Eine Augenfreude war ihnen auch das Gebirge, ein Aufgebot schwarzer Felsengipfel, die goldbraun schimmerten, wo unter dem Lauf der Sonne mineralisches Funkeln aufsprühte zu prunkendem Spiel, das sich kaleidoskopisch ohne Unterlaß erneuerte.

Der Saumpfad zog sich nahe der Waldgrenze hin, zwischen fetten Bergweiden und duftendem Gebüsch, dessen Blätter die Spuren der Yakzähne trugen. Wildbäche stürzten von den Gipfeln herab über Terrassen tief smaragdgrüner Felsschalen, was den Fähnrich Bazin du Bourg zu staunenden Rufen hinriß, die er mit einem Kostrowitzky-Zitat begleitete: »*Dem Auge schmeichelt nichts so sehr, als der Anblick froher Zier auf düster trauervollem Grunde …*« Der Pfad führte mitunter entlang an einem der kleinen Seen, die gesäumt waren von Bruchweiden und Birken, in denen Vögel aller Art nisteten. Hier verhielten sie eine Weile. Man hörte die Vögel, aber sah sie nicht. Oder vielmehr: Abaï sah sie, den Blick ins Geäst gehoben, und beschrieb sie voller Entzücken. Da war, in schwarz und silbern blitzendem Gefieder, der Schollentorkol, der so alt ist wie die Erde; der ebenso winzige wie rote Zetlandhahn; die Haubenbraunelle; der dreifache Triller gehörte dem Rotschnabel; und jenes unvergleichliche Lied sang der ums Auge weißgebänderte Tyrannvogel.

Diese und noch andere ebenso phantastische Wesen nannte ihnen Abaï, der vor Wonne auf der Stelle hüpfte. Tankred, dem die vergeblich weit aufgerissenen Augen tränten und dem diese kleinen Wunder sich partout nicht zeigen wollten, fragte ihn schließlich, ob er sie nun wirklich sähe, oder ob sie nicht vielmehr die Frucht seiner blühenden Phantasie wären, wie Wassilis kampfbereite Tschetschenen, worüber sie angesichts der tief gekränkten Miene des Unteroffiziers herzlich, doch ohne Häme lachen mußten, und Abaï schmunzelte geheimnisvoll dazu. So waren sie der Welt ganz entrückt, und die Erde drehte sich und die Zeit verging.

Anders verlief der dritte Abend. Der Milizionär erschien wie üblich und verschwand ebenso pünktlich, nachdem er ihnen das Haus gezeigt hatte, das für sie bestimmt war. Dieses eine Mal sprach er einige Worte im heiseren Tonfall der Berge und gab ihnen unter bedrohlichem Augenrollen zu verstehen, daß sie achtgeben sollten, ohne genau zu sagen, worum es sich handelte. Indes, der Ort schien friedlich. Sie traten in das Haus. Dort schichtete ein junges Mädchen Holz im Kamin, um Feuer zu machen. Es war ein großes und schönes Wesen und keinem von ihnen entging, daß sie ihr grünseidenes Kopftuch gelöst hatte und ihr glänzendes schwarzes Haar frei auf ihre Schultern fiel. Gewiß hatte sie sich, mit der Bereitung des Hauses betraut, verspätet und eilte nun fertig zu werden, um die aufgebürdeten Gäste allein zu lassen wie es ihr gewiesen war. Sie warf einen Blick in die Runde, um sicherzugehen, daß nichts fehlte, musterte geschwind diese sieben Männer, die gerade gekommen waren – mit einem unmerklichem Lächeln, als sie dem Blick Tankreds begegnete –, dann glitt sie ohne ein Wort nach draußen und schloß hinter sich die Türe. Tankred drückte die Nase ans Fenster, aber sie war schon davongelaufen.

Zahlreiche Kleinigkeiten ließen erkennen, daß dieses Haus, oder zumindest der vorbereitete Empfang, nicht den anderen glich. Die gleichen Sitzbänke, die gleichen Decken aus Yakwolle, vielleicht ein wenig sorgfältiger zurechtgelegt – aber ein weißes Tuch auf dem Tisch, ein Strauß Wildblumen in einer Vase. Da standen auch ein Krüglein mit Genever und zinnerne Becher, hübsch gefaltete Mundtücher lagen bereit, und sogar ein Beutel Tabak. Auf einer Schale neben dem Kamin warteten appetitliche Lammspießchen der Kunst des Kochs. Abaï nahm sich ihrer sogleich an, und bald verbreitete sich im Zimmer ein kräftigender Bratengeruch. Sie hatten Hunger. Sie hatten Durst. Solange sie darauf warteten, sich zu Tisch zu setzen, sprachen sie, wie es diesem unerwartet erlesenen Mahl angemessen schien, dem Genever zu, der sich als von hervorragender Qualität erwies und demjenigen des verstorbenen Markgrafen gleichkam. Der Tabak verströmte einen Duft von Honig und Pfeffer, ähnlich dem, den Pickendorff zu rauchen pflegte. Indem er seine Pfeife stopfte, meinte Silvius, daß es ihn sehr seltsam anmutete, wären all diese ausgesuchten Aufmerksamkeiten dem Wohlwollen des Kommandanten Alraman zu danken und daß die Bewohner dieses Hauses das viel eher von sich aus getan hätten. Aber warum?

»Ich denke, ich kann Ihnen diese Frage beantworten«, sagte der Bischof, indem er einen der Leuchter mit ausgestrecktem Arm emporhielt, so daß er die Wand über ihnen erhellte. »Schauen Sie ...«

Oberhalb des Kamins war auf der Innenseite der rauchgeschwärzten unverputzten Lehmziegelmauer ein nicht mißzuverstehendes Zeichen zu erkennen.

»Dort hing ein Kreuz«, fuhr er fort, »wahrscheinlich seit langem, seit der Erbauung dieses Hauses. Es ist vor kurzem abgenommen worden.«

»Vielleicht, weil es wertvoll ist?« sagte Silvius. »Sie werden es dorthin mitgenommen haben, wo sie die Nacht zubringen. Wenn sie morgen zurückkommen, hängen sie es wieder an seinen Platz.«

»Dann hätten sie die Haken dagelassen. Es waren drei. Man sieht die Löcher. Nein, sie werden dieses Kreuz nicht wieder aufhängen. Das ist ihnen verboten und sie haben auch die Nägel entfernt, um sich nicht verdächtig zu machen. Sie müssen es irgendwo versteckt haben, oder vielleicht ist es ihnen weggenommen worden. Erinnern Sie sich an die zerbrochenen Wegkreuze am Saumpfad, Silvius. Irgend jemand hat in diesem Land dem Kreuz den Krieg erklärt.»

»Alraman?«

»Alraman vielleicht. Wer sonst? Was uns die Leute in diesem Haus, und besonders das junge Mädchen, versuchen zu verstehen zu geben ist, daß sie auf unserer Seite sind, aber nicht wagen, zu kommen und es uns selbst zu sagen.«

»Dann werden wir sie nicht wiedersehen?« fragte der Leutnant Tankred, der in seinem tiefsten Innern, wie einen Stern in schwarzer Nacht, die Erinnerung an das Lächeln des jungen Mädchens bewahrte.

»Ich glaube nicht«, schloß Bischof van Beck.

»Wäre es nicht angebracht, Wache zu halten?« schlug Tankred vor.

»Na gut, Leutnant, bleiben Sie wach, wenn Sie wollen«, sagte Silvius und warf ihm einen kameradschaftlichen Blick zu, »aber seien Sie vorsichtig. Es könnte sich um eine Falle, einen Vorwand handeln ...«

»Ich werde vorsichtig sein, Herr Oberst.«

Tankred aß mit gutem Appetit, doch blieb er während der ganzen Mahlzeit schweigsam, und die anderen achteten dies. Das Lamm zerging auf der Zunge. Sie sprachen wenig, ganz darauf bedacht, diese Augenblicke inniger Brüderlichkeit auszukosten. Dann befahl Silvius, sich schlafen zu legen. Jeder kroch unter die warmen Yakdecken und die Kerzen wurden gelöscht. Tankred, der seine Kleider anbehielt, hatte sich die Bank an der Tür ausgesucht und streckte sich dort aus. Seine Gefährten waren bald eingeschlafen. Wassili schnarchte. Die Zeit verging. Einmal stöhnte Bischof van Beck im Schlaf. Zwischen unverständlichen Worten war von einem »getöteten Kind« die Rede. Pickendorff drehte sich mehrmals auf seiner Bank um. Er öffnete die Augen in der Dunkelheit und murmelte: »Warum wollen Sie sich mit Erinnerungen belasten, Tankred?« Danach sank er endgültig in Schlummer.

Die Glut rötete noch im Kamin. Friede herrschte in dieser kleinen Welt aus Lehmziegeln, deren einzige Bewohner sie waren. Tankred öffnete leise die Tür, trat ins Freie und schloß sie wieder hinter sich. Friede herrschte auch im Stall. Kein Huf scharrte. An die Außenwand des Hauses gelehnt, eingehüllt in seinen langen Umhang, bereitete er sich darauf vor zu warten; und das war einer der schönsten Augenblicke seines

Lebens, ein Aufflammen von Liebe und Hoffnung, wie er es noch nie gekannt hatte. Das Mondlicht spielte auf den Wolken, die immer zahlreicher aufzogen und so die fahle nächtliche Beleuchtung beschränkten auf kurze Spannen, die einander in immer größeren Abständen folgten. Schließlich vereinigten sich die Wolken von einem Horizont zum anderen und löschten alles Licht am Himmel. Nun war er gewiß, daß sein Warten zu einem Ende kommen würde.

Ein Steinchen rollte auf dem Weg, der zum Haus herabführte. Dürre Äste raschelten leise. Das waren die einzigen Geräusche in der Nacht. Jemand ging im Dunkel und war bedacht, die Stille nicht zu stören. Tankred erinnerte sich der Mahnung des Obersten zur Vorsicht und bereute, unbewaffnet hinausgegangen zu sein. Dann schalt er sich für diesen Mangel an Vertrauen. Endlich zeichnete sich ein Schatten ab, zwei nackte Füße unter einem langen Mantel, das Weiß eines von der Kapuze des Mantels umrahmten Gesichts. Alle Furcht war unbegründet, Tankred erkannte das junge Mädchen, das die letzten Schritte im Lauf zurücklegte und sich in seine Arme warf. Er roch sie, sobald er sie sah. Ein schlichtes Lavendelparfum strömte von ihrem ganzen Körper.

»Ich hatte solche Angst, Du kämst nicht«, sagte sie atemlos. »Ich habe einen weiten Umweg machen müssen. Es sind Patrouillen unterwegs. Man weiß nicht, wer hier durch die Nacht streift.«

»Woher kommst Du? Wer bist Du?«

»Frag' mich nicht danach. Ich kann Dir nur meinen christlichen Namen sagen, aber Du darfst ihn niemandem anvertrauen. Ich heiße Natalia. Komm, wir wollen nicht hier bleiben. Folge mir.«

Sie nahm ihn an der Hand und führte ihn um das Haus herum zu einem kleinen Anbau an der Hauptmauer, eine Abstellkammer oder eine Gesindeunterkunft. Durch eine niedrige Pforte betraten sie einen winzigen Vorraum, vollgestellt mit Ackergerät und Reisigbündeln, die Natalia beiseite räumte, um eine zweite, noch niedrigere Tür freizulegen, geradezu eine Katzenpforte, durch die sie hindurchkriechen mußten. Ein Gedanke schoß Tankred durch den Kopf.

»Wenn man Dich hier sucht, wird man Dich finden«, sagte er. »Nichts verbirgt diese Tür jetzt mehr.«

»Hast Du Angst?«

»Ja. Um Dich.«

»Sei beruhigt. Jemand wird die Reisigbündel wieder an ihren Platz stellen und sie bis zur Decke aufstapeln. Wie Du siehst«, sie öffnete die Tür einen Spalt weit, sie war wiederum versperrt, »ist es übrigens schon geschehen.«

»Wer?«

»Frag' mich auch danach nicht. Ich kann Dir nicht antworten.«

Die Kammer war ganz klein, die Dachbalken auf Kopfhöhe. Da an die Kaminmauer des Hauses angebaut, war es warm darin. Das Merkwürdigste war die Einrichtung. Decken verhängten die Wände, den Boden bedeckte Schafsfell als ein großes Bett, das beinahe den ganzen Raum einnahm. Eine Öllampe an der Wand verbreitete sanftes Licht. Es gab auch ein Kruzifix, das diesmal nicht entfernt war, ein schlichtes Kreuz, wie man es früher in den Läden neben der Kathedrale fand. Tankred blickte in die Runde. Ungeachtet der schlichten Einrichtung und des Kreuzes an der Wand – mit seiner Lagerstatt aus Fell, über deren Bestimmung kein Zweifel bestehen konnte, sah dieser Unterschlupf kaum nach einer Gesindekammer aus, sondern vielmehr nach einem den verbotenen Liebschaften vorbehaltenen Versteck. Natalia zog sich bereits aus. Sie sagte: »Ich weiß, was Du denkst, aber Du irrst Dich. Ich habe das alles für Dich vorbereitet. Morgen wird keine Spur davon bleiben. Komm, ich muß vor Tagesanbruch gehen ...«

Als sie beide nackt waren, blieben sie einen Augenblick stehen, um einander zu betrachten – als hätte ein Schiffbruch einen jungen Mann und eine junge Frau, die einander sonst fremd geblieben wären, auf eine verlassene Insel verschlagen, daß sie dort anstelle letzter Hoffnung den Liebesakt vollzögen. Er sah eine Träne über Natalias Wange rinnen, die sie mit dem Handrücken abwischte und mit einem Lächeln vergessen machte. Das schimmernde Weiß ihrer Haut bestürzte ihn, es kleidete sie mit Hoheit, mit sieghaftem Schein, und während er sie bewunderte, hielten ihre Augen stand. Natalia hatte grüne mandelförmige Augen und die Mongolenfalte am Lid, die aus dem Blick tilgt, was er sagen – oder vielleicht heucheln – möchte, um nur das Wesentliche übrigzulassen: seine verborgene Wahrheit. Diese Augen stammten in gerader Linie von den uralten weißen Stämmen Asiens. Ein kleines goldenes Kreuz hing um ihren Hals.

»Jetzt«, sagte sie, »leg Dich hin. Bitte. Nun möchte ich Dich ansehen. Schließe die Augen und halte sie geschlossen. Versprichst Du es?«

»Ich verspreche es.«

Nach einem Augenblick des Schweigens fragte er: »Wo bist Du?«

»Ganz nah bei Dir. Bewege Dich nicht.«

»Was tust Du?«

»Ich sagte es Dir, ich sehe Dich an. Ich sehe Dich an, genau da, wo es mir gefällt, Dich anzusehen. Und wenn Du die Augen öffnest, wage ich es nicht mehr. Ich habe niemals einen Mann auf diese Weise angesehen. Nein! Öffne die Augen nicht! Ich wagte nicht mehr, zu Dir zu sprechen … Was ich sehe, das ein Teil ist von Dir – Gott hat es gegeben, gleichviel welchem der Menschen auf dieser Erde, Gott macht was er will … Nein! Halte die Augen geschlossen, bitte … Ich bin schön, ich lebe, ich bin jung, ich bin nur wenige Fingerbreit von Dir, ich spiele Dir nichts vor, ich habe mich mit dieser meiner Haut geschmückt und glaube mir, daß ich das, was ich sehe, mit Liebe anschaue und aus Liebe …«

Sie sprach sanft und mit gedämpfter Stimme. »Aus Liebe … aus Liebe …« wiederholte sie, wie eine Litanei, während sie, über ihm kniend, ihn leicht mit ihren Händen führte und sagte: »Aus Liebe … aus Liebe …«

»Aus Liebe, öffne Deine Augen«, sagte sie. Sie war eine weiße Sonne und in ihrer Glut verlor er sich.

Später in der Nacht fragte er sie: »Warum bist Du gekommen?«

»Aus Liebe, ich sagte es Dir. Ich liebe Dich.«

»Du kennst mich nicht. Du hast mich nie zuvor gesehen und Du weißt nicht meinen Namen. Du hast nicht einmal versucht, ihn zu erfahren.«

»Sag das nicht. Stell Dir vor, daß man mich befragt auf etwas …«, sie zögerte, »auf etwas nachdrücklichere Weise. Wenn ich Deinen Namen nicht weiß, werden sie ihn auch nicht kennen. Sie werden nicht wissen, welcher von euch, also werden sie nichts tun. Sonst …« Sie nahm seinen Kopf zwischen ihre Hände und betrachtete ihn zärtlich. »Und stelle mir keine Fragen. Um Dich sorge ich mich … Um Deine Liebe. Weil ich Dich liebe.«

Er sagte ihr, daß auch er sie liebe, daß er das Glück, das ihm gegeben ward, niemals mehr vergäße, daß sie eines Fleisches seien und daß seine Seele die ihre ergriffen habe und sich niemals von ihr trennen werde, daß er bei Sonnenaufgang den Herrn Bischof bitten werde, sie vor Gott zu vereinen, und den Oberst, sie nach den Gesetzen der Stadt zu trauen, daß er, mit oder ohne die Einwilligung des Obersten, bleiben werde, um sie zu beschützen, mit ihr zu leben, Kinder mit ihr zu haben, und sie zu lieben, über alles zu lieben, weil sie der einzige Stern im Himmel sei und weil Gott sie beide bestimmt habe, die Hoffnung fortzutragen, und vor allem, weil sie so schön sei, von beinahe heiliger Schönheit, daß er sie nur anbeten könne als die strahlendste Offenbarung der göttlichen Schöpfung …

Mit Tränen in den Augen hörte sie ihm zu. Dann schüttelte sie den Kopf. »Du kannst nicht bei mir bleiben. Frage nicht warum. Zu viele Dinge ändern sich und werden sich ändern. Du kannst es nicht. Du willst es nicht.«

»Dann nehme ich Dich mit. Du kommst morgen mit uns. Suche ein Pferd für Dich. Und wenn Du keines findest, werde ich zu Fuß gehen und wir werden uns niemals trennen.« Er strahlte wie ein Kind, das träumt.

»Ja, ich würde euch keine Last sein. Ich sitze zu Pferd wie ein Mann, ich schieße ganz passabel mit dem Gewehr, ich werfe das Messer auf zwanzig Schritt, ohne das Ziel zu verfehlen, ich habe keine Angst, weder in der Nacht noch am Tag, ich verstehe, mit Kräutern zu heilen, ich brauche wenig Schlaf, ich bin treu, ausdauernd, und niemand hat mich jemals berührt, und sei es auch nur ein Haar meines Kopfes, ohne daß ich es erlaubt hätte. Und schließlich weiß ich mich so zu betragen, daß ein einziger Mann mich liebt und die anderen es ihm nicht neiden. Niemand muß leiden in meiner Gesellschaft ...«

In Tankreds verklärter Seele drängten sich tausend Glückseligkeiten. »Du siehst also, wie einfach es ist«, sagte er zu ihr und nahm sie in seine Arme.

Aber später sagte sie zu ihm: »Du darfst mich nicht mitnehmen. Ich werde nicht gehen. Später wirst Du verstehen, warum. Am Ende Deiner Reise wirst Du verstehen, und wenn Du es dann immer noch willst, wirst Du zurückkommen. Ich werde auf Dich warten.«

Er begriff, daß er ihren Sinn nicht ändern würde, und sie liebten einander noch einmal. Dann kam der Augenblick der Trennung. Ein Rotschnabel sang irgendwo und weckte seine Brüder und Vettern, die ihre Triller in die Nacht warfen, um den nahen Morgen zu verkünden. Da sagte sie dieses überraschende Wort: »Hast Du Geld?«

Verwirrt von der Frage durchsuchte er mechanisch die Taschen seines Waffenrocks und fischte einen Doppel-Askandor hervor, eine beträchtliche Summe – früher einmal. Er betrachtete ihn etwas ratlos, da er nicht wußte, was er damit machen sollte.

»Gut. Gib ihn mir«, sagte sie.

Benommen, verwundet, verlegen, brachte er kaum die Frage über die Lippen, die sich in seinen Sinn drängte. »Du willst, daß ich Dich jetzt bezahle? Du willst, daß ich Dich dafür bezahle?«

»Ja, das will ich. Das schuldest Du mir. Und mach nicht so ein Gesicht, hörst Du. Ich habe tausend Vorsichtsmaßregeln getroffen, um hierher zu kommen, aber es kann trotzdem herauskommen. Dann werde ich dieses Goldstück denen vorweisen, die gewiß kommen werden, mich zu befragen und mich anzuklagen, und ich werde ihnen sagen: Der, mit dem ich die Nacht verbracht habe, hat mich bezahlt. Er hat teuer bezahlt, wie ich es wert bin. Ich liebe ihn nicht, er bedeutet mir nichts, ich kenne ihn nicht. Aber ihr kennt mich. Er hat mich bezahlt ...«

»Aber das ist schändlich!« rief er. »Das dulde ich nicht. Man wird Dich verachten!«

»Ja, man wird mich verachten. In den Bergen verachtet man die Dirnen und man peitscht sie aus, wenn sie sich Fremden hingeben, aber man läßt ihnen das Leben, weil sie ein notwendiges Übel sind für die rohen Männer dieses Landes, während man mit ehebrecherischen Frauen keine Nachsicht kennt und Zeiten wiederkehren werden, da man sie ohne Gnade steinigt. Ich werde diese Verachtung erhobenen Hauptes ertragen. Aber das Leben ... das Leben will ich bewahren. Für Dich ...!«

»Man wird Dir nicht glauben! Natalia, sieh Dich an ... Glaubst Du, daß Du diesen Frauen gleichst, die man bezahlt? Nein! Nein!«

»O doch, man wird mir glauben ...«

Da sie ihn so sah, außer sich, hilflos, ein Ertrinkender, erklärte sie: »Ich bin auch eine sehr gute Schauspielerin.«

»Und wie lange willst Du dieses Theater spielen? Es wird der Augenblick kommen, da man von Dir verlangt, daß Du Deine Rolle zu Ende spielst, daß Du mit einem Mann schläfst, um sie zu spielen und, warum nicht, genau hier! Und daß dieser Mann Dich dafür bezahlt. Was wirst Du dann tun? Sag es mir!«

Sie zeigte ein strahlendes Lächeln. »Ich bin zu teuer, ganz einfach. Wenn Du noch mehr Goldstücke hast, gib sie mir, daß ich ihnen zeige, was ich wert bin. Ich setze meinen Preis so hoch, daß nicht eines von diesen Schweinen mich haben wird, und breiteten sie ihre sämtlichen elenden Reichtümer zu meinen Füßen aus. Sie werden vor Wut platzen, aber in den Bergen ist Gesetz: Die Dirne bestimmt den Preis. Schande ist teuer …«

Dann, ganz anders, mit sehr sanfter Stimme: »Du, den ich liebe. Du, den ich so sehr liebe. Du, den ich über alles liebe und den Gott unser Vater mir für das Leben und für die Ewigkeit gegeben hat, gräme Dich nicht, ich flehe Dich an. Sondern trage mich mit Dir. Trage mich in Deinem Herzen …«

Durch die niedrige Tür schlüpfte sie geräuschlos nach draußen. Die Reisigbündel waren bereits beiseite geräumt. Auf den noch warmen und von ihrem Parfum erfüllten Decken funkelte das kleine goldene Kreuz, das sie um den Hals getragen hatte. Er nahm es auf und ging zurück ins Haus, um sich hinzulegen. Im Dunkel auf seiner Bank ausgestreckt, während die anderen noch schliefen, hielt er die Augen lange offen, das Kreuz zwischen seinen verschränkten Händen. Und so fand ihn der Morgen.

Sie näherten sich Sankt Pedraton. Nun sah man niemanden mehr, weder von nahem noch von ferne, und doch schien die Gegend, die sie an diesem Sonntag durchquerten, wie es ihnen berichtet worden war, ein wenig dichter besiedelt. Häusergruppen waren da, tadellos bestellte Buchweizenfelder, der Pfad hatte sich zu einer leidlich gepflegten kleinen Landstraße erweitert. Aber die Häuser waren verlassen, die Türen und die

Fensterläden geschlossen, kein Rauch quoll aus den Kaminen und auf der Straße begegneten sie keiner Menschenseele.

»Die Lage verschärft sich«, stellte Bischof van Beck fest. »Ich fürchte um meine Messe.«

»Alraman hat es versprochen«, sagte Silvius. »Er rümpfte die Nase, aber er hat es versprochen. Er wird sich daran halten. Wir müssen uns auf etwas anderes gefaßt machen.«

Dennoch traf er einige Vorsichtsmaßregeln, zog seine Reiter auseinander, ließ die Waffe schußbereit in die Hand nehmen, sandte Abaï als Aufklärer voraus und nach hinten als Nachhut den Leutnant Tankred, der sofort darum gebeten hatte, daß er ihm diese Aufgabe anvertraue. Sie ritten ohne Zwischenfälle bis gegen zehn Uhr. Nur der Leutnant drehte sich häufig um oder hielt an um zu horchen oder die Umgebung zu beobachten und schien so weiter als angemessen zurückzubleiben. Erstaunt über ein solches Fehlverhalten eines erfahrenen Offiziers, schickte Pickendorff wiederholt den Kadetten Vénier zu Tankred, um ihn zu mahnen, den Abstand nicht zu groß werden zu lassen. Zuletzt ritt er selbst zurück und stellte ihn zur Rede.

»Was ist los, was haben Sie?«

»Jemand könnte kommen, Herr Oberst. Jemand könnte uns folgen. Ich will sichergehen.«

»Und?«

»Niemand, Herr Oberst«, antwortete der junge Mann mit unglücklicher Miene.

Silvius betrachtete ihn voller Zuneigung.

»Ich habe Sie heute nacht hinausgehen sehen, Richard, und ich habe Sie wiederkommen sehen. Wissen Sie, ich schlafe nur mit einem Auge. Wo waren Sie? Mit wem?«

Tankred schwieg.

»Sie sollten sich ein Beispiel nehmen an unserem Benjamin. Der Kadett Vénier läßt sich nicht von Erinnerungen überwältigen. Die Frauen kommen und gehen. Es ist nutzlos, zurückzuschauen. Erinnerungen werden Sie nicht einholen.«

»Es geht nicht um eine Erinnerung, Herr Oberst.«

»Sondern?«

»Hoffnung.«

Und Nummer vier! Silvius verharrte sinnend einen Augenblick. Die Hoffnung heftete sich an ihre Fersen. Er: Myriam, Osmond van Beck: Gott. Unteroffizier Wassili: seine Tschetschenen! Und jetzt Richard Tankred. Und da er Abaï im Verdacht hatte, nur auf die Rückkehr in seinen Wald zu sinnen, und der romantische Bazin du Bourg jeden neuen Tag mit unverstellter Fröhlichkeit begann, als ob er ein unveröffentlichtes Blatt von Wilhelm Kostrowitzky entdeckt hätte, und am Abend beim Einschlafen erwartungsvoll den nächsten Morgen herbeisehnte, – blieb folglich nur noch der Kadett Vénier, der sich mit all der kalten Entschiedenheit seiner sechzehn Jahre lästigen Gefühlen verschloß. Aber womöglich spukte auch in seinem Kopf noch etwas herum.

»Kommen Sie, Richard«, sagte er und klopfte ihm freundschaftlich auf die Schulter. »Wir sind übrigens beinahe angekommen.«

Er hörte, daß er nach vorne gerufen wurde und so setzten sie beide sich in Galopp und holten ihre Gefährten wieder ein. Die Truppe hatte sich wieder zusammengeschlossen. Drei Reiter der Territorialmiliz erwarteten sie auf der Straße auf ihren kleinen zottigen Pferden. Unter ihnen der Bote vom Vortage und zwei andere, die sie nicht kannten, einer davon ein Unteroffizier, mit feindseliger Miene, der sie sogleich in schroffem Ton und gebrochener Sprache anfuhr (falls auch er aus den Bergen stammen sollte, mußte es eine sehr abgelegene Gegend sein): »Auf Befehl von Kommandant von Miliz Alraman, gestern ich euch habe befehlen lassen, sollen sein vorsichtig!«

Über den unverschämten Ton aufgebracht, antwortete Silvius nicht selbst, sondern überließ das dem Unteroffizier Wassili, der von gleichem Rang war wie dieser Rüpel und der zunächst einmal nachdrücklich klarstellte, daß man als erstes den Herrn Oberst vorschriftsmäßig zu grüßen hatte. Widerstrebend bequemte jener sich dazu. Wassili ließ den Gruß so lange wiederholen, bis er tadellos ausgeführt war. Der Milizionär schäumte. Er hatte den Kopf einer Eule und kleine boshafte Augen. Endlich kam ein Gespräch, stets durch Wassili vermittelt, in Gang: Dieser Milizionär hier hatte sie ausdrücklich angewiesen – gewiß, aber mit welchem Recht? – vorsichtig zu sein, und zwar in einem drohenden Ton, der dem Herrn Oberst gar nicht gefallen hatte. Aber sie hatten den Grund nicht verstanden und die Sache nicht weiter beachtet, da sie, wie jeden Abend, Gäste des Kommandanten Alraman gewesen waren, und überhaupt hatten sie sehr gut geschlafen, ohne im mindesten gestört worden zu sein …

Die Eule stieß hervor: »Nicht verstanden! Nicht verstanden! Verstehen, vorsichtig heißt: sehen jemand.« Silvius warf einen Blick zu Tankred, dem das Blut aus dem Gesicht wich, und beschloß, die Sache in die Hand zu nehmen. Er befahl den drei Männern, zuerst einmal abzusitzen und vor ihm in korrekter Haltung anzutreten. Das kühlte sie ab.

»Also was?« fragte er die Eule und reckte herrisch das Kinn.

»Sehen jemand, jemand da sein. Jemand gekommen. Mädchen …«

Diesmal mied Silvius Tankreds Blick. Den Unteroffizier parodierend blaffte er: »Mädchen? Nicht gesehen Mädchen. Mädchen nicht gekommen. Sie sich irren. Oder Sie lügen?«

Dann wandte er sich zu seinen Gefährten: »Was glaubt dieser Mensch, wer er ist? Welche Unverschämtheiten meint er sich herausnehmen zu dürfen?«

Sie rückten zusammen und ließen demonstrativ die Verschlüsse ihrer Karabiner einrasten. Der andere ließ nicht lokker. »Sie lügen. Mädchen gekommen. Mädchen Hure. Wir suchen wer. Dann wir finden. Dann Gospodar Alraman lassen peitschen. Lassen peitschen Mädchen bis Blut geflossen.«

Beiläufig nahm Silvius die Rangerhöhung Alramans zur Kenntnis. Vom Kommandanten war er also zum »Gospodar« geworden, ein in der Stadt und ihren Untertanenlanden ungebräuchlicher Titel.

»Richtig«, fragte er, »wo ist denn der Kommandant Alraman?«

»Gegangen in Berge. Er mich übertragen kommandieren Miliz. Sie …«

»Das genügt! Unteroffizier Wassili, ich lasse diesem Unteroffizier befehlen, sich mit seinen Leuten vom Acker zu machen. Wir reiten weiter.«

Sie ritten im Galopp in das Dorf Sankt Pedraton ein. Die Milizionäre, anscheinend zur Raison gebracht, folgten in respektvollem Abstand, die Waffe am Riemen über den Rükken gehängt. Am Posten der Territorialmiliz traten zwei Wachen aus einem Schilderhaus, um den Schlagbaum für sie zu heben, grüßten aber nicht. Das Dorf erstreckte sich beiderseits der einzigen Straße, kaum fünfzig Häuser, auch diese ebenso leer und verschlossen wie jene, an denen sie während des Vormittags vorübergekommen waren. Es konnte allerdings noch nicht lange her sein, daß ihre Bewohner sie verlassen hatten. Die Hühner gackerten in den Ställen, die Kaninchen in ihren Verschlägen schienen keineswegs vor Hunger und Durst zu sterben und friedlich graste das Hornvieh auf der Weide. All dies ließ vielmehr den Schluß zu, daß die Einwohner sich nur für diesen Tag entfernt hatten.

»Man hat es leer gemacht«, stellte Bischof van Beck fest. »Einige haben sich aber gesträubt. Sehen Sie.«

Der »Gospodar« Alraman war nicht zimperlich gewesen. Anscheinend waren einige Widerspenstige mit Gewalt weggeführt und dann, zur Strafe, daß sie nicht sofort gehorcht hatten, ihre Häuser verwüstet worden. Türen und Fensterläden waren herausgerissen, die Möbel zerbrochen, die Hühnerställe geplündert, Fensterscheiben und Geschirr zerschlagen und überall auf der rauchgeschwärzten Wand über dem Kamin die Spuren eines verschwundenen Kreuzes. Gleichwohl war das nur eine Minderheit. Sie zählten nicht mehr als ein halbes Dutzend Häuser in diesem trostlosen Zustand. Als sie am Sitz der örtlichen Gebietsverwaltung, dem einzigen noch bewohnten Gebäude, vorbeiritten, kam ein Milizionär wie der Wind herausgerannt, um einen Aushang vom Anschlagbrett draußen abzureißen, zweifellos, um ihn ihrer Neugier zu entziehen, lief dann genauso schnell wieder hinein und schloß sorgfältig die Tür. Keine Fahne wehte vom Balkon, aber hinter den eisenvergitterten Fenstern ahnte man weitere Milizionäre laueren.

»Reizender Empfang«, meinte Silvius.

Die Kirche lag gegenüber. Wie Alraman es ihnen bereits gesagt hatte, war aus »Sicherheitsgründen« alles Sakralgerät entfernt, um es zu »verstecken«. Und es war ganze Arbeit geleistet worden. Die Bänke, das Chorgestühl, die Predigtkanzel, sogar die Sockel der Wandfiguren – alles war verschwunden. Merkwürdigerweise bedeckten Jutematten den Boden. Die Beseitigung des Altars mußte unterbrochen worden sein, wahrscheinlich wegen ihrer Ankunft, aber es fehlten auch der Tabernakel, die Leuchter und das Retabel, von dem nur die Befestigungshaken blieben, an denen noch Holzsplitter hingen, so den Mangel an Sorgfalt und Ehrfurcht erweisend, mit dem man zu Werke gegangen war. Zwischen diesen eisigen Mauern, aus denen alle Gnade gewichen war, begann Bischof van Beck den Gottesdienst vorzubereiten, wozu er sich aus einer seiner Satteltaschen seinen »Feldaltar« mit dem in mehrere Teile zerlegten Bischofskreuz hatte bringen lassen. In dem kleinen Glockenturm an der Rückseite des Chores hing ein einzelnes Seil. Wenn man nach oben sah, erkannte man die Glocke in ihrem hölzernen Glockenstuhl. Alraman hatte Wort gehalten. Vom Küster keine Spur. Der Kadett Vénier erbot sich, seine Stelle einzunehmen, voller Vergnügen, seine Kräfte betätigen zu können. Er läutete. Er läutete unermüdlich. Die Mitra auf dem Kopf und das Kreuz in der Hand begab sich der Bischof mit seiner Begleitung in schwarzem Umhang und weißen Handschuhen auf die Stufen des Vorplatzes, wie es einem visitierenden Kirchenfürsten zukommt, der gleich seinen feierlichen Einzug halten wird. Natürlich hegte er keine Hoffnung, daß jemand kommen werde, aber dennoch, unwillkürlich, wartete er. Der Klang der Glocke drang die Straße hinauf, fiel auf die Dächer zurück, um sich dann gegen das Gebirge zu werfen und zurückzuhallen in vielfachem Echo, das sich über das Land verbreitete, über den Wald, bis zu den fernsten Weilern an den Grenzen dieses Gebietes, wo vielleicht, in einem Haus aus Lehmziegeln, versteckt hinter den Fensterläden, verängstigte junge Frauen es hörten und sich heimlich bekreuzigten. Der Kadett Vénier läutete und läutete. In Silvius stieg die Erinnerung wieder auf an den Bordun der Kathedrale, den er selbst ebenfalls vergeblich geläutete hatte, ohne daß einer der Einwohner der Stadt aus seinem Loch gekommen wäre, am Tage vor ihrem Aufbruch, vor langer, langer Zeit ...

»Das war die Aufmerksamkeit, die Alraman für uns vorbereitet hat«, sagte Bischof van Beck. »Er hat gewonnen. Niemand wird kommen.«

Gegenüber, hinter seinem Fenster lauernd, grinste boshaft ein Milizionär. Selbst Gott schien abtrünnig geworden zu sein und Bischof van Beck hatte seine liebe Not, wieder zu ihm zu finden, sammelte all die Fetzen seines Glaubens, um im Augenblick der Wandlung ohne Sakrileg vor ihm zu erscheinen. Sobald die Hostie emporgehoben wurde, ließ Pickendorff das Gewehr präsentieren. Der Kreis hatte sich geschlossen. Sie waren zurückgekehrt in die ersten Zeiten der Eroberung, als die Messe nur für die im Felde stehenden Regimenter des Markgrafen Askan-Friedrich V. zelebriert wurde, inmitten einer feindseligen Bevölkerung, deren Bekehrung kaum erst begonnen hatte. Nur daß die Eroberer jetzt ihr Bündel schnürten, daß sie nicht mehr als sieben Mann zählten und daß nach zweihundertfünfzig Jahren Christentum das Evangelium mit ihnen zurückwich. Die Einpflanzung war nicht gelungen. Woran war sie gescheitert? Ohne Zweifel an der Barmherzigkeit … Allmächtiger Gott, dachte der Bischof, im Augenblick, als er vom Altar zurücktrat, ist das das Ergebnis unseres Willens, oder haben wir keinen Willen mehr?

Nachdem das Hochamt beendet war, säumten sie keine Minute und setzten ihren Weg nach Norden fort. In einiger Entfernung von dem Dorf, vor einem einzelstehenden Haus, machte der Kadett Vénier, der die Spitze hatte, kehrt und galoppierte zurück. »Drei Frauen, Herr Oberst«, meldete er gleichmütig. »Drei Frauen, an Bäume gebunden. In ziemlich bemitleidenswertem Zustand.«

»Leben sie?«

»Es scheint so. Ich habe Stöhnen gehört.«

Schon wollte Tankred seinem Pferd die Sporen geben.

»Sie bleiben bitte bei mir, Leutnant«, befahl Silvius.

Dann, um sich gegen jede Überraschung zu sichern, traf er Anordnung, die Umgebung abzusuchen und danach das Haus zu umstellen. Die Sorge war unbegründet. Niemand war da, außer diesen drei Unglücklichen, die völlig nackt, stehend, mit über den Kopf erhobenen Armen an den Handgelenken und Füßen bäuchlings an junge Birkenstämme gebunden waren. Ihre Schultern, Rücken und Lenden trugen die noch blutenden Striemen der Peitsche. Es konnte nicht allzulange her sein, daß diese Schandtat begangen worden war. Die Peiniger hatten kräftig zugeschlagen und schienen sich ganz besonders an dem zierlichen Rücken der Jüngsten ausgetobt zu haben, deren langes schwarzes Haar klebrig war von Blut. Als erster sprang Tankred vom Pferd, leichenblaß, mit schlagendem Herzen aber dennoch hinreichend Herr seiner selbst, um angemessen zu handeln. Er schöpfte einen Eimer frischen Wassers aus dem Bach und zog ein sauberes Wäschestück aus einer Satteltasche; dann begann er mit Bewegungen von großer Sanftheit die Wunden des jungen Mädchens zu versorgen und murmelte dabei beruhigende Worte. Sodann breitete er seinen schwarzen Umhang auf den Boden, zerschnitt mit seinem Jagdmesser die Fesseln und empfing mit seinen Armen den weißen Leib, den er mit unendlicher Vorsicht auf den Pelz legte. Das junge Mädchen, das bewußtlos gewesen war, öffnete die Augen und sah ihn an. Tränen rannen über ihre Wangen, aber es war nicht Natalia. Wie sie so da lag, schien sie unversehrt. Die sie so grausam ausgepeitscht hatten, waren bedacht darauf gewesen, ihre zarten Brüste, ihren Bauch und ihre feinen Arme, ihre langen schlanken Beine zu schonen, aber gewiß nicht aus Mitleid, vielmehr um diese Wohlgestalt, von der sie ohne Zweifel noch Gebrauch zu machen gedachten, nicht zu beschädigen. Die beiden anderen waren weniger hübsch, mit gröberen Gliedern, das Fleisch fülliger, von eher vulgärem Reiz. Aber auch sie waren auf dieselbe Weise, nur auf Rücken und Lenden, gepeitscht worden.

Das Rätsel löste sich, als Silvius Wassili ins Haus schickte, nach einigen Tüchern oder Kleidungsstücken zu suchen, um damit die drei Frauen zu bekleiden und ihre Blöße zu bedekken, die nun, da die Spannung sich legte, Verlegenheit zu bereiten begann. Wenig später kam der Unteroffizier leuchtenden Auges wieder heraus und beteuerte, daß er nicht Klemens Wassili, ein großer Kenner solcher Orte, sein wolle, wenn es sich hier nicht um so etwas wie ein Freudenhaus handeln sollte, was das älteste der drei Mädchen, das schneller als die anderen sich erholt und die Sprache wiedergefunden hatte, umstandslos bestätigte. Sie erzählte, was geschehen war. Die

Miliz war vor kaum einer Stunde ins Haus eingedrungen, geführt von einem Unteroffizier, bei dem es sich nach ihrer Beschreibung um die Eule handeln mußte, der herumbrüllte, daß sie, auf Befehl des Gospodar Alraman, eine Schlampe namens Natalia suchten, um sie mit ihrem Blut für die Nacht zahlen zu lassen, die sie mit einem Fremden verbracht hatte. Da sie ihnen keine Auskunft hatte geben können, hatten sie sich an ihr und ihren beiden Schützlingen schadlos gehalten, an der beleibten Rita, vor allem aber an der so zerbrechlichen und so bezaubernden kleinen Gonzalvine, deren Eltern sie ihr gerade eben erst verkauft hatten und auf deren Ausbildung sie ihr ganzes Können verwendete in der Gewißheit, sie, dank der unvergleichlichen natürlichen Anlagen dieses Kindes, zu einem prächtigen und kostbaren Spielzeug zu formen. Mit durchtriebenem Lächeln fügte sie hinzu, daß nun, da sie zum Vergnügen dieses Wunder gepeitscht hatten, diese Schweine sie noch um vieles mehr begehren würden, derart, daß sie sehr teuer dafür bezahlen würden, sie zu haben und daß sie die Preise in die Höhe treiben würde – Worte, die Tankred schmerzlich an jene erinnerten, die Natalia gesagt hatte, als sie ihn verließ. Um Tankred zuvorzukommen, der im Begriff war, sich zu verraten, indem er nach Natalia fragte, erteilte er ihm den stummen Befehl, zu schweigen. Dann sah er die Puffmutter, die auf den Namen Stefa hörte, mit betonter Geringschätzung an. »Wir kennen keine Natalia«, erklärte er. »Wer soll das sein?«

»Die berühmteste Hure der Berge. Es gibt nicht einen Mann in diesem Land, der nicht davon träumt, sie zu besitzen. Bis auf Alraman, der behauptet, sie gehabt zu haben. Er prahlt. Sie liebt die Männer nicht, die von jenseits der Gipfel kommen, mit Taschen voller Gold und grausamen Vögeln auf der Faust. Mitunter aber gibt sie sich für weniges, selbst umsonst, denen hin, die sie als ihr am nächsten betrachtet. Sie ist ein wunderliches, unberechenbares Mädchen.«

»Und Du? Kennst Du sie?«

In eine Decke gehüllt, die die Wunden auf ihrem Rücken verbarg, tat Stefa, als ob sie die eine ihrer üppigen Brüste versteckte, die aus einer nicht recht geschlossenen Falte herausrutschen wollte. »Mit dreizehn, das ist fünf Jahre her, hat sie einige Wochen hier verbracht. Ich habe ihr das wichtigste beigebracht. Danach ist sie ihren eigenen Weg gegangen.«

Schon wollte Tankred die Hand zur Ohrfeige heben, und wieder hinderte ihn Silvius, diesmal mit festem Griff.

»Sie ist nicht mehr hiergewesen«, fügte Stefa sicherheitshalber hinzu. »Ich weiß nicht, wo sie ist. Niemand weiß es. Sie hat Freunde im ganzen Land, die für sie sterben würden. Aber die Zeiten ändern sich. Was wird aus ihr werden?«

Silvius war klar, daß diese Stefa, gäbe man ihr die Gelegenheit, Natalia sofort denunzieren würde. Er ertappte sich bei dem Gedanken, daß die Peitsche sie nur gestreichelt hatte und daß er selber herzhafter zugeschlagen hätte. Der Kadett Vénier schien ihm beizupflichten, während ihm angesichts der wieder zum Leben erwachenden jungen Gonzalvine das Wasser im Munde zusammen lief. Und Tankred stand teilnahmslos in ferne Gedanken verloren.

»Wir rücken ab«, entschied Pickendorff. »Wir können für diese Damen nichts mehr tun. Auf Wiedersehen ihr Schönen, gehabt euch wohl.«

Panik trat in Stefas Blick. »Binden Sie uns an, Herr Oberst. Binden sie uns an, wie Sie uns gefunden haben. Wenn die anderen wiederkommen und sie bemerken, daß Sie sich um uns gekümmert haben, selbst daß Sie uns nur berührt haben, peitschen sie uns ein zweites Mal.«

»Na und? Was macht das?« versetzte der Leutnant Tankred mit düsterer Miene, während er den Fuß in den Steigbügel stellte. »Im Gegenteil, ihr verdoppelt euren Preis!«

»Ich lasse euch den Kadetten Vénier da. Er wird sich darum kümmern«, sagte Silvius. Zu dem Kadetten gewandt setzte er hinzu: »Fesseln Sie sie gut, aber halten Sie sich nicht zu lange auf, Stanislaus, wir würden Sie vermissen.«

»Zu Befehl, Herr Oberst!«

Und frohlockend trieb der Kadett seine Herde zusammen, holte sich, zum Beginn, die engelgleiche Gonzalvine heraus, die er würdigte, wie sie es verdiente. Dann Rita, eine Formsache. Stefa hingegen hatte seinen Abschiedsgruß redlich verdient. Sie war davon ein Weile völlig benommen, während die anmutige Gonzalvine, von neuem an ihren Baum gebunden, ihr kaum behaartes Geschlecht erregt, mit geschlossenen Augen leise vor sich hin sang und der Galopp des letzten der sieben Reiter nichts mehr war als ein schwaches Echo, das sich auf dem Saumpfad nordwärts verlor. Eine Stunde später, nach scharfem Ritt, hatte der Kadett die kleine Truppe wieder eingeholt. Sie sprachen nie mehr darüber. Tankred litt schweigend, sehnte sich mit ganzer Seele nach Natalia, von der ihn jeder Schritt seines Pferdes entfernte. Mit bitterem Lächeln sagte er sich, daß die Erde rund war, und daß, wenn er nur seinen Weg fortsetzte, er sie schließlich wiederfinden würde.

Es ist hier nicht davon zu erzählen, wie Natalia in ihrem Versteck ein Kind zur Welt brachte, einen Sohn, der das Abbild Tankreds war und daß Alraman vergeblich Patrouillen von Milizionären und Lanzenreitern nach ihm suchen ließ, die das ganze Land durchforschten, unzählige unschuldige kleine Knaben wie Krammetsvögel aufspießten oder mit dem Säbel niederhieben, daß sie ihn dann heimlich taufte, und daß er schließlich, zum Manne herangewachsen, eigenhändig den alten Alraman tötete und so den Seinen die Hoffnung wiedergab. Aber es gibt keinen Grund, daß hiervon in diesem Bericht die Rede sein sollte.

IV.

Die Gegend, durch die sie ritten, wurde mit jedem Tag unwirtlicher. Der Saumpfad, nach wie vor als punktierte Linie unter der Bezeichnung *Strategische Straße Nr. 1* in der Generalstabskarte des Obersten von Pickendorff eingetragen, hatte Höhe gewonnen und ließ die letzten bewohnten Weiler und die Herden domestizierter Yaks weit unter sich, und die Schäfer ließen selbst die Schwarzhornschafe nicht soweit hinauf. Es war das Reich der Mufflons, der Bergschafe, die mit ihren Känguruhbeinen in gewaltigen Sprüngen die Wildbäche querten, der Felswiesel, die nicht aus ihren Schlupflöchern herauskamen, ohne einen ängstlichen Blick nach dem Himmel zu richten, wo der Feind lauerte. Dafür machte sich das gefiederte Völkchen rar, zumindest ihre singenden Freunde, die ihnen bisher, wenn sie den Morgengruß entboten, ihr Kinderlächeln wiedergegeben hatten. Selbst der Aar aus der Standarte der Markgrafen wagte sich nicht bis dorthin. Man hörte nur das Krächzen des Steinkauzes und des Schwarzen Waldkauzes, das in erschrecktes Kreischen überging, wenn majestätisch dahingleitend der Königsadler erschien.

Denn er war wiedergekehrt: Draa, der herrscherliche Adler, der spähende Bote Alramans; nur selten verließ er seinen Beobachtungsstand am Himmel und Abaï meinte durchdringenden Blickes, daß es gewiß bald losgehen werde. Eine Art lastender Friede herrschte über alledem. Die Territorialmiliz war aus ihrem Blickfeld verschwunden.

Dann kam der Ruhmestag des Unteroffiziers Wassili. Es begann am Ende eines Wildbaches, wo er, nachdem er die Stelle mit allen Zeichen äußerster Aufmerksamkeit untersucht hatte, in feierlichem Ton erklärte, daß er hier vor dreißig Jahren bereits mit der berühmten Abteilung des Rittmeisters Kostrowitzky vorübergekommen war, und daß sie hier sogar ihre Pferde getränkt hatten. Als man ihn darauf hinwies, daß nach dreißig Jahren der Ort sich verändert haben könnte und daß sie seit dem Morgen bereits an fünf oder sechs ähnlichen Wildbächen wie diesem vorbeigekommen waren, war er gekränkt und hüllte sich in Schweigen. Nach einer Stunde hielt er es nicht mehr aus und fing wieder an. Dieses Mal handelte es sich um einen Felsen von der Gestalt einer knienden Frau, »wie der Rittmeister Kostrowitzky gesagt hatte, als er ihn entdeckte ...«. Unglücklicherweise erinnerte er sich nicht mehr der hehren Worte aus dem erhabenen Munde seines erlauchten Rittmeisters, trotz seiner verzweifelten Anstrengungen, sie aus seinem Gedächtnis heraufzufischen. Darüber mußten sie lachen. Derselbe Mißerfolg mit einer Grotte, deren Eingang sich nicht weit entfernt öffnete, und wo biwakiert zu haben er behauptete.

»Wassili«, sagte Silvius, »wie sollen wir Ihnen glauben? Sie müssen uns das vorher ankündigen, und nicht, wenn wir mit der Nase darauf stoßen. Das ist zu einfach.«

»Zu einfach, zu einfach«, brummte der Unteroffizier. »Und wenn ich Ihnen sage, Herr Oberst, daß wir in ungefähr zweieinhalb Stunden an die Kreuzung mit dem Weg zum Paß kommen werden?«

Pickendorff hob die Schultern. »Wassili! Wir haben heute morgen gemeinsam die Karte studiert. Sie haben darauf wie ich die Kreuzung, den Nordpaß und den Weg gesehen, die alle drei dort eingezeichnet sind.«

»Gewiß, Herr Oberst, aber ist der Wegweiser auch auf Ihrer Karte eingezeichnet, ein grüngestrichener Holzpfahl mit einem Schild auf dem steht: *Nordpaß 2 ¼ Meilen*?«

»Nein«, gab Silvius zu, »aber das wäre eine doch sehr naheliegende Vermutung.«

Der Unteroffizier setzte das triumphierende Gesicht eines Spielers auf, der gleich seinen höchsten Trumpf auf den Tisch knallen wird. »Und wenn ich nun vermute, Herr Oberst, daß in das Holz dieses Pfahls, ungefähr drei Fuß über dem Boden, der Dienstgrad und die Initialen des Rittmeisters, die Nummern des Zuges, der Eskadron und des Regiments, sowie das Datum unseres Vorbeizuges mit dem Messer eingeschnitten sind, was würden Sie davon halten? Wir haben dort vor dem Aufstieg gerastet. Der Rittmeister selbst hat das Messer geführt. Werden Sie mir dann glauben?«

Nun hatte der Tag ein Ziel. Ein Tag, der sich bisher ereignislos ohne Zwischenfälle dahingezogen hatte – nur der Adler kreiste unermüdlich am Himmel. Wo der Pfad es zuließ, setzten sie ihre Pferde in Galopp.

Dann, als sie im Schritt reiten mußten, kommentierte Wassili in unversiegbarem Redefluß, was er sah, einen weiteren Wildbach, eine kleine Gruppe Zwerglärchen, Flechten auf den Felsen, als ob er sie aus seiner Erinnerung heraufholte und wiederholte, seiner selbst sehr sicher: »Vor dreißig Jahren bin ich hier vorbeigekommen und der Rittmeister hat zu mir gesagt ...«

So erreichten sie die Wegekreuzung. Ein Pfad führte tatsächlich nach rechts und stieg in Serpentinen zum Paß hinauf, dessen Anfang zwischen zwei schneebedeckten Gipfeln zu erkennen war.

»Und, was hat der Rittmeister zu Ihnen gesagt, Unteroffizier?« fragte Silvius.

Wassili schwieg und betrachtete den Ort mit finsterer Miene. Kein Wegweiser weit und breit. Er stammelte, mit ausgestrecktem Finger: »Er war genau dort, ich schwöre es Ihnen, Herr Oberst. Er war da, ich verstehe das nicht ...«

Abaï kam ihm zu Hilfe. Sorgfältig untersuchte er den Boden. »Sauber umgehauen, knapp über dem Boden«, sagte er. Und nach einem Blick in die Runde, »Dort ist er!«.

Er deutete auf einen Graben weiter unten. Dorthin war der Pfahl geworfen worden. Sie fanden ihn im Gras und die frische Bruchstelle zeigte, daß er erst vor kurzem und absichtlich gefällt worden war. Moos bedeckte ihn. Silvius kratzte es mit dem Messer ab und legte eine Inschrift frei, die er nach und nach entzifferte, wie sie unter seinen Fingern zum Vorschein kam: *W.K. Rittm. III./2./1.Kav. 10/VI/...* Wilhelm Kostrowitzky, Rittmeister, III. Zug der 2. Eskadron des 1. Kavallerie-Regiments, 10. Juni des Jahres ...

»Meine Anerkennung, Unteroffizier«, sagte er. »Morgen, auf der Straße zum Paß, werden Sie vor der Kolonne aufklären. Ich hatte es Ihnen versprochen. Ah! Da ist doch ...« Etwas hatte seine Aufmerksamkeit geweckt. Er kratzte weiter das Moos ab und legte eine zweite Inschrift frei: *W.K. Rittm. 7/VII/... L.w.* Dieselbe Form der Buchstaben. Und da un-

möglich unter diesen ungebildeten Gebirglern einer mit dem Gebrauch der römischen Ziffern vertraut sein konnte, war es wohl Kostrowitzky selbst, der seinen zweiten Durchzug an dieser Stelle dokumentiert und die Abkürzung *L.w.* hinzugesetzt hatte – wahrscheinlich: Lebt wohl.

»Sie haben mir doch gesagt, Wassili, daß der Rittmeister Kostrowitzky fast sofort nach eurer Rückkehr in die Stadt wieder umgekehrt war? Die Daten würden dazu genau passen. Er ist am 7. Juli desselben Jahres wiedergekommen. Wenn er dann wieder von dort oben heruntergestiegen wäre, denke ich mir, hätte er eine dritte Inschrift angebracht. Er ist also dort oben verschwunden ...«

Sinnend verharrten sie alle sieben. Still am Himmel gleitend, schien Draa seine konzentrischen Kreise enger gezogen zu haben und nun senkrecht über der Kreuzung zu schweben.

»Graben sie in Ihrem Gedächtnis, Unteroffizier«, fuhr Silvius fort. »Kreiste vor dreißig Jahren, am 10. Juni, auch ein Königsadler über euch?«

Wassili versuchte nicht, etwas vorzumachen. »Nein«, sagte er. »Ein ähnliches Tier! Ich würde mich daran erinnern.«

»Möglicherweise hat euer Rittmeister ihn am 7. Juli gesehen...« Darauf wandte er sich an den Fähnrich Bazin du Bourg: »Mir scheint... Wissen Sie, wann diese vier Verse Kostrowitzkys entstanden sind, die auf seiner Stele im Stadtpark stehen? Sie kennen sie natürlich: *Ein Adler stieß nieder ...*«

Was dann geschah, erweist die Tiefe dieses Augenblicks. Keiner unter ihnen, der nicht diese Verse kannte, die früher die Schulkinder auswendig lernten, sobald sie lesen konnten. Gemeinsam, mit halblauter Stimme rezitierten sie. Man hätte es für ein Gebet halten können, und zweifellos war es eines. Die Dichter sind Männer Gottes:

Ein Adler stieß nieder aus erzengelweißer Unendlichkeit
Stehet mir bei
Laßt all diese Lichter zittern so lange die Zeit
Betet für mich ...

»Es ist eines seiner frühesten Gedichte«, sagte Bazin du Bourg. »Er hat es vor fünfunddreißig Jahren geschrieben, genau an einem 7. Juli. Kostrowitzky ist am 7. Juli geboren. Deshalb hat er es geschrieben. Es ist die Vision seines Todes ...«

Der Adler strich nach den Gipfeln ab. Der Tag neigte sich. Sie lagerten an Ort und Stelle. Ihr Abendessen bestand aus Pilzragout, vier am Spieß gebratenen Kaninchen, Tee und Genever. Pickendorff wies seinen Gefährten die Plätze zu, den Bischof zu seiner Rechten, den Leutnant Tankred zu seiner Linken und den Kadett Vénier am Ende der »Tafel«, genau so, als ob sie sich zum Diner im Speisesaal am Sitz des Militär-Gouverneurs befänden. Die Konversation drehte sich um Kostrowitzky. Dieser Mann, der beschlossen hatte, am äußersten Rande des Gebirges zu verschwinden, hatte einst die Welt von einem Hafen zum anderen durchstreift: *Hin und her ziehn große Schiffe vorüber ... Noch einmal tauch' ich meine Hände ins Weltenmeer.* Während eines abenteuerlichen Aufenthaltes in Konstantinopel, es ging um eine Frauengeschichte – *Ihrem Blick war die Zukunft offen / Dein Leben und meins vergittert von Nacht* –, hatte ihn der Sultan in ein scheußliches Verlies sperren lassen. Wieder in Freiheit, hatte er sich gerächt und Bazin du Bourg rezitierte:

Verfaulter Fisch von Saloniki
Juwel verruchter Schläfrigkeit
Ein Furz hob deiner Mutter Kleid
Und sie gebar dich in Koliken …

Sie applaudierten. Das Abendessen ging zu Ende. Wie es bei den Diners des Militär-Gouverneurs der Brauch war, erhob sich Silvius, um den Trinkspruch auf den Herrscher auszubringen. Er zögerte einen Augenblick und sprach dann den Namen der Markgräfin Myriam aus. Die Stadt war im Nichts versunken, man wußte nicht, wo sich die Fürstin befand, nicht einmal, ob sie noch am Leben war, die Regimenter hatten sich aufgelöst, aber alle sieben, ein Abbild ihrer Seelengemeinschaft, klappten gleichzeitig militärisch knapp und präzise mit den Hacken und leerten ihren Becher Genever in einem Zug. Es wurden keine Nachtwachen eingeteilt. Silvius hatte entschieden, sofort schlafen zu gehen, um am Morgen mit dem ersten Büchsenlicht zu Pferde zu steigen.

Ausgestreckt unter seiner Zeltbahn gingen Wassili Visionen in seinem dicken Schädel herum. Worauf er seit dreißig Jahren wartete, war zum Greifen nahe, und so, voller Ungeduld, war es ihm unmöglich zu schlafen. Gegen drei Uhr morgens hielt er es nicht mehr aus. Er stand auf und ging, ohne jemanden zu wecken. Der Oberst hatte ihm versprochen, daß er an der Spitze der Kolonne reiten sollte. So wollte er nur ein wenig Vorsprung gewinnen. Er nahm sein Pferd am Zügel und entfernte sich in aller Stille.

Das erste, was sie erblickten, als sie am nächsten Morgen die Köpfe heraus streckten, war der durch die Schwaden des

Frühnebels gleitende Draa. Abaï streckte Zeige- und kleinen Finger nach dem Vogel und murmelte einige Worte in umiâtischer Sprache, gewiß eine rituelle schamanische Formel, und setzte mürrisch hinzu: »Ein ordentlicher Gewehrschuß wäre zweckmäßiger …«. Dann stellten sie fest, daß Wassili fehlte. Frische Hufspuren, die nach dem Nordpaß wiesen, waren zu erkennen. Abaï legte seine Hand hinein, untersuchte mit den Fingerspitzen die taufeuchte Erde und erklärte: »Eine Stunde voraus …« Sie stürzten rasch ihren Kaffee hinunter und nahmen ihrerseits den Paßweg, Abaï an der Spitze, Tankred als Schließender. Die Sonne, die man hinter den Gipfeln aufsteigen ahnte, versprach einen prachtvollen Tag.

Es war die Aufgabe der Miliz, die Wege in den Bergen instand zu halten, und man konnte ihr nicht vorwerfen, diese Pflicht vernachlässigt zu haben. Der Saumpfad war sorgfältig freigeräumt, an bestimmten Engstellen mit Stützmauern gegen Erdrutsche versehen. Einige Holzbrücken über Wildbäche, die nicht auf Furten zu durchqueren waren, hatte man sogar verstärkt. Außer an den engsten Abschnitten fanden zwei Reiter nebeneinander Platz, und wo er an besonders schwindelerregenden Steilwänden entlangführte, verhinderten gut verankerte Geländer jeden Fehltritt der Pferde.

»Eine richtige Allee«, meinte Silvius.

»Eine vielbenutzte Allee, Herr Oberst«, sagte Abaï, der nach seiner Gewohnheit vom Pferde herab den Boden mit den Augen absuchte. »Einige gehen hinauf, einige kommen herab, mit beladenen Maultieren. Manche Pferde sind nicht beschlagen, obwohl die der Miliz es sind.«

Zuweilen verlor sich der Pfad in Gruppen schwarzer Felsen, zwischen denen er sich, durch grüngestrichene Pfähle gekennzeichnet, wie durch ein Labyrinth hindurchwand. Die Markierung war überflüssig. Ein Ariadnefaden aus festgetretenen Pferdeäpfeln verlief zwischen den Felsen und es war nicht möglich, fehlzugehen. Diese Pferdeäpfel zogen Abaïs größtes Interesse auf sich. Er zerrieb Stücke davon in der Hand, wobei er wissend mit dem Kopf nickte. »Fremde Pferde«, sagte er. »Nicht diese mickrigen, zottigen Tiere.«

»Und Unteroffizier Wassili?«

»Er ist auch hier entlang geritten. Immer noch eine Stunde Vorsprung. Wenn er so weitergeritten ist, dann ist er jetzt nicht weit vom Paß.«

»Also beeilen wir uns!« sagte Pickendorff, der allmählich unruhig wurde.

Der Saumpfad erklomm die Bergflanke in Serpentinen mit einer der Leistungsfähigkeit der Pferde angepaßten Steigung. Schneefelder erschienen hier und da. Man sah nur noch die Spitzen der Gipfel über dem letzten Vorgebirge aufragen – und Draa, der in einem Himmel von unvergleichlicher Reinheit zu hängen schien. Der Adler schwebte über dem Paß. Dann knallte ein Schuß. Ein einziger. Ein kräftiges trockenes Krachen, von der Entfernung kaum gedämpft. Und es war nicht das eines Karabiners. Sie vermuteten das Gewehr der Miliz und hofften atemlos auf eine Antwort. Sie blieb aus. Wassilis Karabiner schwieg.

Da gaben sie den Pferden die Sporen und nahmen in scharfem Trab die letzten Kehren des Pfades. Kiesel rollten unter den Hufen und die Tiere schnaubten heftig. Wie es im Gebirge oft der Fall ist, traten sie aus der letzten Serpentine auf eine Hochebene, die in sanfter Neigung bis zum Fuß der wie eine Kette weißer Schildwachen aufgereihten Gipfel anstieg.

Silvius hatte kein Auge für die grandiose Schönheit des Ortes. Er sah nur ein weites Gelände mit der beunruhigenden Eigenschaft, Kavallerie ausgreifende Bewegungen zu erlauben. Ein ganzes Regiment konnte sich hier bequem entfalten und ihre kleine Schar hinwegfegen. Aufmerksam erkundete er die Zugänge zum Paß mit dem Feldstecher und schätzte die Entfernung, die sie von ihm trennte, auf ungefähr fünf Minuten im Galopp. Nichts war dort zu erkennen. Und nichts ließ vermuten, daß ein zahlreicher Gegner sie dort erwartete. Bei mehr als zehn Reitern ist vollkommene Stille unmöglich. Es gibt immer ein Pferd, das wiehert oder mit dem Huf scharrt, eine Säbelscheide, die gegen einen Steigbügel schlägt, ganz abgesehen von dem Käfervogel, der sich mit scheußlichem Freudengeschrei auf frische Pferdeäpfel stürzt. So sehr sie auch die Ohren spitzten, kein Ton störte die ungetrübte Reinheit der Luft. Silvius wog das Für und Wider ab. Falls sich niemand da vorne befand, liefen sie offensichtlich keine Gefahr. Aber falls sie auf der Hochebene ins Gefecht treten mußten und dann von zahlenmäßig überlegenem Feind angegriffen wurden, den die leichte Neigung des Geländes und die Wucht seines Anritts begünstigte, wären sie sehr bald umfaßt und eingeschlossen und keiner von ihnen würde davonkommen.

Hier war er mit seinen Überlegungen angekommen, als aus einer Bodenwelle ein wenig vor dem Paß ein Pferd im Galopp auftauchte, das gradewegs auf sie zusprengte. Sofort rissen sie die Karabiner an die Schultern, ließen sie aber sogleich wieder sinken. Das Pferd war ohne Reiter. Kopflos gemacht von den leer herunterbaumelnden Steigbügeln schlug es wild aus und machte abrupte Sprünge. Es war Wassilis Pferd. Abaï rief es bei seinem Namen, und das bebende Trier beruhigte sich. Pickendorff zögerte nicht länger.

»Zur Linie marschiert auf!« kommandierte er. »Fünfzig Fuß Zwischenraum! Karabiner geladen und fertig zum Schuß! Richtung: dorthin, wo das Pferd auftauchte! Dort werden wir sicher Wassili finden. Treffen wir auf Feind, in Gottes Namen! Seine Gnaden erteilt uns die Absolution.«

Mit dem Lauf seiner Pistole, die er bereits in der rechten Faust hielt segnete der Bischof seine Gefährten.

»Vorwärts!« brüllte Pickendorff. »Galopp!«

Es war ein prachtvolles Dahingaloppieren. Auf den Pferdehals gebeugt, um dem Feind ein kleineres Ziel zu bieten, wie es das Kleine Einmaleins der Kavallerie verlangt, stoben sie gleich Meteoren dahin, die Hufe wirbelten auf dem Boden, warfen Erdklumpen hoch und erzeugten ein Grollen, als ob eine ganze Eskadron attackierte. Sie bewegten sich wie auf dem Übungsplatz, in schnurgrader Linie, keiner preschte auch nur um eine Nasenlänge voraus. Eine Perfektion, die um so leichter fiel, als ihnen niemand entgegentrat. Weiter oben, in geringer Entfernung vom Paß, verengte sich die Hochebene. Um dorthin zu gelangen blieb nur, die kleine Anhöhe zu überschreiten, von wo Wassilis Pferd gekommen war. Wie Pickendorff es vorhergesehen hatte, fanden sie dort den Unteroffizier, in einer Blutlache liegend. Der Mörder hatte den Karabiner gar nicht beachtet und bei der Leiche liegengelassen.

Sie hatten nur einen Schuß gehört, und der war es wohl, der Wassili niedergestreckt hatte. Ein Einschußloch im Bauch, etwas rechts, knapp über dem Koppel. Aber das war nicht tödlich gewesen. Getötet hatte man ihn auf andere Weise. Klaffend öffnete sich seine von einem Ohr zum anderen, wahrscheinlich mit einem Rasiermesser, aufgeschlitzte Kehle und entblößte unter blutigem Schaum die Halsknorpel. Auf diese Weise erfüllten sich also dreißig Jahre des Hoffens. So endete im Schrecken, in schändlichem Meuchelmord, der Traum dieses Unglücklichen, endlich das so oft erahnte Unbekannte zu schauen, gerade da er glaubte, ihm nahe gekommen zu sein. Es gab die Tschetschenen nicht, oder vielmehr: Wenn es sie gab, waren sie nichts als die dunkle Kehrseite und das mißgestalte Zerrbild seines Traumes. Bischof van Beck schloß ihm die Augen.

Der Unteroffizier in der Aufklärungseskadron des markgräflichen Kavallerie-Regiments Klemens Wassili wurde an Ort und Stelle begraben. Sie wechselten einander dabei ab, mit einem Feldspaten, den Abaï am Sattel mitführte, sein Grab in dem harten Boden auszuheben. Silvius nahm ihm nur die stählerne Kette mit seiner Erkennungsmarke ab. Drei mit seinem Blut bespritzte Auszeichnungen waren auf seinen Waffenrock geheftet, darunter jene, die sein ganzer Stolz war, die Ehrenmedaille des Markgrafen Askan-Friedrich XI., auf deren fleckiger silberner Spange noch das Wort *Tschetschenen* zu lesen war, gefolgt von der Jahreszahl seines ersten Feldzuges. Bald, eingehüllt in den schwarzen Umhang seiner Uniform, die Hände über dem Säbelgriff geschlossen, empfing ihn die Erde. Nach dem Totengebet, das der Bischof abkürzte – alle sechs im Hab-Acht bildeten ein ideales Ziel, auf das wie auf einer Jahrmarktsbude zu schießen war – rezitierte Bazin du Bourg aus dem Gedächtnis diese beiden rätselhaften Verse, die sie unlängst aus dem Munde des Unteroffizier gehört hatten:

Wilhelm, sagte ich, es ist soweit, und dann
Zogen mit lyrischem Schritt die Tschetschenen heran ...

Und doch gab es offenkundig nichts, das weniger lyrisch gewesen wäre als dieser armselige blutleere Leichnam, ausgeblutet wie ein Schwein auf der Schlachtbank einer Metzgerei. Bevor der Bischof sie schloß, hatte jeder in den starren Augen Wassilis die Verzweiflung ahnen können, sich getäuscht zu haben. Kein Zweifel – als er sah, wie sich das Messer des Mörders bis auf wenige Zoll seinem Gesicht näherte, da hatte er begriffen, daß, wenn es ihm die Kehle durchschnitt, es nicht nur ihn, sondern seine Hoffnung töten sollte. Auf der Schwelle zur Ewigkeit darf man wohl verzweifelt sein. Hatte er an Kostrowitzky gedacht? Hatte er die Zeit, sich zu fragen, ob sein verehrter, verträumter Rittmeister nicht auch ihn getäuscht hatte? Die Dichter sind Männer Gottes, sie lügen und das kann verheerend sein, aber sie belügen zuerst sich selbst. Vielleicht tun die Priester es ihnen nach, und der Papst, und die Kardinäle, und die Rabbiner, und die Pastoren, die bärtigen Popen, und die Patriarchen, und die Propheten, und die Reformatoren – die ohne das sich vielleicht langweilten auf dem endlosen Lebensweg...

In diesem Augenblick wurde Silvius überwältigt von der außerordentlichen wilden Vollkommenheit dieser Landschaft. Zwei Zwillingsgipfel flankierten zu beiden Seiten den Nordpaß – Türme, gepanzert in vom Wind spiegelblank geschliffenen gefrorenen Schnee, darauf die Sonne gleißte. Die von tiefgrünen Flechten bedeckte Hochebene glich einem Meer, aus dem wie Zauberinseln einzelne schwarze Felsen ragten. All dies von der frostigen Reinheit einer fühllosen Jungfrau, fremd und fern aller Wärme des Lebens. Und mit einem Mal verstand Silvius, daß der inmitten dieser eisigen Erhabenheit bestattete Unteroffizier Wassili vielleicht nicht umsonst gestorben war. Ob es Gott nun gibt oder nicht, die Seele eines toten Christen leuchtet. Und darum, durch das Gewicht der unzähligen seit so vielen Jahrhunderten in die Erde eingesenkten Toten, bieten sich die christlichen Länder in unvergleichlicher Milde dar, wie rauh die Natur auch immer sei. Wassili und sein Rittmeister, auch er am Nordpaß gestorben ... Zwei Seelen machen keinen Frühling, aber während Silvius in Gedanken versunken stand, wurde ihm die Landschaft unmerklich weniger lastend, weniger bedrückend. Ein launiger Vierzeiler Wilhelm Kostrowitzkys kam ihm in den Sinn, den einst die schwärmerischen jungen Offiziersanwärter im Kasino des Kavallerie-Regiments rezitierten, wenn sie gezecht hatten:

Im Himmel ist der Engel Schar
D e r tritt als Offizier heran
Der zweite als ein Reitersmann
Und die andren singen ...

Abaï zog ihn, um ihn aufmerksam zu machen, unauffällig am Ärmel und flüsterte ihm ins Ohr: »Drehen Sie sich nicht um, Herr Oberst. Jemand beobachtet uns. Er hat sich versteckt. Aber Abaï hat ihn gesehen. Abaï kümmert sich darum. Lassen Sie mich machen.«

»Niemand bewegt sich, außer Abaï!« stieß Silvius zwischen den Zähnen hervor. Alle erstarrten vor dem Grab in der Haltung, die zu einer militärischen Schweigeminute einzunehmen ist. Abaï tat, harmlos gemächlichen Schrittes, als ob er sich um die Pferde kümmern wollte, machte dann eine plötzliche Kehrtwendung und schoß nach einem Kopf, der kaum erkennbar hinter einem Felsen hervorschaute. Zwei Gestalten flohen Hals über Kopf zum Paß, wo sie verschwanden. Silvius erkannte die braune Uniform der Territorialmiliz.

»Getroffen!« rief Abaï. Er lief zum Felsen, um ihn herum, kam sogleich vergnügt wieder hervor und schleppte eine frische Leiche an den Füßen hinter sich her wie einen Sack. Der Kopf des Mannes holperte über die Unebenheiten des Bodens, ein kleiner runder halsloser Kopf mit einem Loch mitten in der Stirn. Es war die Eule. Angewidert drehte Silvius ihn mit dem Stiefel auf den Bauch, um sich von dem Anblick seines Gesichts zu befreien.

»Armer Wassili ...«, sagte er. »Wenn man bedenkt, daß das Werkzeug seines Schicksals dieses gemeine, bösartige, haßerfüllte Subjekt gewesen ist. Ein Tschetschene! Aber nicht der, den er verdient hätte. Nun ist er gerächt. Und obendrein sein Rittmeister. Wenn man das graue Haar Deiner Beute ansieht, Abaï, hat er vor dreißig Jahren ganz gut auch Kostrowitzky ermorden können. Dieser Haß erreicht uns von weit her. Er wird andauern. Er stammt von der Schöpfung her ... Na schau' an! da ist noch einer neugierig geworden!«

Der Adler segelte gegen den Wind in geringer Höhe, nahezu auf der Stelle, wie ein Wappenvogel im Giebel eines unsichtbaren Portals.

»Nun gut, sehen wir dort oben nach«, sagte Silvius.

Sie trafen für alle Fälle Vorsichtsmaßregeln und durchschritten die letzten tausend Fuß, die sie noch vom Paß trennten, indem sie die Pferde am Zügel führten. Aufgesessen hätten sie sich zu bald verraten. Der Pfad stieg geradeaus mit sanfter Neigung bis zum Kamm an, wo der Gegenhang und damit der Abstieg begann. Nach den Gesetzen der Optik waren sie um so weniger gedeckt, je weiter sie gegen den Paß voranschritten. Silvius sah sich nach einem guten und sicheren Beobachtungsplatz um und fand ihn in Gestalt einer verfallenen Schanze, die Gott weiß wie alt sein mochte, da sie nicht einmal auf der Karte eingetragen war. Sie ließen, für den Fall eines eiligen Rückzugs, die Pferde in der Obhut Abaïs zurück und schoben sich vor, einer hinter dem anderen, bis zu einer Art kleiner, auf einem vorspringenden Felsen errichteten, V-förmigen Redoute, die das Gelände auf dem anderen Berghang beherrschte. Hier war einst die Eroberung zum Stehen gekommen. Jenseits erstreckte sich eine wenig bekannte Welt von Wüsten und fernen Oasen, spiegelnder, von Palmenhainen gesäumter Seen, reißender Flüsse, die unerklärbarerweise in den Sanddünen verschwanden, sumpfiger Ebenen, wo Herden riesiger Tiere sich im Schlamm suhlten. Noch weiter jenseits, unter einer brennenden Sonne, lebten Millionen nackter Menschen, Untertanen blutrünstiger Kleinkönige, die mit ihnen nach Belieben verfuhren ...

Da die zerfallene Brustwehr der Redoute nur noch die Hälfte ihrer ursprünglichen Höhe hatte, mußten sie sich beinahe kriechend dorthin vorarbeiten. Ein Rumoren stieg auf aus der Ebene, aus jenen zahllosen unbestimmbaren Geräuschen, die vom Leben künden und in denen für kurze Momente Rufe zu unterscheiden waren, Pferdewiehern oder das Rollen eines Karrens. Endlich öffnete sich eine Schießscharte in einem noch unversehrten Mauerstück, wo Silvius sich aufrichten und in Ruhe beobachten konnte, was sich vom Fuß des Gebirges bis zum Horizont seinen Blicken darbot. Er piff überrascht durch die Zähne und griff nach seinem Feldstecher. Die Wüste war bedeckt mit Zelten, niedrigen Zelten, wie jenen der Nomaden, konischen Kriegerzelten, braun oder im Gegenteil von leuchtender Farbe, die sich unendlich vervielfachten. Über einigen wehte das grüne Banner eines Kriegsherrn. Staub wölkte zwischen den Zelten auf, wenn eine Abteilung vorbeizog. In all dem war eine gewisse Ordnung zu erkennen. Die riesige Zeltstadt schien in Abschnitte geteilt – ohne Zweifel nach Stämmen, Clans, Abteilungen, und doch lagerte hier nicht nur eine Armee, sondern ganze Völkerschaften mit Frauen und Kindern, gekleidet in weite farbige Gewänder, die schrille Schreie ausstießen, deren spitzer Klang die Luft zerteilte und noch bis zu der Schanze hinauf zu hören war. Auf dem spärlichen gelben Gras an den Rändern weideten über beträchtliche Entfernung hin, beaufsichtigt von bewaffneten Reitern, hunderte von Tieren: Pferde, Maultiere, Esel, Dromedare, zweihöckrige asiatische Trampeltiere, Zugochsen mit ägyptischen Hörnern und jede Menge Schlachtvieh, Rinder, Schafe, Ziegen, gehütet von zehnjährigen Hirten. Noch weiter, hinter dem Lager, nackte pechschwarze Männer, Lanze und Lederschild in der Hand. Diese lagerten unter freiem Himmel, und Silvius entsann sich, wie sie damals an der Pagenschule, als die Alte Geschichte durchgenommen wurde, gelernt hatten, daß die kriegerischen Stämme von jenseits der Berge ihre afrikanischen Hilfsvölker mit sich führten, um diese zu allen niederen Diensten zu gebrauchen und im Kampf ohne Rücksicht und Gnade zu opfern. Silvius machte auch, auf den beiden Flügeln, einige fünfzig Geschütze aus, mit Protzen und Munitionswagen, die ihn ganz außerordentlich interessierten. Er identifizierte, stumm vor Staunen, Gebirgsgeschütze neuester Bauart und ausländischer Herstellung, und vor allem, Wunder aller Wunder, das ganz neue Revolvergeschütz mit Handkurbel, das ein Vermögen kostete und dessen Besitzes sich nur wenige Armeen der Welt rühmen konnten. Er streifte mit dem Feldstecher über diese fabelhafte Ansammlung von Männern und Waffen und richtete ihn schließlich auf die Reihe der vorderen, offenkundig besonders reichen Zelte, deren Banner im Wind knatterten. Vor dem Eingang des größten von ihnen, das mit schillernden Tüchern bedeckt war, hielten einige Männer im Seidenturban Rat. Sie saßen in der Runde um einen Alten mit weißem Bart, dessen Kommandeursäbel vor ihm auf einem Samtkissen ruhte, und der das Haupt dieser Koalition zu sein schien.

Silvius erkannte zu seiner Rechten den Kommandanten Sergej Alraman. Die dreißig Männer seiner Miliz hielten die Ehrenwache vor dem Zelt. Zumindest fehlt ihm die Eule, das immerhin! dachte er mit grimmiger Freude. Dann reichte er seinen Feldstecher Tankred.

»Großer Gott!« rief der aus. »Die Tschetschenen! Aber wie viele sind es, Herr Oberst? Woher kommen sie? Was machen sie hier?«

»Ja, die Tschetschenen«, sagte Pickendorff. »Wir haben geglaubt, sie aus der Geschichte gestrichen zu haben, aber die Geschichte setzt sich wieder in Marsch. Indem er unsere Lage ausnutzte, muß Alraman sich zum Emir der Berge proklamiert haben. Wenn es nicht gar der alte Weißbart mit seinem Paradesäbel selbst wäre. Aber auf jeden Fall sind sie nicht allein. Sie machen nicht den hundertsten Teil derer aus, die wir da sehen. Die anderen ...«

Aufgetaucht aus den Tiefen zweier Kontinente gab es da die Turkomanen, die Osseten, die Wahalis, die Tripolitanier, die Aseris, die Sandschaken, die Wadimoussas, die Wahabiten, die Haschemiten, die Turkopolen, die Tademaïten, die N'ajjers, die Rif-Kabylen, die Chaambas, die Djazairier, die Annabier, die Kalmücken, die Kasachen, die Tartaren, die Jakuten, die Turkmenen, die Kairuanier, die Damaszener, die Hedjasier, die Daglaris, die Stambuloten, die Persepoliten, die Tadschiken, die Sahuras, die Adjerer, die Husseiniten, die Palästiner, die Abassiden, die Karmathen, die Sanaaer, die Patschanen, die Keophrenen und alle die schwarzen Stämme, die sie sich dienstbar gemacht hatten, die Bambaras, die Niloten, die Jorubas, die Wolofs, die Swahilis, die Malenken, die Äthiopen, die Issas, die Koptasier, die Tubus, die Foutas, die Goreer und viele andere, bei denen sich über Jahrzehnte, über Generationen die vom Erzbischof der Stadt ausgesandten Missionare abgequält hatten, die von nichts lebten, litten, starben und die Barmherzigkeit predigten ...

»Was halten Sie davon, Osmond?« fragte Silvius.

Der Bischof hatte nun das Glas an die Augen gesetzt und betrachtete kühlen Sinnes das Gedränge. »Daß Gott die Seiten gewechselt hat«, sagte er. »Die Partie wird wieder interessant. Aber sehen Sie! Es tut sich etwas da unten. Mir scheint, es wird Zeit, daß wir verschwinden.«

In der Tat, die Miliz setzte sich in Bewegung. Ohne Zweifel hatte man ihr das Vorrecht zugestanden, bei der Rückeroberung des Gebirges an der Spitze zu marschieren. Man hatte den Weißbart auf sein Pferd gehoben. Er schwang sein Krummschwert, zirkelte frenetisch Kreise über seinem Kopf, worauf ihm ein langgezogener Kriegsschrei antwortete, der sich wie eine Woge von Stamm zu Stamm fortpflanzte bis zu den entferntesten Lagerplätzen und bis zu den Lagerfeuern der nackten Männer, die sogleich in Trance einstimmten und in konvulsivische Bewegungen fielen. In die Stille, die folgte, schallte ein schriller Ton, der beinahe die Trommelfelle zerriß. Silvius erkannte Alramans Pfeife. Der Adler, der nach wie vor über ihnen kreiste, hörte auf zu gleiten und strich ab.

»Holt dieses verdammte Vieh herunter! Kadett Vénier, jetzt können Sie zeigen, daß Sie ein Meisterschütze sind!«

Der Vogel erhielt zwei Kugeln. Bei der ersten schlug er mit den Flügeln und kreischte in seiner Not. Bei der zweiten fiel er wie ein Stein und schlug mit dumpfem Geräusch gerade vor Alramans Füßen auf die Erde. Silvius stieg auf die Brustwehr, legte beide Hände als Trichter an den Mund und brüllte:

»*In memoriam* Rittmeister Wilhelm Kostrowitzky! Blut um Blut!«

Die Erwiderung ließ nicht auf sich warten. Jetzt waren sie erkannt. Unten donnerte eine Kanone, dann alle Batterien zusammen. Die Salve schlug auf dem Hang ein, hundert Fuß unter der Redoute, aber die nächste lag besser. Dann fiel, knatternd wie eine riesige Rassel, das Revolvergeschütz ein. Silvius befahl den Rückzug. Wie er sich so die Wut und den Schmerz Alramans angesichts seines zerschmetterten Königsadlers vorstellte, machte er kehrt und sprang, ein Reiterlied pfeifend, aufs Pferd.

Als die Nacht anbrach, waren sie schon weit, jenseits der alten Grenzen des Landes, die weithin sichtbar markiert waren durch Bäume, in denen Trauben von Leichen hingen. Bevor Bischof van Beck zum Schlafen unter die Zeltbahn kroch, blieb er noch einen Augenblick am Feuer zurück und notierte lakonisch in seinem schwarzen Büchlein: »Sechs Reiter kamen in der Abenddämmerung aus dem Gebirge herab. Gott hatte Erbarmen gehabt mit dem siebten, der auf ewig in den Himmel geritten ist, da er die Tschetschenen verfolgte ...«

An diesem Abend, als er einschlief, entschloß er sich, Silvius und seinen Gefährten nicht bis zum Ende zu folgen. Wann? Wo? Das sollte sich ergeben. Warum? Jetzt wußte er es.

V.

Am Morgen entfaltete Silvius seine Karte auf dem Boden, und alle setzten sich mit untergeschlagenen Beinen im Kreis, den Becher mit Kaffee in der Hand. Es war heiß geworden und die Luft drückend, seit sie das Gebirge verlassen hatten. Doch fehlten die altvertrauten Gerüche des Sommers, der Ernte, des geschnittenen Heus, der Duft der Sonnenblumenfelder oder der beißende Geruch, den die Dampfdreschmaschinen erzeugten, die früher von Hof zu Hof fuhren. Da im Bergland nichts weiter mehr in Erfahrung zu bringen war, schlug Silvius vor, durch die Ebene und den Großen Wald nach Sépharée zu marschieren – dem Grenzposten am Fluß und Ziel ihrer Fahrt.

Silvius stellte mit dem Zirkel die Entfernungen fest. Bis nach Sépharée im Norden einhundertfünfzig Meilen, dazu ein Abstecher nach dem Großen Wald, nach Nordwest, von dort aus am Fluß entlang wieder zur internationalen Brücke von Sépharée zurück – machte die Kleinigkeit von zweihundert Meilen. Der Fähnrich Bazin du Bourg, den Silvius seit Wassilis Tod mit dem Verpflegungswesen betraut hatte, gab aber zu bedenken, daß die Gegenden, die sie durchqueren wollten, sich im Aufruhr befanden, daß dort zumindest die Ordnung zusammengebrochen war und Anarchie herrschte und es deshalb schwierig werden würde, sich mit dem Notwendigen zu versehen; zudem sei in der Ebene Wild rar und selbst wenn sie rücksichtslos den Gürtel enger schnallten, um Verpflegung zu sparen, werde sie sicherlich nicht bis dorthin reichen. Hier nun machte Abaï darauf aufmerksam, daß, wenn sie den Weg durch den Großen Wald nehmen wollten, wo die Umiâten-Clans, sein Volk, lebten, die den Markgrafen stets die Treue gehalten hatten, es diesen eine Ehre sein werde, sie zu verpflegen – falls sie sich mit Rauchfleisch und gekochtem Wurzelgemüse zufriedengeben könnten, was aber offensichtlich äußerst gesund sei, da bei den Umiâten, wie er sie belehrte, die Hundertjährigen nicht selten waren. Erfreut dankten sie Abaï, der schon glänzende Augen bekam bei dem Gedanken, die Seinen wiederzusehen, und niemand machte Einwände gegen diesen Umweg.

Auf die Bitte Seiner Gnaden van Beck wurde ein weiteres, näher gelegenes, Zwischenziel beschlossen. Er hatte auf der Karte die kleinen Kreise mit dem Kreuz darauf studiert, welche die Gotteshäuser darstellten. Besonders eines von ihnen, das ungefähr in der Richtung ihres Marsches lag, an der Grenze zweier Provinzen, hatte es ihm angetan. Es handelte sich um die ehrwürdige Abtei Unserer Lieben Frau von Zurfenberg, die älteste des Landes, gelegen auf einer steilen, felsigen, die Ebene nach allen Richtungen überragenden Anhöhe. Silvius richtete einen fragenden Blick auf den Bischof.

»Die Mönche in Zurfenberg sind rauhe Burschen«, erklärte dieser. »In den Zeiten der großen ottomanischen Invasionen, als die Türken vor den Mauern Wiens standen, nachdem sie auf ihrem Marsch auf tausend Meilen hin christliche Erde verwüstet hatten, und die Mamelucken der Nachhut in den Besitzungen des Markgrafen lagerten und das Volk niedermetzelten, hörte niemals die Glocke der Abtei von Zurfenberg auf zu läuten. Erinnern Sie sich? Wir haben das als Kinder gelernt. Die Mönche hielten sich in den unterirdischen Gängen unter den Trümmern ihres Klosters verborgen, mit ihren heiligen Büchern und den fünfzigtausend Bänden ihrer Bibliothek, dem ganzen Wissen jener Zeit. Sie waren unbewaffnet. Sie beteten. Tag und Nacht hörten ihre Gebete nicht auf. Wenn das Beten je einen Sinn hatte, dann in Zurfenberg zu dieser Zeit. Sie verlangten nichts von Gott, sie glaubten nicht, daß sie verloren waren, sie beschieden sich damit, ihn zu verehren, wie sie es seit Jahrhunderten getan hatten auf dieser Anhöhe, die getränkt war von den Gebeten der zahllosen Mönche, die dort vor ihnen gebetet hatten. Was folgte ist bekannt. Die Mamelucken konnten sich nie entschließen, die Hänge von Zurfenberg zu ersteigen, obwohl das für sie eine Kleinigkeit gewesen wäre. Sie beschränkten sich darauf, das Kloster Tag und Nacht mit ihren schweren Kartaunen zu beschießen. Als schließlich die türkische Woge zurückflutete und die Mönche wieder heraufstiegen, wandte das ganze Land sich ihnen zu, und so kehrte das Leben zurück. Das war übrigens nicht das erste Mal. Die Weltgeschichte kennt noch weitere Beispiele.«

»Und Sie glauben, daß auch diesmal …?« fragte Silvius.

»Dessen bin ich mir weniger sicher«, antwortete der Bischof nachdenklich. »Ich wollte es nur zu gerne wissen. Es geht um meinen …«

Er führte den Satz nicht zu Ende. Das Wort, das Seine Gnaden van Beck, der katholische Prälat, gerade noch rechtzeitig vermieden hatte, war selbstverständlich das Wort

Glaube. Und Silvius hatte das auch verstanden. Ob Gott existiert oder nicht, man stöbert ihn nicht auf, um mit ihm einen Handel zu machen: Gib Dich zu erkennen, tritt heraus aus dem Gewölk, es geht um meinen Glauben! Das gehört sich nicht. Das ist ohne Haltung, ohne Stolz. Es ist auch ohne Liebe, und vielleicht ist es unmöglich – aber wie soll man da hinausfinden? Auf jeden Fall ist es würdelos – das war es, was Bischof van Beck dachte. Die Würde des Menschen besteht darin, an Gott zu glauben, ohne etwas dafür zu fordern. Und dies gilt noch um so mehr, wenn er im Grunde seines Herzens nicht glaubt. Ein Ungläubiger, der betet, erweist sich in Wahrheit als ein Mann von großem Glauben. Ein solcher war Bischof van Beck, der von dem heiligen Hügel von Zurfenberg träumte, wo er sich selbst begegnen würde …

An diesem Abend lagerten sie in der Ebene, in den Ruinen dessen, was einmal eine kleine Stadt oder zumindest ein größerer Marktflecken gewesen sein mußte. Die sorgfältig angelegten Straßenzüge waren unter dichtem Brombeergestrüpp verschwunden, das bis auf Mannshöhe die eingestürzten Mauern überwucherte. Wenn die Stadt abgebrannt war, wie es das Durcheinander verkohlter Balken überall dort bezeugte, wo einmal ein Haus gestanden hatte, so mußte das schon vor längerer Zeit geschehen sein. Nicht einmal jener kalte Brandgeruch war noch wahrzunehmen, der nach dem Verlöschen der Flammen wochenlang in der Luft liegt. Die Kirche und das Rathaus, zu beiden Seiten des Marktplatzes, hoben sich nur durch das Ausmaß ihrer Trümmer heraus. Am Bahnhof der

Nordstrecke bedeckte die Vegetation die Gleise, bis zu der einzigen Abzweigung, von wo an der von wildem Strauchwerk gekrönte Bahndamm sich in der Ebene verlor.

Als sie ein Mäuerchen überstiegen und sich zwischen Ruinen mit Säbelhieben ihren Weg bahnten, stellten sie fest, daß worüber ihre Füße traten ein Friedhof gewesen war. Zwischen weniger hohem Gestrüpp waren auf dem Boden Gräber zu erkennen, was bewies, daß einige überlebende Familien noch längere Zeit beharrlich die Ruhestätten ihrer Toten gepflegt hatten. So ist das in unseren Landen: Die Friedhöfe sterben zuletzt, weil die letzte Tat des Widerstandes, bevor alles aufgegeben wird, darin besteht, noch einmal die Gräber der Verstorbenen herzurichten. Danach ersticken Unkraut und Gestrüpp die letzten Blumen und mit dem Gedenken ist es vorbei: Niemand wird jemals mehr wissen, wohin das Leben dieses Ortes entschwunden ist.

Bischof van Beck streichelte mit dem Finger die einzige Rose, die aus dem Gesträuch herauswuchs, in dem ihre Schwestern, der Luft und des Lichtes beraubt, zugrundegegangen waren. Kaum erblüht, war sie verdorrt. Die Anstrengung, diese einsame Anstrengung, hatte sie erschöpft. Die Erde nährte nicht mehr. Keine neue Knospe würde an ihre Stelle treten. Die letzte trieb gerade noch ihre geschlossene Blüte aus dem Ende eines dürren Zweiges: Vertrocknet. Totgeboren. Aus.

»Kann mir jemand sagen«, fragte der Bischof nachdenklich, »wie lange ein solcher Rosenstrauch, der, soviel ich davon verstehe, sehr zäh sein soll, unter solchen Bedingungen überdauern kann? Es scheint, daß Sie einen grünen Daumen haben, Herr Fähnrich, und der berühmte Garten Ihrer Mutter muß Ihnen ... Wie denken Sie darüber?«

»Ja, es war ein schöner Garten«, sagte der Fähnrich Bazin du Bourg, »mit mehr als hundert verschiedenen Arten von Blumen, davon zwanzig wundervoller Rosen. So schön, daß er meine Mutter getötet hat. Zu Beginn der Ereignisse war der Garten eines Nachts verwüstet worden, die Bäume umgehauen oder ausgerissen, die Blumenbeete mit Petroleum überschwemmt. Als sie es am Morgen entdeckte, hat sie mich rufen lassen und mir gesagt: ›Man kann nicht ohne Schönheit leben. Ich ertrage die Häßlichkeit nicht. Ich werde jene nicht ertragen, die jetzt hochkommen.‹ Dann hat sie sich hingelegt und ist gestorben. Ich mußte ihr nicht einmal die Augen schließen ... Um Ihre Frage zu beantworten, Euer Gnaden, dieser hier ist ein sehr gewöhnlicher Rosenstrauch, von einer gängigen, beinahe unverwüstlichen Sorte, geradezu vulgär, eine Allerweltsrose, die nur gelegentlich eine zufällige Schönheit hervorbringen kann. Aber sie ist robust und kann sich mühelos fortpflanzen, Rosenplebs sozusagen. Wenn man der Natur ihren Lauf läßt, wie es hier der Fall gewesen ist, dann kann es Jahre dauern, bis ihre Widerstandskraft erschöpft ist. Ich kann es nicht mit Gewißheit sagen, aber berücksichtigt man die Höhe des Strauchs, die Zahl und Größe seiner Zweige und Sprossen – das leicht genug zu entziffernde Tagebuch seines Todeskampfes – so meine ich, daß seit wenigstens zwei Jahren niemand mehr sich seiner angenommen hat, um ihn vor der Erdrosselung zu bewahren ...«

»Das würde bedeuten«, führte der Bischof den Gedanken weiter, »daß dieses Städtchen seit zwei Jahren verlassen ist.«

Dann wandte er sich an Silvius: »Vielleicht hatten Sie damals, an jenem Abend, mit Ihrer seltsamen Art, die Tage seit unserem Aufbruch aus der Stadt zu berechnen, gar nicht so unrecht. Ich für meinen Teil«, er zog sein Notizbuch zu Rate, »komme auf zweiunddreißig Tage. Aber diese Rose erzählt uns von zwei Jahren. Dieser Rosenstrauch hat zwei Jahre lang einsam gekämpft. Und wir sind jetzt ebenso einsam wie er ...«

Sinnend verharrten sie alle sechs. Das konnte die Stille und Verlassenheit erklären, durch die sie seit dem Morgen geritten waren. Die Ebene war die Kornkammer der Stadt gewesen. Getreidefelder, fette Weiden, Obst- und Gemüsegärten. Ein schachbrettartiges, sorgfältig gepflegtes Netz von Feldwegen erleichterte die Bewirtschaftung, ständig waren Fahrzeuge unterwegs, Räder knarrten, Peitschen knallten, freudig schallten die Zurufe der Landleute von einem Gespann zum anderen, und all das vertraute Lärmen eines fleißigen, arbeitsamen Volkes, das Klirren des Hammers auf dem Amboß, das Pfeifen der Dampfdreschmaschinen, das Knirschen der Sensen, wenn sie geschärft werden, das Gekreisch eines Schweins, das in einem Hof geschlachtet wird, die Ausrufe der Straßenhändler ... Nun aber, schon seit dem Morgen nichts und niemand, und auch die Gerüche fehlten, was bereits erwähnt worden ist, und was sie als erstes bemerkt hatten. Wie eingeebnet lag das Land. Die Furchen auf den brachliegenden Feldern waren kaum mehr zu ahnen. Aus dieser trostlosen Ödnis ragten nur die Überreste verfallener Scheunen und aufgegebene Bauernhäuser mit eingestürzten Dächern, und hier und da kündete in der Ferne ein stummer Kirchturm von einem verlassenen Dorf. Sie hatten mehrere davon durchquert, alle gleichermaßen leer, wenn auch in verschiedenen Stadien des Zerfalls – und nirgends ein Lebenszeichen.

In einem jedoch, durch das sie zuletzt gekommen und wo

sie ins Innere eines Hauses getreten waren, das noch Türen und Fenster besaß und ein Dach, fanden sie deutliche Anzeichen, daß erst vor kurzem Menschen hiergewesen sein mußten. Die Asche im Herd war noch warm. Ein Krug klaren Wassers stand auf dem Boden, daneben die Überreste eines Mahls aus Kartoffeln und wilden Brombeeren. Sie hatten gewartet, sie hatten gerufen, nach allen vier Ecken des Ortes, daß sie in Frieden kämen. Niemand hatte geantwortet und Abaï hatte festgestellt: »Sie sind weggegangen. Drei oder vier. Kleine Füße. Frauen oder Kinder ...« Silvius hatte den Namen des Städtchens auf der Karte ausfindig gemacht: Sankt Gall. Danach hatten sie ihren Weg fortgesetzt, bis zu ihrem abendlichen Lagerplatz. Wünschten sie, noch jemandem zu begegnen?

Bischof van Beck klappte sein Messer auf, schnitt die unglückliche halbtote Rose ab, goß frisches Wasser in seinen Becher, stellte sie hinein, behutsam und mitleidig, wie man mit einer Sterbenden umgeht, und setzte sie auf einen flachen Stein vor seinem Zelt, in die untergehende Sonne, damit sie die letzten Strahlen des Lichts und der Wärme einfinge. Möge es dem Herrn gefallen, sie wieder zum Leben zu erwekken, dachte er. Ich werde sie ihm morgen darbringen.

Schweigend nahmen sie ihr Abendessen ein. Sie hatten begonnen zu rationieren. Trockener Zwieback, ein wenig Schinken, ein Löffel Marmelade, Wasser und ein fingerbreit Genever. Kein Kaffee. Davon blieb von jetzt an nur noch ein Vorrat für ein Dutzend Morgen. Nicht daß ihnen diese erzwungene Kargheit die Freude am Gespräch verdorben oder Verdruß am Zusammensein bereitet hätte, im Gegenteil: Noch nie seit ihrem Aufbruch waren sie einander so vertraut gewesen, und es war nicht nötig, es auszusprechen. Jeder empfand es selbst.

Auch hatte ihr Schweigen seinen Grund weder in der Friedhofsstimmung des Ortes, in dem sie lagerten, noch im Gedenken an ihren Kameraden Wassili, den sie bereits vergessen hatten. Verlust war ihre tägliche Erfahrung. Verschwunden die Einwohner dieses Städtchens, tot und begraben der Unteroffizier Klemens Wassili. War das wichtig? Ihr Schweigen hatte andere Gründe. Es war diese verwelkte, fleckige Rose in ihrem Becher, die ihre Gedanken gefangenhielt. Während sie langsam kauten, um sich die Illusion eines richtigen Mahls zu geben, ließen sie sie nicht aus den Augen, lauerten auf das erste Lebenszeichen. Einige Worte fielen.

»Mir scheint, sie bekommt wieder Farbe«, sagte Tankred.

Natürlich stimmte das nicht, doch keiner wagte es zu sagen – außer dem Kadetten Vénier, den aber fünf vorwurfsvolle Augenpaare schweigen ließen. Dann war die Reihe an Bazin du Bourg im Strahlenglanz seines grünen Daumens. Sie hingen an seinen Lippen. »Farbe vielleicht nicht. Aber sie hat sich anscheinend ein klein wenig aufgerichtet.«

Der Kadett hob die Schultern. Die Blume ließ jämmerlich den Kopf hängen. Nun beteiligte sich auch der Oberst an dem Spiel, nachdem er den Kadetten eines grimmigen Blickes gewürdigt hatte. »In der Tat, es wird besser. Ich kenne mich mit Blumen nicht aus, aber Abaï, der mit den Pflanzen sprechen kann, wird uns sicher etwas dazu sagen?«

Der Fährtenleser kniff die Augen zusammen, wie er es tat, wenn er beobachtete, strich sein Bärtchen, und nach orakelhaftem Schweigen murmelte er einige undeutliche Worte in seiner Sprache, aus denen jeder herauslas, daß vielleicht, wenn weiter die Sonne schiene …

Diesmal hielt sich der Kadett zurück. Man widersprach

Abaï nicht, auch wenn keiner die umiâtische Sprache verstand. Abaï irrte sich niemals. Zufrieden nickte er mit dem Kopf, als er sich endlich eingeredet hatte, die Blume habe zu ihm gesprochen. Der Bischof selbst stand zu wiederholten Malen auf, um sie aus der Nähe zu betrachten. Er setzte seine Brille auf, näherte sich der Rose mit der Nasenspitze und setzte sich wieder mit wissender Miene. Schließlich erklärte er: »Kein Zweifel. Die Blütenblätter glätten sich. Die Nacht wird mild. Sie wird leben.«

Sie sahen einander an mit einem Lächeln, hinter dem sie eine ganz und gar unangemessen Empfindung verbargen, während sie Tropfen für Tropfen den Rest Genever aus ihren Bechern schlürften. Ein wenig später, als er sich in seinen schwarzen Umhang gehüllt schlafengelegt hatte, kam Silvius noch einmal diese Szene in den Sinn. Er mußte wohl oder übel zugeben, daß dieses arme verwelkte Ding, wie auch immer man es betrachtete, alle Zeichen unabänderlicher Hinfälligkeit trug und daß nichts an ihm die Rückkehr des Lebens versprach, auch wenn man sich noch so sehr darüber betrügen wollte, wozu sie alle, den Kadetten Vénier ausgenommen, sich hatten hinreißen lassen – mit einer theatralischen Sentimentalität, die sie ebenso plötzlich wie unerklärlicherweise überkommen hatte und die wenig zu ihrem Wesen paßte. Der Bischof hatte nichts von einem Weichling an sich, das war ja gerade einer seiner Vorzüge. Warum also diese jungmädchenhafte Aufwallung? Und Bazin du Bourg, der liebenswerte Gärtner seiner Frau Mama: Hätte es ihm nicht in die Augen springen müssen, daß diese Friedhofsrose mausetot war? Und Abaï, der nur das glaubte, was er sah, und nur sagte, was er dachte, und der gewiß niemals in seinem Leben sich sorgenvoll mit einer Blume zu befassen gehabt hatte – was war in seinem Kopf vorgegangen? Und Tankred? Und er selbst, der Oberst Silvius von Pickendorff? Hatten sie sich nicht alle lächerlich aufgeführt – Tränen in den Augen angesichts dieses Pflanzenabfalls, während das Unglück der Stadt, der Tod und die Trostlosigkeit sie ungerührt gelassen hatte? Was also war geschehen?

Die Antwort fiel nicht schwer. Silvius fand sie in sich selbst. Was hatte denn Osmond, der Bischof, auf der ersten Seite seines schwarzen Notizbuches geschrieben über die sieben Reiter, die in der Abenddämmerung die Stadt verließen, erhobenen Hauptes, ohne sich zu verbergen, da sie nicht flohen, nichts verrieten, schon gar nicht hofften …? Das war es: die Hoffnung! Sie hatten geglaubt, die Hoffnung getötet, sie aus ihren Seelen entfernt zu haben, wie man ein miefiges Zimmer lüftet, um wieder frei atmen zu können – ohne Vergangenheit, ohne Erinnerung, ohne Zukunft, nach dem Beispiel von Dürers ewigem und unüberwindlichem Ritter. Und schon hatte die Hoffnung sie schändlicherweise wieder am Kragen, hatte sich ihrer wieder bemächtigt in Gestalt dieser unglücklichen Blume, die trotz alledem unter ihren Augen verschied, die sie aber als ein Symbol gepriesen hatten, wie ein Verdurstender in der Wüste, der eine Quelle findet und seinem Schöpfer dankt.

Das war ihnen geschehen. Genügte es ihnen nicht, daß jeder von ihnen im tiefsten Grunde seines Herzens eine geheime Hoffnung barg? Welches Verlangen hatten sie gehegt, von woher und von welcher Art, daß sie dort alle gemeinsam noch eine andere gefunden hatten – wegen einer winzigen Kleinigkeit, wegen nichts, das heißt, wegen allem –, die Hoffnung, *die*

Hoffnung sozusagen, die unergründliche Tugend der Hoffnung, die den Menschen von seiner Geburt an begleitet und ihn umgibt als ein trügerischer Panzer? Sie hatte sie überrumpelt und nun würde man sie womöglich nicht mehr loswerden, es sei denn, die Nacht trüge sie davon, wie sie so viele Dinge davon trug. Silvius schalt sich selbst. Er hatte sich benommen wie ein dummer ... Er dachte an den Kadetten Vénier. Wie Granit, dieser Junge. Kaum sechzehn Jahre und schon von souveräner Fühllosigkeit. Wenigstens der jüngste von ihnen war der Falle entkommen. Darüber schlief Pickendorff ein.

Als sie am nächsten Morgen bei Sonnenaufgang erwachten, war die Rose nichts als eine gestaltlose, faulige Schmutzschicht auf dem Boden des Bechers. Der Kadett Vénier übernahm es, das Gefäß zu leeren, indem er es gegen den Absatz seines Stiefels schlug, um den Brei herauszuklopfen – alltägliches Saubermachen. Dann spülte er es mit klarem Wasser aus und gab es dem Bischof ohne ein Wort zurück. An diesem anmutigen, frischen Morgen hatte er kein Gefühl für die Illusionen des vergangenen Abends. Dergleichen war bedeutungslos für ihn ...

Sie hatten gerade ihren Kaffee getrunken, als Abaï den Finger vor den Mund legte und ihnen bedeutete, sich nicht zu bewegen. Dann griff er nach seinem Karabiner und verschwand in dem Gestrüpp, das, wie die ganze Umgebung, auch das nebenliegende Feld bedeckte. Bald kam er wieder heraus, vor der Mündung seines Gewehrs ein Junge von etwa zwölf Jahren; kräftig, gedrungen, mit geschmeidigem Schritt und festem Blick, dem es zumindest nicht an Kaltblütigkeit fehlte, schien doch die Waffe, die auf seinen Rücken gerichtet war, ihn wenig zu beeindrucken. Silvius fiel seine Sauberkeit auf, auch die seiner Kleider, eines geflickten Bauernkittels und einer ungeschickt auf seine Größe geänderten Hose mit den karmesinroten Biesen der markgräflichen Gendarmerie. Sie wurde gehalten durch einen Gürtel, von dem eine Sammlung verschiedenartiger urtümlicher Waffen hing, die man für Kinderspielzeug hätte halten können, wäre da nicht die wilde und entschlossene Miene des Jungen gewesen.

»Zeig mir mal, was Du kannst«, sagte der Kadett, und warf einen Blechteller vom Frühstück hoch in die Luft, der in die Sonne rollte, wie eine Scheibe beim Tontaubenschießen.

Einen runden Stein aus einem Netz, das am Gürtel hing, herausnehmen, die Schleuder bereit machen, sie spannen, zielen – das war im Augenblick getan. Ein Klirren zerriß die Stille und der Teller fiel ihnen vor die Füße, mit einer großen Delle darin, wie von einem Hammerschlag. Der Junge ließ keine Eitelkeit erkennen. Er schien das ganz selbstverständlich zu finden. Der Kadett betrachtete den Teller und pfiff durch die Zähne.

»Du könntest auf dreißig Schritt töten«, sagte er.

»Auf vierzig Schritt«, verbesserte der Junge, »aber man muß die Schläfe treffen.«

»Hast Du es schon getan?«

Zur Antwort deutete der Junge auf eine Reihe von Kerben auf dem Griff seiner Schleuder. Es waren gut zwanzig. »Die erste«, erklärte er nüchtern, »das war, als ich meine Mutter gerächt habe.«

»Ist das schon lange her?«

Der Junge machte eine ausweichende Gebärde.

»Und das?« fragte der Kadett, indem er mit dem Finger auf eine dünne zusammengerollte Schnur zeigte, die ebenfalls am Gürtel hing.

Der Junge rollte sie auf und ließ sie über dem Kopf kreisen. An ihrem einen Ende war ein runder Stein von der Größe einer Orange befestigt. Der Stein schnitt wie ein Geschoß durch die Luft und spannte die Schnur, die sich mehrfach straff um den Fußknöchel des Kadetten wickelte. Ein kurzer Ruck am anderen Ende, das der Junge in der Faust behalten hatte, und der Kadett Vénier, aus dem Gleichgewicht gebracht, landete Hals über Kopf auf der Erde.

»Dann kommt man über Dich und gibt Dir mit dem Messer den Rest. Aber ich habe Dir nicht weh tun wollen. Üblicherweise ziele ich auf den Hals. Die Schnur wickelt sich herum – und ratsch, bist Du erwürgt.«

»Und Du hast damit schon viele erwürgt?«, fragte der Kadett, während er wieder aufstand.

»Ungefähr genauso viele wie mit der Schleuder, aber es ist eher eine Waffe für die Nacht«, antwortete der Junge mit dieser Stimme, durch die keine Gemütsregung drang. »Das erste Mal, das war die Rache für meinen Vater. «

Verstörend spielte ein männliches, ein Raubtierlächeln, in diesem jungen Gesicht. Ein Vexierbild. »Er dort wäre tot, wenn ich es gewollt hätte«, fuhr er fort und zeigte auf Abaï. »Er hat mich gehört, aber er hat mich nicht gesehen. Ich war fünf Schritte weit von ihm versteckt. Die beste Entfernung für die Schnur. Aber ich hätte auch fliehen können. Mit diesem da in seinem Fuß hätte er mich nicht eingeholt.«

Es handelte sich um ein Fangeisen der grausamsten Art, zwei Kieferbacken mit geschärften Eisenzähnen, so geformt, daß sie das Fleisch zerreißen. Drei Stück davon an seinem Gürtel vervollständigten seine Rüstung. Abaïs Grimasse fand keiner komisch. Kein Zweifel, der Junge prahlte nicht. Der Kadett richtete einen fragenden Blick an Pickendorff, und dieser bedeutete ihm fortzufahren. Zwischen Vénier und dem Jungen herrschte Einverständnis. Sie hatten erkannt, daß sie beide aus demselben Holz geschnitzt waren und verstanden einander sofort. Da mischte man sich fürs erste besser nicht ein.

»Warum hast Du ihn dann verschont?« fragte der Kadett.

»Weil ihr Freunde seid. Er, Du, ihr sechs.«

»Wie willst Du das wissen? Das steht uns nicht auf der Stirn geschrieben.«

»Oh doch«, sagte der Junge. »Diejenigen, die morden, die Mädchen packen, plündern und brennen, die erkenne ich sofort.«

»Wie machst Du das?

»Ich habe gelernt. Am Anfang habe ich Fehler gemacht. Das hat uns viele Tote gekostet und deshalb haben sie meine Mutter weggeschleppt. Als man sie fand, war ihr Leib blutig und ihr Kopf mit einem Stein zerschmettert. Jetzt irre ich mich nicht mehr. Deshalb bin ich noch am Leben. Und dann, ich bin immer auf der Hut. Ich habe euch seit vielen Tagen beobachtet ...«

Sie erinnerten sich an den Weiler, wo sie jemanden wahrgenommen zu haben glaubten, die warme Asche im Herd, den Krug mit Wasser auf dem Boden.

»Und an einem dieser Tage«, fiel der Kadett ein, »hast Du Kartoffeln gegessen.«

Der Junge neigte den Kopf. »Wir haben ein ganzes Feld davon entdeckt, das von Gestrüpp überwuchert ist. Viele sind faulig, aber es bleiben einige übrig. Die gehören uns. Es ist schließlich mein Ort.«

Die Art, wie er die Possessivpronomen betonte – die gehören *uns*, es ist *mein* Ort – ließen keinen Zweifel an seiner Entschlossenheit, sein Reich gegen wen auch immer zu verteidigen. Dieser Junge sprach wie ein Fürst. Er war hier der Herr und erwartete, daß man das zur Kenntnis nahm.

»Wie heißt Du?« fragte der Kadett.

»Arno Walrich.«

»Gut. Ich grüße Dich, Arno. Und nun sage mir, wer bist Du?«

»Wer ich bin?«

Der Junge warf seine kleine Gestalt in Positur, aber nicht wie ein lächerlicher Hahn, der sich aufplustert, sondern wie ein Stier, der zum Stoß die Hörner senkt. »Ich bin Arno, ziviler und militärischer Statthalter von Sankt Gall und allen Dörfern, Wäldern, Hügeln und Flüssen rundum.«

Unter allen anderen Umständen hätte solches Reden eines Kindes Heiterkeit ausgelöst. Doch jetzt lachte niemand darüber und Pickendorff kam plötzlich der Gedanke, daß, wenn er sich das geringste amüsierte Schmunzeln erlaubt hätte, er sich mit der Schnur um sein Bein gewickelt, alle Viere von sich gestreckt, auf dem Boden wiedergefunden hätte.

»Und Du befiehlst?« fuhr der Kadett fort.

»Ich befehle.«

»Man gehorcht Dir?«

»Man gehorcht mir«, sagte der Junge. Für ihn lag das auf der Hand. Er befahl. Man gehorchte. War das nicht selbstverständlich?

»Wer hat Dich ernannt?« fragte der Kadett.

Früher wurden die zivilen oder militärischen Statthalter vom Markgrafen ernannt und nur von ihm entlassen. Es gab verschiedene Ränge, je nach der Bedeutung des Ortes. Viele waren erblich.

»Ich habe mich selbst ernannt«, sagte Arno.

»Und niemand hatte etwas dagegen?«

Der Junge hob erstaunt die Braue. »Warum? Der Statthalter von Sankt Gall hat sich aus dem Staub gemacht. Das hat ihm nichts genützt. Auf seiner Flucht ist er einer Bande in die Hände gefallen, die ihm erst sein Gold abgenommen und dann den Schädel eingeschlagen hat. Diejenigen, die geblieben sind, waren ganz froh, daß sie mich gefunden haben.«

»Du hast sie um ihre Meinung gefragt?«

Die Antwort hatte es in sich. »Aber nein! Sie waren Jammerlappen, palaverten ohne Ende, starben vor Angst, versteckten sich wie die Ratten in ihren Löchern. Ich habe gesagt: Hier bin ich! Das hat genügt.«

»Und jetzt?«

»Jetzt heben sie wieder den Kopf. Ich kann allmählich etwas aus ihnen machen.«

»Sind es viele?«

Arno zählte mit den Fingern. »In Sankt Gall ist das Täubchen, meine Schwester, sie ist fünfzehn. Turmesan und Valdomir, Schulkameraden. Ihre Mutter, die halb verrückt geworden ist. Peter, er war Stallknecht beim Statthalter. Gratian, der Sohn des Metzgers. Euphemia, die Haushälterin des Pfarrers, die bald ein Kind kriegt. Vom Lehrer und vom Pfarrer keine Spur mehr. Bleibt noch der Küster, der Sonntags die Gebete spricht. Das macht neun für Sankt Gall, davon vier Jungen und zwei Ältere von dreißig Jahren. In Marchenoir sind es sieben. In Birkenhead auch neun. Fünf in Glanoor, acht in Stoppel. Alle unter meinem Befehl.«

»Du bist also Statthalter von achtunddreißig Personen«, stellte der Kadett schlicht fest.

Arno überlegte einen Augenblick, ob darin eine Geringschätzung liegen könnte. Da er aber keine fand, antwortete er:

»Achtunddreißig! Und das ist nur der Anfang!«

»Und wo sind die aus Deinem Ort?«

»In Sicherheit.«

»Du vertraust mir nicht?«

»Die Gewohnheit. Verzeih. Sie sind nicht weit. Wenn Du willst, führe ich Dich hin.«

»Schon gut«, sagte der Kadett, »schau, bei mir daheim werde ich vielleicht nicht so viele vorfinden. Mein Vater war Generalstatthalter von Vénier. Aller Wahrscheinlichkeit nach bin jetzt ich der Statthalter von Vénier. Drücken wir einander die Hände.«

Was sie taten – feierlich, wie es ihrem Alter entsprach.

»Vénier liegt vierzig Meilen von hier«, begann der Kadett wieder. »Es war eine schöne Burg. Vielleicht ist noch etwas übriggeblieben. Wenn ich Dich rufe, wirst Du dann kommen?«

»Ich werde kommen«, versprach der Junge.

Und nach einen kurzen Blick zum Obersten setzte der Kadett hinzu: »Wir geben Dir das Pferd von Wassili, seinen Karabiner und seine Munition.«

»Einverstanden«, sagte Pickendorff. »Ich stelle aber eine Bedingung. Du hast Dich selbst zum Statthalter von Sankt Gall ernannt. Das ist gut, aber es genügt nicht. Dir fehlt die Bestätigung Deines Amtes und ich bin der einzige, der Dich im Namen der Markgräfin Myriam, der souveränen Herrin der Stadt, einsetzen kann.«

Der Junge hob unmerklich die Schultern. »Was habe ich

davon? Wo ist die Markgräfin? Wo sind ihre Soldaten? Morgen seid ihr wieder weg.«

Silvius seufzte. »Ich sehe, daß Du noch viel zu lernen hast. Der Kadett wird Dir helfen. Er ist nicht gerade ein Muster an Frömmigkeit, Glauben oder Barmherzigkeit, aber es gibt da einige wesentliche Dinge, die er verstanden hat.«

»Gut, ich nehme an«, sagte der Junge.

»Knie nieder, Arno. Meine Herren, darf ich bitten. Habt acht! Im Namen Ihrer Durchlauchtigsten Hoheit Myriam, von Gottes Gnaden Markgräfin der Stadt, übertrage ich Dir heute das Amt und die Befugnisse des zivilen und militärischen Statthalters von Sankt Gall ...«

Der Junge senkte seinen Blick in den des Obersten und ließ ihn verstehen, daß er den Titel für zu kurz hielt und auf eine Fortsetzung wartete.

»Von Sankt Gall«, wiederholte Pickendorff, »und allen Dörfern, Wäldern, Hügeln und Flüssen rundum ...«

Bischof van Beck segnete das Kind, das sich gleichmütig wieder erhob. Alle drückten ihm die Hand.

»Eine Frage, Arno«, wollte der Bischof wissen. »Kennst du die Abtei Zurfenberg?«

Der Junge bejahte.

»Und wenn die Glocke von Zurfenberg läutete, war sie von Sankt Gall aus zu hören?«

»Von Sankt Gall, nein. Das ist zu weit. Aber wenn der Wind günstig stand von Birkenhead, weiter nördlich. Früher bekreuzigten sich die Leute auf dem Feld, wenn die Glocke geläutet wurde. Jetzt läutet sie nicht mehr. Die von Birkenhead haben es mir gesagt.«

»Ich danke Dir«, sagte der Bischof nachdenklich.

»Und jetzt erzähle«, begann Silvius wieder.

»Herr Oberst, erst essen. Ich habe ein wenig Hunger.«

Tatsächlich war er am Umfallen. Er hatte seit vierundzwanzig Stunden nichts gegessen, und davor nur drei mickrige, kalte Kartoffeln. Sie brachten ihm Kaffee, Brot von ihrem letzten frischen Laib, breite Scheiben von ihrem letzten Schinken und ein ganzes Glas Preiselbeermarmelade, die der Fähnrich Bazin du Bourg, verantwortlich für das, was von den Unterhaltsmitteln übriggeblieben war, in den Satteltaschen gefunden hatte. Arno zog sein Messer aus seiner Tasche, schnitt bedächtig eine kleine Ecke Brot ab, belegte sie mit einem Stück Schinken und begann zu kauen, im Stehen, ohne sich zu eilen. Er trank einen Schluck Kaffee, schnitt wieder ein Stück Brot ab und eine weitere dünne Scheibe Schinken, wiederholte den Vorgang fünfmal, beendete die Mahlzeit mit einem Löffel Marmelade, dankte und erklärte, daß er vorzüglich gespeist habe. Tatsächlich hatte er kaum etwas angerührt von dem was sie ihm angeboten hatten und was eigentlich nicht mehr als ein kräftiges Mittagessen war, das er ohne Mühe nach einem Tag des Fastens hätte verdrücken können. Pickendorff, der ihn beobachtet hatte, erkannte in diesem Jungen den geborenen Führer.

»Darf ich ...?« fragte Arno.

Bazin du Bourg kam seiner Frage zuvor. »Du kannst alles für Deine Leute mitnehmen, mit der Empfehlung des Herrn Oberst, und wenn wir suchen, finden wir sicher noch eine Kleinigkeit mehr für euch.«

»Auch das Pferd, den Karabiner und die Munition?« Der Statthalter verlor das Wesentliche nicht aus den Augen.

»Das war versprochen«, sagte Pickendorff.

Der Junge klappte mit trockenem Geräusch sein Messer wieder zusammen, steckte es in seine Tasche und begann. »Ich war vielleicht zehn oder elf Jahre alt. Ich weiß es nicht mehr so genau. Aber als die ersten angekommen sind und man gewahr wurde, daß es im Ort welche gab, die ihnen ähnlich waren ...«

Es wurde ein wirrer Bericht, von sprunghafter Chronologie und, wie bei einem Jungen seines Alters nur natürlich, ohne Verständnis für die Zusammenhänge, aber mit einer Überfülle an schrecklichen und verstörenden Einzelheiten, die sich tief in die Erinnerung des Kindes eingebrannt hatten. Erst als er sich allein, nur mit dem Täubchen, Turmesan, Valdomir und der Halbverrückten, Peter, Gratian, dem Küster und der schwangeren Haushälterin des Pfarrers, in dem verlassenen, verwüsteten, restlos ausgeplünderten Ort wiederfand, nachdem sie viele Tage oder Wochen zitternd in ihrem Versteck im hintersten Winkel eines eisigen Kellers das Zurückfluten der Horden abgewartet hatten, verstand er, daß ein Wirbelsturm gewütet hatte und daß nichts übriggeblieben war von dem friedlichen und sorglosen Leben von früher. Er war außerstande, über das eigentliche Wesen des Wirbelsturms, sein trügerisches Abflauen, sein plötzliches, wildes Wiederaufleben, seine chaotische, unbeherrschbare Natur ein Urteil abzugeben, und beschränkte sich darauf, mit einer für sein Alter erstaunlichen Scharfsichtigkeit festzustellen, daß in diesem Unwetter beinahe niemand sich so verhalten hatte, wie es von ihm zu erwarten gewesen wäre. Gewiß, unter den üblen Elementen des Ortes, den Taugenichtsen, den Spitzbuben, den Neidhammeln blieben die meisten sich treu, nahmen die aus der Stadt angekommenen Banden auf, wiesen ihnen mit ihren Denunziationen den Weg, jubelten ihnen zu und entwickelten in der Verbindung mit ihnen ein außerordentliches Talent zu Haß und Bösartigkeit. Ebenso waren unter denen von geradem Charakter und starkem Herzen wenige, denen der Mut fehlte, ihrem Ruf gerecht zu werden. Sie boten die Stirn. Aber da ihre Zahl unendlich gering war, unterlagen sie vom ersten Tage an, oft von ihren Nächsten und ihren Freunden entwaffnet und den Hunden zum Fraß vorgeworfen unter der Ausrede, daß jeder Widerstand vergeblich und es besser sei, sich mit dem Unsäglichen zu arrangieren, um zu retten, was zu retten ist. Sie starben einen schmählichen Tod und natürlich wurde nichts gerettet. Unter ihnen war Arnos Vater und ein einziger Gendarm von den fünf des Postens von Sankt Gall. Zwischen diesen beiden Extremen die Masse, die Mehrzahl der Einwohnerschaft des Städtchens, kaum über vier- oder fünfhundert Menschen, einigermaßen rechtschaffene Leute, zumindest dem Anschein nach, die ein eher respektables Leben nach dem Herkommen und den Regeln elementarer Gesittung führten. Vielleicht verstellten sie sich. Aber wäre das dem Menschen nicht eigen? Der Wirbelsturm zerbrach die Verstellung. Die Masken fielen. Die Feiglinge entlarvten sich als erste. Als die zügellosen Elemente aufkreuzten – anfangs waren sie noch vereinzelt, so daß einige wohlgezielte Gewehrschüsse genügt hätten, diese Rotte niederzuknallen und die nächsten abzuschrecken –, rafften sie ihre besten Sachen zusammen und machten sich aus dem Staub, ließen dabei oft bedenkenlos einen Großvater oder eine Großmutter im Stich, die fest entschlossen waren, nirgendwo anders zu sterben, als in dem Haus, das schon ihre Geburt gesehen hatte. Arno entsann sich eines großen Burschen in den besten Jahren, ein Kaufmann, reich und stolz darauf, der, kaum daß es ein wenig brenzlig wurde, seine junge Frau zum Verhandeln schickte, während er selbst mit der Kasse floh. Die Meute hielt sich dann an der Unglücklichen schadlos. Ja, es wurde viel verhandelt. Zumindest wurde es versucht. Um die Absicht seiner Flucht zu verbergen und Zeit für ihre Vorbereitung zu gewinnen, richtete der Statthalter, zitternd vor Angst, herzliche Willkommensreden an die Horde der Neuankömmlinge, und um seinen guten Willen zu beweisen, ließ er auf dem Marktplatz das beste Faß aus seinem Keller anstechen. Wir wissen, wie es ihm erging. Der Lehrer hatte mehr Glück. Mißhandelt von einer Bande entfesselter Kinder, darunter viele seiner eigenen Schüler, glaubte auch er, sich durch Worte retten zu können, und vergaß dabei, daß sie nur dann etwas gelten, wenn sie den vorangegangenen nicht widersprechen. Da man seine Autorität mißachtete, legte er sie freiwillig nieder, bekannte, daß er sich geirrt hatte, bat, daß man ihm verzeihe, hielt sich bei alledem ein Hintertürchen offen, derart, daß seine einzige Tochter sich angeekelt den Aufrührern anschloß und bei der Hatz auf ihren Vater nicht zurückstand. Der Lehrer kam davon. Seine Tochter zahlte für ihn. Sie war sehr jung und hübsch, unschuldig und obendrein dumm – von jener willigen Dämlichkeit, die sie der Schande weihte. Nachdem die Feiglinge das Feld geräumt hatten, kam hinter seinen Masken der ganze Abschaum der Bevölkerung zum Vorschein, dessen Vorhandensein zuvor niemand vermutet hätte. Gott weiß, wie lange sie auf ihre Stunde gewartet hatten, mancher wohl seit fünfzig Jahren. Tief verbitterte Alte, rachsüchtig seit ihrer zarten Kindheit, erinnerten sich, daß dieses oder jenes Mädchen an der Biegung einer blumigen Böschung die vorwitzige Hand zurückgewiesen hatte, die sich in ihre Röcke verirren wollte, oder daß für jene Arbeit als Viehhirte ein anderer ihnen vorgezogen worden war. Es gab Kämpfe unter den Greisen, alte Rechnungen wurden auf schreckliche Weise beglichen, und selbst einige Vergewaltigungen kamen vor – etwas nach der Zeit, sollte man meinen, angesichts der verwelkten alten Frauen, die sich widerwillig hingaben und mit einem Bedauern sträubten, das ihnen haßerfüllte Flüche entriß. Tod oder Flucht fegten eine Generation hinweg, die bereits aufgehört hatte, zu leben. Bei den Jüngsten aber, zumindest denen, die übriggeblieben waren, den Tollwütigen der letzten Stunde, den Schlimmsten, denen, die sich am längsten hinter der Maske der Gesittung verborgen hatten, nahm die Verwandlung einen besonders abstoßenden Verlauf. Von den fünf Gendarmen des Postens von Sankt Gall paktierten vier mit den Aufrührern. Während sie vorgaben, jene Einwohner zu schützen, die bei ihnen Zuflucht gesucht hatten, wobei sie ihnen gegenüber den großen Herren spielten, zeigten sie sich knechtisch beflissen gegen die Horde, beschafften, was man von ihnen forderte, Tiere oder Menschen, und behielten für sich, für das Bett und für den Kochtopf der ehemals markgräflichen Gendarmerie Geld, Mädchen, Frauen, Flaschen, Schweine, Hühner. Selbst gewendet macht die Uniform noch Eindruck, und es steckt mancher darin, der vielen Herren zu längst vergessenem Gewinn gedient hatte. Möge die Markgräfin Myriam, wenn sie ihre Herrschaft wiedererlangt, sich dieser Verworfenheit erinnern ...

Doch was Arno vor allem anderen bestürzte, was ihm die Augen öffnete für die abgründige Menschennatur, wofür er keine Tränen mehr hatte und worüber sein Herz versteinerte, das war als, kurz nach dem Tod seines Vaters, fünf treue Freunde der Familie, darunter der Wachtmeister der markgräflichen Gendarmerie, in ihr Versteck hereinplatzten und unter großen Freundschaftsbekundungen und mit Verschwörermiene, vorgeblich um sie zu schützen und vor der allgegenwärtigen Gewalt in Sicherheit zu bringen, seine Mutter in die schwarze Nacht hinausführten, von wo nur noch ihr Heulen und Schreien zu ihnen drang. Dann zog die Horde weiter, nach einem anderen Städtchen.

An diesem Tage hatte Arno beschlossen, Rache zu nehmen. Und er nahm Rache ...

Der Junge sah nach der Sonne, die ihre Bahn über die Ebene zog. »Es wird Zeit. Ich muß zu meinen Leuten zurück. Sie werden sich Sorgen machen.«

»Deinetwegen?« fragte Stanislaus Vénier.

Arno setzte ein schmales Lächeln auf. »Abgesehen von meiner Schwester sind wir noch nicht soweit. Sie sorgen sich ihrer selbst wegen.«

»Der Kadett wird dich begleiten«, sagte Silvius. »Ist es weit?«

»Zu Fuß zwei Stunden. Zu Pferd eine.«

»Ich gebe ihm drei. Sie haben verstanden, Stanislaus. Eine Stunde hin, eine zurück. In drei Stunden sind Sie wieder hier.«

»Jawohl, Herr Oberst«, antwortete der Kadett mit undurchdringlicher Miene.

Abaï brachte Wassilis Pferd, das unter Schnauben und Schütteln freudig wieherte, als der Junge ihm das Maul tätschelte. Die Satteltaschen waren mit Lebensmitteln und Munition gefüllt. Tankred zeigte ihm den Gebrauch des Karabiners, den Arno in zwei Minuten beherrschte. Er zielte auf einen Raben, hundert Meter entfernt, und holte ihn mit einem einzigen Schuß herunter. Schwarzen Federn stoben. »Treffer!« rief er lachend. Es war das erste Mal, daß er lachte. Dann sprang er aufs Pferd, das Waffenarsenal an seinem Gürtel klirrte.

»Ein Wort noch«, hielt ihn der Bischof zurück. »Dein Küster, wie alt ist er?«

»Julius? Vielleicht dreißig Jahre.«

»Was hältst Du von ihm?«

»Er ist ängstlich, aber ich mag ihn gerne. Er hat sich versteckt, aber niemanden verraten. Nicht wie der Pfarrer.«

»Ist er verheiratet?«

»Nein.«

Bischof van Beck zögerte. »Euphemia vielleicht? Du hast gesagt, daß sie ein Kind erwartet.«

Der Junge verzog verächtlich das Gesicht. »Das war der Pfarrer. Jeder wußte es. Das hat ihn nicht gehindert, in holder Begleitung Reißaus zu nehmen.«

»Gut. Du hast auch gesagt, daß er am Sonntag die Meßgebete spricht?«

»Am Sonntag, morgens und abends, und am Mittag das Angelus.«

»Weiß er sie auswendig?«

»Nicht immer, aber er hat das Meßbuch mitgenommen. Wenn er nicht weiter weiß, sucht er darin und findet es.«

»Und ihr betet?«

»Die anderen, ja. Ich tue nur so, vielleicht kann ich es später wieder. Aber sonst, abgesehen von mir, was bliebe ihnen?«

»Ist Julius fromm?«

»Was heißt das? Ich weiß nicht. Fragen Sie ihn selbst.« Da war Unverfrorenheit in Arnos Stimme.

»Du weißt es besser, mein Junge«, sprach der Bischof geduldig weiter. »Dein Küster? Ist er fromm? Das sollte man sehen können.«

Der Junge hob die Schultern. »Was man sieht, was man nicht sieht, wo ist der Unterschied ...?« Dann zwang er sich, nachzusinnen: »Wenn er betet, faltet er die Hände und schließt die Augen. Und obwohl er häßlich ist, wird er dann beinahe schön.«

Bischof van Beck wandte sich an den Kadetten Vénier. »Wenn Sie zurückkommen, Stanislaus, bringen Sie mir diesen Küster mit. Mit der Erlaubnis des Herrn Oberst.«

»Und mit der meinen«, sagte Arno mit durch nichts zu erschütternder Selbstsicherheit ...

Drei Stunden und zwei Minuten später war der Kadett zurück, den Küster rittlings auf der Kruppe seines Pferdes. Die Zelte waren abgebrochen. Sie machten sich bereit zum Aufbruch.

»Ihr Bericht, Kadett«, sagte Pickendorff.

»Sie können aushalten, Herr Oberst.«

»Mehr nicht?«

Der Kadett machte eine ausweichende Geste.

»Fünf Dörfer, neununddreißig Leute, einige handfeste Burschen, ein entschlossener Anführer, reicht das nicht für den Anfang?«

»Wenn sie es dabei nicht bewenden lassen, Herr Oberst. Sie müssen aus ihren Dörfern heraus, die Waffe in der Hand, ihr Territorium ausdehnen, es mit eiserner Faust unterwerfen, nach dem Recht des Eroberers, ohne Gnade für die Feinde, zuallererst um der eigenen Leute willen, dann aus Treue zum

Herrscher, aus freier Entscheidung, weil die Pflicht es verlangt – und für die Beute. Das ist es, was ich dem Jungen erklärt habe.«

Der Kadett hatte noch nie soviel gesprochen. Sein für gewöhnlich gleichmütiger Blick glänzte wie der eines Condottiere aus den alten Zeiten der Clankriege, wenn er sich in Betrachtungen über künftige Siege erging.

»Und der Junge hat verstanden?« fragte Silvius.

»Er hat verstanden. Seine Schwester auch. Beinahe besser als er.«

»Das Täubchen?« sagte Silvius überrascht.

Der Kadett lachte auf. Es war ihm immer noch unbegreiflich, wie man diesen Vulkan »das Täubchen« hatte nennen können. Ein unbezähmbarer Wille und ein abmessender, bezwingender stahlgrauer Blick. Der Kadett hatte zu dem Jungen gesprochen: »Gib sie mir. Später werde ich wiederkommen und euch holen.« Das »Täubchen« hatte verlangt: »Schwöre es!« Er hatte geschworen und war ganz erstaunt, nach einer in fleischlichen Träumereien zugebrachten Stunde sie nicht bereits wieder vergessen zu haben. Offensichtlich wurde er erwachsen.

»Ja, das Täubchen, Herr Oberst«, sagte der Kadett nur.

Pickendorff fragte nicht weiter. Bazin du Bourg, der zugehört hatte, nickte dem Kadetten ironisch zu und rezitierte:

Unser Kind, sprach die Braut
Soll sein so schön, soll sein so hold
Als wär's von Silber oder Gold,
Smaragden oder Diamant.

Soll sein so hell, soll sein so licht
Wie Sterne wohl am Firmament,
Wie Frührot das durch Wolken bricht
Zerbrochen ach! war schon der Ring ...

Der Kadett warf ihm einen giftigen Blick zu. »Zum Teufel mit Kostrowitzky!« schrie er außer sich. »Ich will nie wieder etwas von Kostrowitzky hören! Er ist tot! Wassili ist tot! Und Sie sind auch tot, Hurensohn von Fähnrich! Tankred ist tot! Der Bischof ist tot! Und tot ist der Herr ...«

»Das reicht«, schnitt ihm Pickendorff das Wort ab.

»Aber ich, ich lebe!« Der Kadett hörte nicht auf, und schlug sich mit seinen groben Händen auf die Schenkel. Es war das erste Mal, daß sich ein Riß zwischen ihnen auftat.

»Das reicht«, wiederholte Pickendorff müde.

»Und Du«, raunzte der Kadett über die Schulter den Küster an, der immer noch hinter ihm auf der Kruppe saß, »willst wohl auf meinem Pferd Wurzeln schlagen, was? Los, runter! Weg von mir!«

Vom Ritt verkrampft vom Pferd zu springen bekam dem armen Julius schlecht. Er schlug jämmerlich der Länge nach hin. Der Vorfall erheiterte, um so mehr, als das Männchen mit seinem schiefen Gesicht, seinem grauschwarzen igelartig abstehenden Haar, seinem kurzen Rumpf, seinen zu langen Armen, seiner offenkundigen Mißgestalt inmitten dieser stolzen Reiter sich gar zu grotesk ausnahm. Der Bischof half ihm auf, nachdem er den anderen mit dem Blick bedeutet hatte, zu schweigen und dem Männchen ein Mindestmaß an Achtung entgegenzubringen.

»Willkommen Julius, mein Sohn«, sagte er. »Der Friede Gottes sei mit Dir. Und nun komm. Ich habe etwas unter vier Augen mit Dir zu besprechen.«

Als sie sich entfernen wollten, trat Silvius heran und raunte dem Bischof mit gedämpfter Stimme zu: »Haben Sie sich das gut überlegt, Osmond? Fürchten Sie nicht, wenn Sie das tun, den Wurm in die Frucht zu setzen?«

»Zweifellos. Aber dort gehört er hin«, antwortete Seine Gnaden van Beck. Er nahm den Küster am Arm und führte ihn abseits zu einer Gruppe von Rotbuchen, die ihre ersten Blätter verloren. Der Frühherbst kündigte sich an. Bald würde der Schnee aus den Bergen die alten Erinnerungen ausfegen, auf daß sie niemals wiederkehrten.

»Julius«, begann Bischof van Beck, »fehlt Dir Gott?«

Das Männchen war klein und der Bischof von hoher Statur. Das schiefe Gesicht hob sich zu dem Antlitz des Bischofs. Ein edles Antlitz, ohne Frage. Priesterseminar in Rom, väterliches Wohlwollen des Papstes, besondere Aufmerksamkeit des Markgrafen, mangels Martyrium eine Karriere … Jetzt bedeutete das nichts mehr, aber es blieb davon eine Haltung, eine eigentümliche bischöfliche Prägung, all das, worauf einst die Macht der Kirche ruhte. Vorbei …

»Er fehlt mir nicht«, sagte Julius. »Ich glaube, er hat mich niemals verlassen.«

»Was weißt denn Du davon?« Da hatte der Prälat gesprochen. Das instinktive und furchtbare Mißtrauen der Bischöfe, was den Glauben angeht … Julius sagte: »Wie Sie meinen, Hochwürdigster Herr. Ich weiß es.«

Mein Gott, wie häßlich er ist! dachte Bischof van Beck, aber wo soll ich einen anderen als ihn finden? »Du weißt es?

Nun gut«, fuhr er fort. »Aber die anderen? Die aus Deinem Ort? Wissen sie es?«

»Vielleicht, Hochwürdigster Herr. Vielleicht ja. Vielleicht nein. Unwichtig. Ich möchte ihnen davon erzählen, so gut ich kann. Ich erzähle ihnen eben davon.«

»Sie hören Dir zu?«

Das verbogene Gesicht zog eine Grimasse, über die ein tief leidender, dann amüsierter Ausdruck flog, jene heitere Resignation, in die man sich angesichts eines unüberwindbaren Hindernisses schickt, weil einem nichts anderes übrigbleibt. Seine Gnaden van Beck fand, daß Julius trotz seiner Erscheinung nicht dumm war. »Aus Freundlichkeit hören sie mir zu. Vielleicht, weil sie mich gern haben. Ich rede, ich bete, ich bete ... Aber sie langweilen sich. Ich bleibe allein.«

»Vielleicht fehlt Dir etwas?«

»Was sollte mir fehlen, Hochwürdigster Herr?«

Die vorwurfslose Demut im Gesicht des Küsters verlangte keine Antwort. Der Bischof musterte das Männchen von seiner Höhe herab und die Barmherzigkeit überkam ihn wie eine Aufwallung uralter Liebe, die in freudloser Zeit wieder zutage tritt. »Dir fehlt nichts, Julius ... Es ist nur eine Frage der Form.«

Der Küster sah ihn verständnislos an. Seine Häßlichkeit wurde geradezu ergreifend.

»Du besitzt Gottes Gnade, Julius. Die Form, das ist das Sakrament der Priesterweihe. Wir haben nicht viel Zeit dafür. Wir werden es abkürzen. Höre zu, bitte. Gesicht zur Erde, die Arme zum Kreuz. Lege Dein Gesicht in die Erde. Vergiß wer Du bist. Vergiß die Welt. Du siehst nichts. Diese Erde blendet Dich. Sie ist Gottes.«

Julius lag flach auf dem Bauch, Zittern durchlief seinen Körper. Kläglich stieg seine Stimme herauf. »Hochwürdigster Herr, das verlange ich nicht. Verlangen Sie es nicht von mir, Hochwürdigster Herr, ich flehe Sie an.«

»Hab' keine Angst«, sagte der Bischof, und fuhr sogleich fort: »Vielgeliebter Sohn, Du wirst zum Priesteramt geweiht werden. Mache Dich bereit, es würdig zu empfangen und es gewissenhaft auszuüben. Der Priester bringt das Opfer dar, er segnet, er leitet, er predigt, er tauft ... Und nun erhebe Dich Julius, ich werde Dir die Hände auflegen.«

Er berührte den Kopf des Küsters, der ihm bis zur Brust reichte und dem etwas wie heiliger Schrecken noch in den Knochen saß. Der Bischof schwankte zwischen der Liebe und dem Mitleid, die er für das Männchen empfand. Er sprach mit hoher Stimme die sakramentalen Worte, die unwiderruflich binden. Sie fielen auf den armen Julius herab und jedes Wort bohrte sich ihm ins Herz: »Allmächtiger Herr, wir bitten Dich, gib Deinem Diener Julius die Würde des Priestertums, erneuere in seinem Herzen den Geist der Heiligkeit, damit er dieses Amt ausübe, das Du ihm anvertraut hast und damit das Beispiel seines Lebens ein Ruf sei zur Wiederaufrichtung der Sitten.«

»Was jetzt kommt, Julius«, begann der Bischof wieder, »ist nichts als ein kleiner Teil der Befugnisse, die Dir übertragen sein werden. Ich habe kein Salböl, wir übergehen das. Lege einfach Deine Hände in meine und der Herr wird sie weihen, damit alles, was sie segnen gesegnet sei und alles was sie weihen geweiht sei und geheiligt im Namen unseres Herrn Jesus Christus ... Du mußt antworten ›Amen‹, Julius.«

»Amen«, antwortete der Küster.

Seine Stimme hatte wieder Festigkeit gewonnen. Seine Gnaden van Beck holte eine schmale Goldstola aus seiner Tasche. »Ich habe zwei davon. Ich gebe Dir diese hier. Sie symbolisiert das Joch Christi. Ich habe sie vom Heiligen Vater selbst, der sie mir vor zehn Jahren übergeben hat und dabei dieselben Worte gesprochen hat, die ich jetzt spreche: Empfange, Julius, die Vollmacht, Gott das Opfer darzubringen und die Messe zu feiern für die Lebenden und die Toten im Namen des Herrn.«

»Amen«, antwortete das Männchen wiederum.

»Nun«, fuhr Bischof van Beck fort, »empfange den Heiligen Geist. Die Sünden sind denen vergeben, denen Du sie vergibst, sie sind denen nicht vergeben, denen Du sie nicht vergibst ... Und jetzt, mein lieber Herr Pfarrer«, setzte er beinahe fröhlich hinzu, »werde ich Dein erstes Beichtkind sein. Weil Du uns ja verlassen wirst und die Aussicht sehr gering ist, daß sich jemals wieder die Gelegenheit bietet, höre bitte meine Beichte.«

Julius erschrak. »Sie! Hochwürdigster Herr ... Das ist nicht möglich. Und überhaupt, ich kann nicht.«

Liebe oder Mitleid? Der Bischof schwankte immer noch. Vielleicht gab es das eine nicht ohne das andere? »Du hast doch früher schon gebeichtet?«

»Ja, Hochwürdigster Herr.«

»Die Worte sind Dir vertraut?«

»Ich habe ein gutes Gedächtnis.«

»Nun gut, nichts leichter als das! Es reicht, wenn wir die Rollen tauschen. Jetzt hast Du die Vollmacht, zu vergeben ...«

Die anderen hatten die Szene mit wachsender Neugier verfolgt, in die sich bei dem Obersten von Pickendorff dumpfe

Gereiztheit mischte. Und als sie sahen, wie dieser stolze, gestiefelte Bischof, in seiner Reiteruniform, das Bischofskreuz um den Hals und die Pistole am Koppel, sich ohne sich zu genieren zu Füßen dieses lächerlichen kleinen Männchens zur Erde niederkniete, wandelte sich das Befremden in Bestürzung. Noch hörten sie nicht, was unter den Rotbuchen gesprochen wurde, so wenig es ihnen möglich war, den Ausdruck der Gesichter zu erkennen, besonders das des Küsters, aus dem das Blut gewichen schien und in dessen Blick unter dem verstrubbelten Igelhaar Verwirrung und verzweifelte Fassungslosigkeit im Widerstreit lagen. Erstarrt murmelte er: »Aber Hochwürdigster Herr, ich verstehe nicht! Sie kommen von ... und jetzt sagen Sie mir, daß ... Sie verspotten mich.« Kaum errichtet, kaum erstanden, stürzte seine Welt wieder in sich zusammen. Und der Bischof antwortete: »Niemand verspottet Dich, Pater. Es hat nichts mit Deiner Person zu tun, nicht mehr als mit Deinem neuen Stand. Es handelt sich um das Heil meiner Seele, das ich in Deine Hände lege.« Und Julius, der endgültig den Boden unter den Füßen verlor: »Aber wenn Sie nicht daran glauben, Hochwürdigster Herr! Sie haben es mir doch eben gesagt ...« Geduldig und ganz erfüllt von Mitleid für diesen Unglücklichen, vor dem er auf den Knien lag, hatte der Bischof die Leitung des Beichtgesprächs selbst übernehmen müssen. »Gerade deshalb beichte ich es. Du mußt bedenken, daß es da ein Wollen meinerseits gibt, und daß Du es in Rechnung zu stellen hast, um mir Deine Vergebung zu gewähren. Es gibt die Sünde wider den Glauben, was unlogisch scheinen möchte, insofern der Glaube sich nicht erzwingen läßt. Sie kommt häufig vor bei den Männern der Kirche, und ich wünsche von ganzem Herzen, daß dieser Kelch an Dir vorübergehen möge, eines Tages über diesen Punkt mit Dir selbst zu zerfallen. Glücklicherweise ist der Fall vorgesehen. Es ist eine Sünde, derer man sich anklagen und Vergebung erlangen kann. Das tue ich. Ich klage mich dessen an. Ich will glauben, aber ich glaube nicht. Die Wahrheit liegt irgendwo da drinnen …«

Und da der andere stumm blieb, fuhr er mit einer gewissen Ungeduld in der Stimme fort: »Ich weiß wohl, welche Prüfung es für Dich ist, gerade so anzufangen, und gerade mit mir, wo ich Dich doch eben ordiniert habe. Bedenkt man es recht, ist es aber ein guter Anfang. Da kommst Du gleich zum Kern der Sache. Füge die Hoffnung und die Barmherzigkeit hinzu, so wirst Du genug zu tun haben … Aber jetzt Pater, muß ich Dich daran erinnern, daß die Zeit drängt. Ich erwarte Deine Absolution.«

Da das *Absolvo te* nicht fallen wollte, kam Seiner Gnaden van Beck der Gedanke, daß das Männchen Julius im Begriff war, es ihm zu verweigern, worüber er lächeln mußte. Immerhin bekäme er es nicht umsonst. Er hob den Blick zu dem Küster und sah, daß dieser betete und daß, wie Arno es beschrieben hatte, er darüber beinahe schön geworden war.

»*Absolvo te* …«, murmelte Julius schließlich indem er ungeschickt die Hand zum Zeichen der Vergebung hob.

Der Bischof bekreuzigte sich. »Du vergißt die Buße, Pater«, sagte er.

Der Küster rollte verwirrt die Augen, da er diesen hohen Würdenträger so ehrerbietig vor sich auf den Knien liegen sah. »Die Buße? … Die Buße? …«

»Darf ich sie Dir vorschlagen, Pater?« sagte der Bischof. »Täglich fünf Rosenkränze, bis es mir gegeben ist, die Glocke der Abtei von Zurfenberg zu hören. Zögere nicht, es ist eine milde Strafe. Die Tage im Sattel sind lang. So habe ich Gesellschaft.«

Julius stimmte zu.

»Gehen wir zu den anderen zurück, bitte. Sie möchten Dir die Ehre erweisen.«

Der Gegensatz zwischen ihnen war atemberaubend. Wäre da nicht der Ausdruck des Küsters gewesen, voller Ernst, von ungekünstelter Würde, man hätte meinen können, daß der Bischof seinen Hofnarren hinter sich herschleppte.

»Hochwürden«, verkündete Seine Gnaden van Beck, »darf ich Ihnen den Herrn Oberst Graf Silvius von Pickendorff vorstellen. Herr Oberst, erlauben Sie mir, Ihnen den Hochwürdigen Herrn Pater Julius vorzustellen, Pfarrer von Sankt Gall, Marchenoir, Glanoor, Birkenhead, Stoppel und der anderen Orte ...«

Vor Verwunderung blieb Silvius stumm. Er zog die Brauen hoch und warf, heimliches Einverständnis erwartend, aus den Augenwinkeln dem Bischof einen Blick zu. Aber nein, der Bischof hatte im Ernst gesprochen, ohne das mindeste Anzeichen von Ironie in der Stimme noch der Spur irgendwelcher Herablassung. Im Gegenteil, er schien den kleinen Mann sogar mit so etwas wie Rührung zu betrachten. Später würde man sehen.

Silvius verbeugte sich ohne Begeisterung, reichte die Hand und murmelte: »Hochwürden ...« Dann kamen Tankred und Bazin du Bourg an die Reihe, die korrekt mit den Hakken klappten, der erste gleichgültig, der andere, weil er ein gutes Herz hatte. Abaï fiel es nicht schwer, verschanzt hinter seinen zusammengekniffenen Augenlidern zu verbergen, daß er einen so seltsamen Schamanen, der aussah wie eine Vogelscheuche, unmöglich ernst nehmen konnte. Der Kadett hingegen tat sich keinen Zwang an. Er hob burschikos einen Finger und sagte nur: »Grüß' Dich, Pater ...«

»Kadett Vénier!« sagte der Bischof, »diese Unverschämtheit wird nicht vergessen werden. Wollen Sie bitte niederknien, wie wir alle hier. Ein wenig Demut wird Ihnen gut tun. Der Herr Pater Julius wird uns seinen Segen geben.«

Er war der erste, das Knie zu beugen. Pickendorff zögerte, flüsterte dem Bischof ins Ohr: »Jetzt übertreiben Sie, Osmond!«, dann ergab er sich darein. Die anderen taten es ihnen nach, einschließlich des Kadetten Vénier, den der Bischof nicht aus den Augen gelassen hatte. Julius machte sich ans Werk, verhaspelte sich zweimal, stolperte über seine Worte. Schließlich kam er ans Ziel: *»Benedicat vos omnipotens Deus, Pater, et Filius, et Spiritus Sanctus ...«*

»Amen!« sagte der Bischof – beschwingt, als sei er gewiß, daß ein gutes Werk vollbracht war. Seine Miene drückte Zufriedenheit aus und Silvius warf ihm wütende Blicke zu. Als das Männchen sich verabschiedete, ebenso schlicht, wie es gekommen war, wurde man inne, daß man ihn nicht wiedersehen würde und daß ihm ein langer Fußmarsch bevorstand, bis er wieder in sein Städtchen käme. Jeder hatte ein gutes Wort für ihn. Im Grunde war er ihnen gleich, im Ungewissen, was der nächste Tag bringen mochte, verloren in einem verwüsteten Land. Man versah ihn mit einer Feldflasche voll Genever, einer Decke, mit Tabak und Streichhölzern. Der Fähnrich Bazin du Bourg durchwühlte die Satteltaschen der Heeresverwaltung, um seinen Mantelsack zu füllen. Und er schien so schwach, so wehrlos ...

»Leben Sie wohl, Hochwürdigster Herr«, sagte er.

»Leben Sie wohl, Julius«, antwortete Bischof van Beck.

Sie sahen eine Weile seiner humpelnden Gestalt nach, dann machten sie sich auf den Weg in der entgegengesetzten Richtung. Schweigend ritten sie einige Zeit. Der Kadett Vénier galoppierte an der Spitze, um seine Überfülle an Kraft zu betätigen. Pickendorff wälzte seine Gedanken, Seite an Seite mit dem Bischof, der, kaum die Lippen bewegend, unverdrossen mit den ersten *Ave* seiner Buße begonnen hatte und in aller Ruhe darauf wartete, daß sein Freund Silvius sich entschlösse, ihm die Meinung zu geigen. Was auch nicht ausbleiben sollte.

»Also, Osmond! Was ist in Sie gefahren? Das nahm sich aus wie ein Mummenschanz, aber es war kein Mummenschanz!«

»Nein, das war es nicht.«

»Wie konnten Sie nur dieses bedauernswerte Männchen zum Pfarrer machen? Glaubt er wenigstens daran?«

»Ich hoffe es«, sagte der Bischof vergnügt. »Auf jeden Fall habe ich mich darum bemüht. Danke, daß Sie mir dabei geholfen haben. Ein Oberst, ein Bischof, zwei Offiziere, ein Kadett, dazu ein Heide, vor ihm auf den Knien, von ihm gesegnet, das dürfte seine Zweifel beheben, oder nicht?«

»Das scheint Sie zu amüsieren!«

»Nun ja. Und Sie müssen zugeben, daß es nicht schlecht gespielt war.«

»Und Sie, Osmond, glauben Sie denn daran?«

»Noch einmal, das ist nicht das Wesentliche. Überlegen Sie, Herr Oberst.«

Pickendorff dachte einen Augenblick nach. Unwillig wies er den unablässig Volten reitenden Kadetten Vénier ab, der ihm berichten wollte, daß der Horizont leer war und nichts sie bedrohte. »Osmond, ich kenne Sie! Warum dieser Pfarrer? Das ist doch keine Laune?«

»Die Einsamkeit, Silvius, die Einsamkeit. Die feindselige Umgebung. Die Ungewißheit ... Wie sollte ich sie dem allein ausgesetzt sein lassen? Besser, sie glauben, mit Gottes Hilfe geborgen zu sein ...«

Abaï platzte dazwischen, parierte sein Pferd, daß es sich beinahe auf die Hinterhand setzte, und schwang triumphierend zwei frisch erlegte Hasen an den Ohren: »Das Abendessen, Herr Oberst! Das Abendessen!« Das war nicht gering zu schätzen, waren die Satteltaschen doch beinahe leer.

»Und Sie glauben, daß es ihnen helfen wird«, nahm Silvius den Faden wieder auf, »daß Sie ihnen den armen zum Pfarrer gemachten Julius geschickt haben? Ich werde Ihnen sagen, was geschehen wird. Er wird sich für einen Apostel wie aus der Frühzeit des Christentums halten, und wir sind vielleicht tatsächlich dorthin zurückgekehrt, aber jetzt mit dem Rücken zur Wand. Er wird ihnen das Hirn haufenweise mit schönen Gefühlen vollstopfen, die vorzüglich und sieghaft waren, als die christliche Flut stieg. Heute sinkt der Pegel. Wir sind besiegt. Am Ende wird Ihr unglückseliger kleiner Talmi-Pfarrer mit seinem heiligen Buch in der Hand diesem Jungen, Arno, der das Zeug hat, standzuhalten, der grausam ist, klug, bedenkenlos und ohne Gnade, ich sage Ihnen, er wird ihm einreden, dem Evangelium gemäß die andere Wange hinzuhalten, während die Seinen mit dem Tode bedroht sind, während sie vernichtet werden! Die Barmherzigkeit! ... Haben Sie das Ergebnis davon im Lande Alramans gesehen, diesem Land, das wir verloren haben? Sie haben dort eine ziemlich provozierende Messe zelebriert, das erkenne ich an, aber es war eine Messe auf dem Rückzug, eine Messe der Besiegten. Die Unseren sind dort hinausgefegt worden. Einzig einige Mädchen vermissen uns. Arno und die Seinen zählen noch weniger. Das werden wir Ihrem Pfarrer zu verdanken haben und dem Virus der Barmherzigkeit, den er ihnen einpflanzen wird. Ihretwegen. Er ist naiv genug dafür. Das ist eine Tugend, die wehrlos macht, die Barmherzigkeit ... Der Kadett Vénier hat das gut verstanden ...«

»Ich habe es auch verstanden«, sagte Bischof van Beck gelassen, »aber ich vermag nichts gegen die göttliche Ordnung der Dinge. Ich bin dazu bestimmt worden, ihr zu dienen. Vielleicht durch Zufall, das ist möglich. Aber nichts wird mich davon abbringen.«

Sie betrachteten einander, wußten, daß jetzt das Wesentliche kommen mußte.

»Was Sie sagen, läßt mich erstarren«, sagte Silvius. »Folglich sind Arno, Julius und Valdomir, Turmesan, Gratian, Peter und was weiß ich wer noch alles, sie sind verloren?«

»Gewiß.«

»Sie sind ein Verbrecher, Osmond.«

»Nein. Nicht ich.«

Seine Gnaden van Beck hob einen Finger. Keine Anklage. Nur eine Feststellung. »Dort ist das Unfaßbare«, sagte er.

Silvius hob resigniert die Schultern. Der Bischof und er verstanden einander. Schon mit acht Jahren wußten sie das, als sie an der Pagenschule Murmeln spielten.

»Eine Strecke im Galopp«, schlug der Bischof vor. »Das wird uns gut tun ...«

An diesem Abend, unter seiner zwischen zwei Pflöcken aufgespannten Zeltbahn frierend in seinen schwarzen Umhang gehüllt, träumte Bischof van Beck. Die Glocke von Zurfenberg weckte ihn. Er drehte sich um und schlief wieder ein. Er hatte geträumt.

Am Morgen hatte der Leutnant Tankred sie verlassen. Wie viele Jahre würde er brauchen, um Natalia wiederzufinden?

Sie wollten lieber nicht daran denken.

»Fünf Reiter ...« schrieb Bischof van Beck in sein Notizbuch.

VI.

Während der folgenden Tage hatten sie noch einige Begegnungen. Hier und da, wie in Sankt Gall, existierten kleine Gemeinschaften, ohne Verbindung untereinander, einzig damit befaßt, zu überleben, die einen gegenüber den anderen voller Mißtrauen. Sie entfernten sich kaum von den Dörfern und den Häusern, die noch standen, hüteten ihre kärglichen Felder, die sie der Ödnis abgerungen hatten, welche sie als ein feindliches Meer umgab, aus dem nur selten kaum bewohnte Inseln herausragten. Freunde? Feinde? Pickendorff kümmerte das wenig. Was er in Sankt Gall gesehen hatte, genügte ihm, und wäre ein anderer Arno aufgekreuzt, so wäre es nichts anderes gewesen. Es erschien ihm absurd, sich damit noch abzugeben. Das war eine sterbende Welt. Wenn es nur nach ihm gegangen wäre, so wäre er ohne Aufenthalt seines Weges gezogen, ohne sich noch mit denjenigen seiner Mitmenschen abzugeben, auf deren Existenz der Rauch hindeuten mochte, der hin und wieder in der Ferne aus einem Kamin quoll. Aber da der Kadett Vénier darauf bestanden hatte, ließ er ihm seinen Willen. Sobald irgendwo Rauch aufstieg, stürmte der Kadett sogleich unter vollkommener Verachtung der Gefahr los, bald von Abaï, bald von Fähnrich Bazin du

Bourg begleitet, die ihm so gut es ging Feuerschutz gaben, sobald sie sich in Schußentfernung befanden, während der Kadett sein Pferd steigen ließ und aus vollem Halse rief: »Kommt heraus! Kommt heraus aus euren Rattenlöchern! Sagt mir, wer ihr seid!« Das Verfahren zeigte Wirkung. Manchmal pfiffen Kugeln und Silvius, den schweigsamen Bischof an seiner Seite, erkannte das trockene Gebell von Gewehren mit abgesägtem Lauf, wie sie die Aufständischen verwendeten. Der Kadett hatte Schwein. Er stieß Beschimpfungen aus während er sein Pferd Volten gehen ließ, wobei sein schwarzer Umhang der markgräflichen Kavallerie ihn umwehte wie ein Kometenschweif, und schrie nach allen Himmelsrichtungen: »Kommt heraus, ihr Dreckskerle! Zeigt mir eure Visagen!« Mehrmals kam er nur wie durch ein Wunder davon, sein Umhang war durchlöchert wie ein Sieb, das Fell seines Pferdes hatte Schrammen von einer besser liegenden Garbe. Ungerührt schloß er: »Zumindest wissen wir nun, wo sie stecken. Denen entgeht nichts, wenn sie warten ... Ich werde wiederkommen!«

Anderswo ging es anders zu. Hündische Wesen erschienen, Frauen, Alte, Kinder, schon gebeugte, vorsichtige Männer – und manchmal der eine oder andere, der noch Mark in den Knochen hatte, mit entschlossenem Blick, aufrecht, ein Jagdgewehr in der Faust. Dann sprang der Kadett vom Pferd, um ihn sogleich an den Schultern zu fassen, als ob es sich um einen alten Kameraden handelte und rief: »Morgen kämpfen wir zusammen. Ich werde wiederkommen. Verlaßt euch darauf!« Er notierte ihre Namen, den ihres Dorfes, dessen Lage er auf seiner Karte eintrug, dazu Angaben über die Zahl der Einwohner, Hilfsmittel, Bewaffnung. Dann erstattete er dem Oberst von Pickendorff gewissenhaft Bericht, aber der schüttelte nur den Kopf darüber: »Herr Kadett, wozu soll Ihnen all das nützen?«

Und der Kadett antwortete: »Herr Oberst, so ist das in meinem Alter!«

Was ihnen aber am häufigsten begegnete, war Gleichgültigkeit. Während sie auf dem Weg vorüberzogen, fünf Reiter in straffer Uniform, einer vergessenen Zeit entsprungen, hoben sich trübe, ganz und gar ausdruckslose Blicke von Menschenwesen zu ihnen. Drei garstige Reihen Kartoffeln, ein Esel, eine Ziege mit schlaffen Zitzen – daraus bestand ihre Welt, der sie ausgeliefert waren. Und nur dazu fanden sie ein wenig Mut, mit Gewehrschüssen jene zu verjagen, die noch hilfloser waren als sie, was sie nie gewagt hätten, um ihre Frauen und Töchter gegen eine wohlorganisierte Räuberbande zu schützen. Mehr als einmal sah der Kadett, wie einer von ihnen hinter einem Fensterladen verborgen ihn beobachtete, voller Furcht, bemerkt zu werden. »Von Memmen gefickt, schlechter Fick!« sagte er nur. So lernte er das Leben kennen.

Wenn er von seinen Erkundungen zurückkehrte, begrüßte Silvius ihn voller Zuneigung. »Nun Kadett? Was gibt es Neues?« Erkannte er sich in ihm wieder, als er genau so alt gewesen war? Er hatte aufgehört, sich diese Frage zu stellen.

Zu wiederholten Malen glaubten sie, lebhaften Kanonendonner zu hören, aber auf beträchtliche Entfernung, ein ferner Widerhall von Feldschlachten, während merkwürdiges Dröhnen den Himmel erfüllte und unbekannte glänzende Kometen mit rasender Geschwindigkeit von einem Horizont zum anderen schossen. Es schien ihnen sogar, als ob meilenweit entfernt eine Stadt brannte, offensichtlich jenseits der Grenze. Es war nur ein unbestimmter, rötlicher Schein, der kaum über die Erdkrümmung hinausreichte, aber lange anhielt. Das erschreckte Abaï. Diese Zeichen waren ihm fremd. Er hatte solches noch nie zuvor wahrgenommen. In der Natur, die er so gut verstehen und erklären konnte, war ihm noch niemals dergleichen begegnet. Jetzt drängte es ihn, seinen Clan wiederzufinden und sich mit ihm in der tiefsten Tiefe des Großen Waldes zu verlieren.

Als die Nacht hereinbrach, saßen sie alle fünf um das Lagerfeuer, kauten schwermütig an ihrem in einer dünnen Suppe eingeweichten Zwieback, sprachen wenig und warteten, daß der Schlaf über sie käme. Einmal fragte Pickendorff: »Und was hat Kostrowitzky für uns?«

Der Fähnrich Bazin du Bourg, betraut mit der Versorgung und der Poesie, schenkte an diesem Abend aus der letzten Flasche den letzten Rest Genever in die Becher. Er öffnete sein kleines Buch und rezitierte:

Ins Feuer das ich trag und ehr
Warf ich – wie flammt es hoch und edel –
Dies Gestern, diese Totenschädel
Flamme, ich tu dein Begehr.
Männer kannt' ich aller Art
Die ihrem Schicksal nicht genügt ...

Abseits auf einem entwurzelten Baumstamm starrte der Kadett düster ins Feuer und ging mit anderen Gedanken um.

Am Morgen, als sie zu Pferde stiegen und die klare Luft die fernsten Fernen nah erscheinen ließ, legte Abaï die Hand über die Augen, um sie gegen die aufgehende Sonne zu schützen und verkündete: »Dort hinten, Zurfenberg!«

Bischof van Beck riß weit die Augen auf. Er konnte nichts erkennen.

»Nehmen Sie meinen Feldstecher«, bot ihm Silvius an.

Dem Bischof fiel es schwer, ihn auf eine Stelle zu richten. Die Hoffnung ließ seine Hände zittern und er schämte sich dessen nicht. Auf sich selbst angewandt, akzeptierte er die Diagnose, wie ein klarsichtiger Arzt den Keim, von dem er befallen ist, erkennt und kaltblütig betrachtet. Unbestimmt zeichnete sich ein Glockenturm auf einem Felsen ab. »Ich sehe sie, aber ich höre nichts«, sagte er. Und doch ...«

Er hatte seine Uhr aus der Tasche gezogen. Es war die Stunde des ersten Angelus. Silvius betrachtete den Freund mit brüderlicher Liebe. Der stolze Bischof schien seinen Weg vollendet und das Ziel seines Lebens gefunden zu haben. Er wiederholte: »Ich höre nichts.«

»Das liegt an der Entfernung, Osmond«, sagte Silvius.

Im Galopp setzte sich der Bischof an die Spitze der Kolonne, schweigsam, den Blick auf den einsamen Glockenturm geheftet, dessen Umrisse mehr und mehr Gestalt annahmen: der dreifache romanische Bogen, das Schieferdach mit vier beinahe ebenen Flächen, das, von verblüffender Schlichtheit, mit dem Himmel zu verschmelzen schien. Wieder hielt er an und horchte.

»Ich höre nichts«, sagte er. Es war ungefähr zehn Uhr, die Stunde der Terz, des kleinen Morgenoffiziums, zu der einstmals in allen Klöstern der Welt geläutet wurde.

»Wir müssen noch näher heran«, sagte Silvius.

Die zu Zeiten der Mönche kultivierte Ebene um Zurfenberg war von Gestrüpp bedeckt, dazwischen einige halb abgestorbene Bäume, Überbleibsel der alten Obstgärten, aus denen die Abtei ihr berühmtes *Eau-de-vie* gewonnen hatte. Erkennbar hatten hier Gefechte stattgefunden. Eingefallene Schützengräben zogen sich durch das Gelände, aus denen, zersplittertes Holz und rostiges Eisen, halb verschüttet die Räder von Munitionskarren und zerbrochene Gepäckwagen herausragten. Ein wenig vor dem mittäglichen Angelus ritten sie durch die einzige, von niedrigen Häusern gesäumte Gasse, aus welcher der am Fuß des Hügels von Zurfenberg gelegene Weiler bestand – einst ein sehr belebter Ort. Die meisten Häuser waren Herbergen für die aus ganz Europa herbeiströmenden Pilgerscharen, die hier rasteten und sich stärkten, bevor sie den steilen Pfad in Angriff nahmen, der im Zickzack bis zum Kloster hinaufstieg. Man verkaufte hier *Eau-de-vie* und harmlose Devotionalien, die damals ein beliebtes Unterpfand des Glaubens waren. Manche Türen prunkten mit der in den Stein geschnittenen Muschel von Compostela.

»Wir finden sicher jemanden, der uns Auskunft geben kann«, sagte Silvius. Er glaubte kein Wort davon, aber der verzweifelte Gesichtsausdruck seines Freundes Osmond rührte ihn an.

Keine Menschenseele. Ihre Suche blieb vergeblich. Sie durchsuchten jedes Haus, eines nach dem anderen, und fanden nichts als leere Räume, auf deren Böden sich der Schutt häufte. Selbst die Möbel und sogar die Feuerböcke aus den Kaminen waren verschwunden. Das Stroh auf den Pritschen, auf denen die Pilger geschlafen hatten, war zu Staub zerfallen. In der letzten Herberge, die am Ende der Straße lag, wo der Pfad zum Kloster hinauf begann, kam die Überraschung. Hier war der Boden gefegt, das mochte schon eine Weile her sein, aber jedenfalls hatte jemand den Schutt weggeräumt. Er lag draußen, ordentlich auf einem kleinen Haufen. Im großen Saal stand der rustikale Gästetisch aus dicken Holzbohlen noch an seinem Platz, nicht weit von dem riesigen Kamin, wo vielleicht dieser selbe unbekannte Besucher zwischen zwei Steinen Feuer gemacht hatte, um sich darauf etwas zu essen zu kochen. Eine einzige Bank vervollständigte das Mobiliar. Was aber ihre Aufmerksamkeit anzog, das waren die mit dem Messer in das Holz des großen Tisches geschnittenen Namen. Sie setzten sich, um sie zu entziffern, Silvius und Osmond Schulter an Schulter. Ganz Europa hatte sich dort Jahr um Jahr verewigt, nur die Vornamen, die Namen der Städte und ein Datum. *Gustav, Kobenhavn ... Kurt, Heidelberg ... Yves, Saint-Malo ... Luigi, Firenze ... Patrick, Galway ...* das war dreißig Jahre her, zwanzig Jahre, zehn Jahre, fünf Jahre, keine späteren Inschriften, außer einigen anonymen Obszönitäten und Schmähungen.

»Schauen Sie, Silvius!« sagte plötzlich der der Bischof und zeigte mit dem Finger auf einen Namen, der besser lesbar war als die anderen.

Sie betrachteten ihn genauer. Die Buchstaben waren von neuerem Stil, der Schnitt im Holz noch frisch, ohne die Staubablagerungen und die Patina, welche die anderen Schriftzüge im Laufe der Zeit angesetzt hatten. Aber kein Datum, kein Name einer Stadt. Allein ein Vorname: *Gérard.*

»Gérard heißt er also«, murmelte Bischof van Beck.

Pickendorff sah ihn erstaunt an. Er hatte im Präsens gesprochen, als ob dieser unbekannte Gérard gerade in sein Leben getreten wäre.

»Er heißt Gérard«, wiederholte Bischof van Beck.

Dann sah er auf seine Uhr. Die Stunde des Angelus war lange vorbei und keine Glocke hatte geläutet. Ihn schien das nicht mehr zu bekümmern. Er legte seine Pistole und seine Patronentasche auf den Tisch.

»Nehmen Sie sie«, sagte er zu Silvius. »Ich werde sie nicht mehr brauchen. Ich behalte nur das Pferd. Der Augenblick ist gekommen, Sie zu verlassen. Man erwartet mich da oben.«

»Aber dort oben ist niemand!«

»Spielen Sie nicht mit den Worten, Silvius. Sie haben mich vollkommen verstanden.«

»Und wovon wollen Sie leben?«

»Ich habe noch zwei Päckchen Zwieback in meinen Satteltaschen«, antwortete der Bischof beinahe fröhlich. »Mit Ihrer Erlaubnis nehme ich sie mit. Danach lebe ich aus dem Lande.«

»Aber Sie werden alleine sein!«

»Was wissen Sie davon? In der ersten Zeit gewiß. So hat immer alles angefangen ...«

Sie erhoben sich. Und da noch alle sich fragten, wie der Hochwürdigste Herr Osmond van Beck, Bischof und Koadjutor der Stadt, Generalkaplan der Kavallerie Ihrer Durchlauchtigsten Hoheit der Markgräfin seinem Rang entsprechend zu verabschieden wäre, und sei es, um ihre innere Bewegung zu verbergen, kam dieser ihnen zuvor und umarmte jeden nach mönchischem Brauch, die schönste und vollendetste Geste christlicher Brüderlichkeit.

»Ach! Ich vergaß«, sagte er noch. Er zog das schwarze Notizbuch aus seiner Tasche. »Wozu soll mir das jetzt noch gut sein? Es ist an Ihnen, es weiterzuführen, Silvius ... wenn Sie es wünschen.«

Sprachs, machte kehrt und verschwand, sein Pferd am Zügel führend, auf dem Pfad. Eine kurze Zeit lang hörten sie noch, schwächer und schwächer werdend, das Klappern der

Pferdehufe und das Rollen der Kiesel unter seinem Schritt. Doch der Kadett wurde bereits ungeduldig. »Die Nacht bricht bald an, Herr Oberst. Sollten wir uns nicht beeilen?«

Er kommt auch noch dran, dachte Silvius. Er weiß es. Er will es so. »Vorwärts!« kommandierte er.

Ein wenig später, als sie davonritten, während der Felsen von Zurfenberg in der untergehenden Sonne verschwand, drang ein ferner Glockenklang zu ihnen und begleitete sie für eine kurze Zeit.

»Ein Lebewohl, ein schönes Lebewohl, Herr Oberst«, sagte der Fähnrich Bazin du Bourg, das Herz, wie stets, voller Poesie. Pickendorff hob die Schultern. Er war sich ganz sicher, daß dieser Anruf nicht mehr ihnen galt. Am Abend, am Lagerfeuer, öffnete er das schwarze Notizbuch und schrieb: »Vier Reiter verließen in der Abenddämmerung Zurfenberg. Der fünfte hatte sie bereits vergessen ...«

Zwei Tage später nahm der Kadett Stanislaus Vénier mit unvorstellbarem Gepränge seinen Abschied. Seit der Morgendämmerung, da er wußte, daß er sich seinen Gütern näherte, hatte er sein Pferd kräftig gestriegelt und gebürstet, um dem armen erschöpften Tier ein erhabenes Aussehen zu geben, würdig für den Einzug in die Erblande eines Generalstatthalters. Er hatte seinen Waffenrock gesäubert, mit viel Spucke die silbernen Schulterschnüre abgerieben bis sie glänzten, und mit der Handfläche das schwarze Tuch seines Umhangs geglättet, nachdem er unermüdlich die Pelzfütterung gekämmt hatte wie das Haar einer Frau. Danach hatte er, dem kaum drei Barthaare am Kinn wuchsen, mit einem fürchterlichen Haumesser, das aus seiner Satteltasche aufgetaucht war, sich sorgfältig rasiert, weswegen aber niemand ein Lächeln sich gestattet hätte. Endlich, der Tag war angebrochen über der Trümmerstätte, die von der mächtigen Burg Vénier geblieben war, ließ er sein Pferd steigen, das grimmig mit den Vorderhufen in der Luft wirbelte, fiel mit aufgenommenen Zügeln in den erhabenen Trab, spröde und hochmütig, um dann das Tier, das weißen Schaum aus den Nüstern schnob, mit harter Parade in einer Staubwolke zum Stehen zu bringen und verkündete mit Feldherrnstimme nach den vier Himmelsrichtungen, als ob die ganze Erde seiner Worte harrte: »Ich bin zu Hause! Dies alles gehört mir!«

Es war eine Wüstenei. Eine Wüstenei, um so trostloser, als sie noch Spuren des Reichtums erkennen ließ, so wie jene römischen Villen, deren Grundrisse noch im Sand sich abzeichneten, wo Hunderte von Jahren zuvor der Weizen gedieh, der Orangenbaum, die Luzerne, die Sonnenblume und was alles der abendländische Genius vor dem Anbranden der Barbaren und der Nomaden dort eingeführt und eingepflanzt hatte. Der Kadett hatte durchaus noch Erinnerungen an die Zeit seiner Kindheit. Dort war früher eine Meierei, dort ein Brunnen, ein Kanal, eine Mühle. Hier die Ställe, das Sägewerk, das Pflegehaus, dann ein Bauernhof, und noch einer. Schließlich die lange, von Buchen und Kastanien gesäumte Allee, die zum Schloß führte. Dort ließ Vénier zwischen zwei Reihen verstümmelter Bäume, als ein Fürst, sein Pferd im Spanischen Tritt gehen, wohingegen Pickendorff, Bazin du Bourg und Abaï in seinem Gefolge schmerzerfüllt das Ausmaß des Unglücks ins Auge faßten. Aber der Kadett Vénier hatte seine Erinnerungen ganz auf dem Grund seines Herzens verschlossen, und denen, die von dort entkamen, drehte er gnadenlos den Hals um, und nichts von dem, was er sah, konnte ihn anrühren oder traurig stimmen. Er hatte nichts anderes erwartet. Er nahm die Wirklichkeit so, wie sie sich ihm bot und diese Wirklichkeit sagte ihm: »Hier ist nichts mehr, aber das gehört dir und du wirst etwas daraus machen!« Sie überschritten einen zugeschütteten Wassergraben und gelangten, vorbei an einem niedergerissenen Torgebäude, auf einen weiten Platz, welcher der Ehrenhof gewesen sein mußte. Lange ließ der Kadett seinen Blick prüfend rundum über die Ruinen wandern. Als er, etwas abgesetzt von den Gebäuden, einen Schutthaufen von behauenen Mauersteinen erblickte, verkündete er, die Faust auf der Hüfte: »Dort werde ich einen Turm bauen. Ich werde darauf die silbernen Adler der Markgräfin wehen lassen und den Kommando-Wimpel der Véniers!«

Es handelte sich offensichtlich um die Ruine des alten Bergfrieds, dessen Grundriß noch zu erkennen war. Aber der Kadett hatte gesagt: »Ich werde bauen« und nicht: »Ich werde wiederaufbauen«. Silvius überlegte. Einen Augenblick lang war er versucht, hier zu bleiben, seine Schulterstücke abzulegen, dem Kadetten den Treueeid zu leisten und seine Erfahrung in den Dienst dieser Jugend zu stellen, aber der Gedanke verflüchtigte sich sofort wieder und ließ nicht einmal ein Bedauern zurück. Wohin hätte das geführt, unter der Fahne des Kadetten Stanislaus Vénier anzumustern? Wenn der nun in die Irre ging? Wenn er sich verrannte, in seinem jugendlichen Hochmut? Pickendorff erinnerte sich noch der letzten Worte des Markgrafen an jenem Abend, bevor sie die Stadt verlassen hatten: »Es ist hier fast kein Leben mehr. Es ist jetzt wohl woanders ... Wir werden suchen müssen; jenseits dessen, was wir kennen und dessen, was wir nicht kennen … Was geschieht um uns herum? Was ist die Bedeutung von alledem?«

Da er sich dem Ziel seiner Fahrt nährte, begann Silvius verstohlen so etwas wie das schwarze Leuchten einer Wahrheit zu ahnen, die nicht diejenige des Stanislaus Vénier war und in der es für jemanden wie den Kadetten keinen Platz mehr gab.

In diesem Augenblick trat hinter einem Mauerstück ein Junge hervor, etwas älter als der Kadett, bäuerlich gekleidet, doch von unbefangen freier Haltung. Er trug ein Gewehr mit abgesägtem Lauf in der Armbeuge, eines von denen, die bei den Plünderungen der Waffenhandlungen der Stadt gestohlen worden waren.

»Willkommen Herr Statthalter von Vénier«, sagte er ganz unbekümmert. »Ich habe Dich erwartet.«

Der Kadett zog die Brauen zusammen. »Ich habe *Sie* erwartet«, verbesserte er.

»Ich sage ›Du‹«.

Der Kadett lud seinen Karabiner, was den Jungen zu erheitern schien: »Dieses Gewehr erinnert Dich an etwas. Es mißfällt Dir? Nein, sei versichert, ich bin nicht so einer. Es ist ein Beutestück.«

»Wer bist Du?«

»Ich sehe, Du erkennst mich nicht. Ja, es ist viel Zeit vergangen. Ich heiße Sigurd. Wir haben früher zusammen gejagt. Mit dem Bogen. Dein Vater sagte, das sei die Waffe der Könige. Meiner war sein Verwalter. Was aus ihnen geworden ist? Sie haben sich gegenseitig getötet. Sie hatten eine Rechnung zu begleichen. Das ist erledigt. Aus und vorbei. Nach ihrem Tod sind die anderen fortgelaufen.«

Das freche Schmunzeln verschwand aus seinem Gesicht, als

er hinzusetzte: »Und da es keinen Herrn mehr gab, stürzte alles zusammen ...«

»Bist Du allein?« fragte der Kadett.

»Ich war es. Jetzt sind wir zwei.« Er pfiff durch die Finger. »Und sogar noch mehr.«

Hinter der Ruinenmauer kamen zwei Dutzend Mädchen und Jungen hervor, zerlumpt, aber fröhlich, mit frischer Miene und festem Blick. Die meisten waren kriegsmäßig ausgerüstet mit Gewehren, Dolchen, geradegeschmiedeten Sensen. Sigurd deutete eine launige Ehrenbezeugung an. »Deine Armee, Herr Statthalter von Vénier!«

Sie brachen beide in Lachen aus, und der Kadett sprang vom Pferd, stürzte auf Sigurd zu und drückte ihn in die Arme, wobei er ihm kräftig auf den Rücken klopfte, als ob die ganze markgräfliche Kavallerie einen unerwarteten Sieg zu feiern hätte. Und wie Silvius sie ansah, erfüllte ihn Freude – und großer Schmerz. Früher, an der Pagenschule, hatten sie gehört, wie die letzten Karrees der Bauern, dort hinten im Westen des fernen Frankreich, angeführt von Grafen und Herzögen, von Wildhütern und Verwaltern, niedergemetzelt worden waren und mit ihnen zahllose Dörfer. Sein Herz krampfte sich zusammen. Diese Kinder waren Chouans. Wie schön er war, und wie glänzend, mit seiner »Armee«, Stanislaus Vénier, der Kadett, und Sigurd, sein Paladin, entsprungen den geheimsten und wahrhaftigsten Sehnsüchten des Volkes!

Wie lange würde es dauern, fragte sich Silvius, bis von der anderen Seite der internationalen Brücke von Spharée, der Grenze zweier Welten, jene andere Welt, die er ahnte, ihre Sturzbäche des Hasses ausspeien würde und ihre Mordkommandos und den tödlichen Abscheu derer, die von nun an in der Überzahl sein würden? Er konnte nichts mehr für sie tun. Er wendete sein Pferd und setzte, gefolgt von Abaï und Bazin du Bourg, seinen Weg nach Norden fort …

Die Pferde waren ausgezehrt und den Reitern ging es kaum besser. Ausgebleicht und zerrissen hing der berühmte scharlachrot paspelierte Waffenrock der markgräflichen Kavallerie kläglich um ihre dürren Schultern, die silbernen Borten glanzlos wie eine verlöschende Kerze. Ausgestorben lag das Land; sogar das Wild war geflohen. Sie vergingen vor Schwäche und waren überglücklich, als Abaï, nachdem er stundenlang auf der Lauer gelegen hatte, zwei Raben herbei brachte, deren Fleisch, als sie es brieten, schleimiges Fett und einen abstoßenden Geruch absonderte. Indem er sich trotz allem zu einem Lächeln zwang, sagte Abaï nur: »Bald werden wir bei mir zu Hause sein. Wir werden essen. Wir werden keinen Hunger mehr haben.« Sie waren wieder in den Winter geraten. Nach und nach bedeckte sich der Boden mit Schnee. Sie wachten nicht mehr am Feuer. Zu Tode erschöpft legten sie sich schlafen. Silvius begnügte sich damit, auf den Seiten eines schwarzen Notizbuches, das er in seiner Tasche gefunden hatte, Tag für Tag das düstere Logbuch ihres endlosen gespenstischen Rittes zu führen. Selbst der ausdauernde Abaï zeigte Anzeichen von Schwäche. Er schien seine Witterung verloren zu haben. Zweimal bereits hatte er angekündigt: »Morgen, Herr Oberst, der Große Wald …«. Und zweimal hatte er sich geirrt.

Endlich, zur fünften Stunde des sechsten Tages, sperrte fern eine dunkle ununterbrochene Linie den Horizont. »Dort hinten sind meine Brüder«, sagte Abaï. Als sie ins Dunkel des Waldes eindrangen, bedeutete er ihnen, stehen zu bleiben und zu warten. Hohe Lärchen überragten sie, schwindelerregende blaue Föhren, Birken, deren weiße Borke diese dämmrige Strenge ein wenig milderte. Abaï schien seine Lebenskraft wiedergefunden zu haben, der alte Fährtenleser blühte auf. Zunächst horchte er lange, die Augen erhoben, die Ohren gespitzt, und untersuchte das dichte Laubwerk, das über ihren Köpfen ein undurchdringliches Geflecht miteinander verfilzter Äste bildete. Bekanntlich bewegten die Umiâten des Großen Waldes sich oft auf den Bäumen fort und waren in der Lage, weite Entfernungen zurückzulegen, ohne einen Fuß auf den Boden zu setzen. So hinterließen sie keinerlei Spuren. Wenn Fremde sich zeigten, so folgten sie ihnen auf ihren luftigen Beobachtungsständen, bis sie eindeutig wußten: Feind oder Freund. Im ersten Fall gingen Schwärme von Pfeilen aus dem Himmel auf die Eindringlinge nieder wie ein tödliches Unwetter (die Umiâten, Meister der Stille, gebrauchten niemals Feuerwaffen). Aber wenn es sich um Freunde handelte, dann, nach einer längeren oder kürzeren Probezeit – die Erfahrung hatte sie gelehrt, sehr vorsichtig zu sein – gaben sie sich schließlich zu erkennen, indem sie auf dem Waldpfad als Unterpfand einer freundlichen Aufnahme kleine Geschenke niederlegten: ein wenig Wildbret, eine frisch gefangene Forelle, und an den Bäumen brachten sie schlichte Zeichen an, im allgemeinen eine offene Hand, was bei ihnen bedeutete: »Willkommen«. Dann zeigten sie sich, oder zumindest konnte man sie hören, und schließlich zögerten sie nicht länger heranzukommen, in ihren spitzen Pelzmützen und silberbestickten Stiefeln.

Nachdem er die Wipfel abgesucht hatte, richtete Abaï sein Augenmerk auf den Pfad und seine von Moos und Farn bedeckten Ränder. Er legte sein Ohr an die Erde und horchte. Das dauerte eine gute Weile. Dann untersuchte er im Umkreis von dreißig Metern jeden Baumstamm, ging langsam herum, betaste die Rinde mit den Fingern (bei den Umiâten ist der Tastsinn ein zweites Sehen). Schließlich kehrte er zu seinen Gefährten zurück. Sein für gewöhnlich selbst in der aussichtslosesten Lage undurchdringliches Gesicht verriet maßlose Verzweiflung und vor allem einen Abgrund an Ungläubigkeit.

»Abaï hört nichts«, sagte er. »Abaï sieht nichts. Abaï versteht nicht. Vielleicht etwas weiter, andere Zeichen ... Warten Sie auf mich, Herr Oberst. Gehen Sie nicht von hier fort. Vor der Nacht werde ich zurück sein.«

Den sehen wir nicht wieder, dachte Silvius. Dann streckte er sich auf dem Boden aus und der Fähnrich Bazin du Bourg ebenso. Ein abgebrochener Ast diente als Kopfkissen. Abgestumpft schliefen sie beide ein, während die spätherbstliche Sonne im Gezweig des Waldes ihren Lauf beendete. Schritte auf dem Pfad weckten sie. Es war Abaï. Der Fährtensucher hatte Wort gehalten. Die Nacht war noch nicht angebrochen. Ohne ein Wort der Erklärung begann Abaï ein schwächliches kleines Wildschwein zu zerlegen, das er auf seinen Schultern herbeigetragen hatte. Danach entzündete er ein großes Feuer. Er, der stets ruhig und beherrscht war, verfiel in fiebrige Regsamkeit. Er zerteilte das Tier während es briet und beobachtete aus seinen zusammengekniffenen Augenlidern aufmerksam das Garwerden. Dann, als das Fleisch soweit war, wählte er das beste Stück aus und bot es auf der Messerspitze dar, wobei er endlich die Zähne auseinander brachte und sagte: »Ein Geschenk meiner Brüder, Herr Oberst.«

Dabei senkte er die Augen.

»Du lügst, Abaï«, sagte Pickendorff.

»Abaï lügt niemals, Herr Oberst!« antwortete der Umiât, ohne den Blick vom Boden zu heben. »Ich habe dieses Wildschwein eine Viertelmeile entfernt gefunden, wo es für uns auf dem Pfad niedergelegt war. Dort waren noch andere Zeichen. Wir werden erwartet.«

»Du lügst, Abaï«, wiederholte Silvius. »Du hast dieses Tier getötet. Ich kann Dir auch sagen wie, mit einem Speerstoß, und es konnte Dir nicht entkommen, da einer seiner Vorderläufe gebrochen ist ...«

Der Umiât hob endlich den Kopf und sein Blick kreuzte den von Silvius. Abgründige Not sprach daraus. »Ja, Herr Oberst«, gestand er. »Es ist so, wie Sie sagen. Ich habe nichts gesehen, nichts gehört. Keinen Menschen, kein Vogelzwitschern, kein Tier streifte durch das Unterholz. Dieses arme ausgezehrte Tier lag da. Ich habe ihm den Gnadenstoß gegeben. Dieser Teil des Waldes ist leer. Wir müßten weiter entfernt suchen, viel weiter entfernt ... Es sei denn, daß meine Brüder uns lieber in der Nacht von ihrer Anwesenheit wissen lassen.«

Er klammerte sich an diesen Gedanken. Er wiederholte: »Sie werden diese Nacht wiederkommen, Herr Oberst. Sie werden wiederkommen ...«

»Sie werden wiederkommen, Abaï, dessen bin ich gewiß. Aber jetzt wollen wir essen! Ein königliches Mahl. Ich danke Dir.«

Das Fleisch des Wildschweins erwies sich als zäh, von etwas bitterem Geschmack, wie ihn Tiere haben, die getötet werden, nachdem sie sich lange ängstigten. Aber es war in der Tat ein opulentes Mahl und der Hunger lockerte seine Krallen. Der Mond war aufgegangen. Sie kauten lange, schweigend. Ihr Herz erwärmte sich wieder ein wenig.

»Und was sagt Kostrowitzky?« fragte Silvius, während er sich den Mund mit dem Handrücken abwischte. Der Fähnrich Bazin du Bourg öffnete sein kleines Buch; im Licht des Feuerscheins suchte er Seite für Seite. Er las vor:

»*Fern zog der Wald, gleich einem Heer aus alter Zeit …*

Reicht das, nein? Aber ich habe noch etwas besseres. Hier, Herr Oberst, hören Sie:

Am Ende machen mir die Lügen keine Angst mehr
Der Mond brät wie ein Ei in der Pfanne …«

»Und weiter?« fragte Silvius.

Der Fähnrich machte eine müde Handbewegung. »Ein eleganter Schlußpunkt. Wollen wir es nicht dabei bewenden lassen, Herr Oberst?«, sagte er.

Am nächsten Morgen, als sie aufwachten, waren sie nur noch zu zweit. Abaï hatte sie verlassen. Bevor er gegangen war, hatte der Fährtensucher das, was vom Abendessen übriggeblieben war, sorgfältig in ein sauberes Leintuch verpackt und gut sichtbar niedergelegt. Für sich selbst hatte er nur einen winzigen Teil behalten.

»Glauben Sie, er wird sie wiederfinden?« fragte der Fähnrich, während er sein Pferd sattelte.

Die Antwort blieb aus. Pickendorff entfernte sich bereits. Einer hinter dem anderen traten die beiden Reiter aus dem Wald und setzten ihren Weg nach Norden fort …

VII.

Sie ritten viele Tage lang. Silvius zählte sie nicht mehr. Er hatte vergessen, daß es tief in einer Tasche seines Waffenrocks das schwarze Notizbuch gab mit seiner unverständlichen Kalenderführung, die ihm nun gleichgültig war. Abends vor dem Lagerfeuer, in dem sich, wie in der Frühzeit des Menschen, für sie einzig noch das Leben offenbarte, betrachteten sie einander schweigsam; von Zeit zu Zeit erhellten die Flammen ihre blassen, eingefallenen, bärtigen Gesichter. Wenn sie gelegentlich miteinander sprachen, dann zwang sie die Müdigkeit, die Worte sehr sparsam zu gebrauchten. Auch hatten sie einander seit langem alles gesagt. Aber weiterhin beachteten sie die Formen gegenseitiger Ehrerbietung und Wertschätzung. »Herr Oberst ...« sagte der Fähnrich Bazin du Bourg. Worauf Silvius antwortete: »Herr Fähnrich ... Lieber Bazin du Bourg ... Werter Maximilian ... Mein Freund ...« Das hing von der Stimmung ab und davon, welche Erinnerungen Silvius in den Sinn kamen. Das Bild, das sie einander boten – mit ihren zerschlissenen Uniformen, ihrem schwarzen Umhang, der vor Zeiten die Blicke all der jungen Schönen der Stadt auf sich gezogen hatte, nun ein vor Feuchtigkeit grünlicher Fetzen – verwunderte sie schon seit langem nicht mehr.

Nur ihre Blicke kreuzten sich und sie betrachteten einander voller Freundschaft, einer dem anderen gleich, über sich hinausgewachsen, zwei zerlumpte Offiziere des weiland markgräflichen Kavallerie-Regiments. Sie hatten Hunger. Ihre abgemagerten Pferde stolperten vor Erschöpfung, zudem scheuten sie, warfen furchtsam die Köpfe und zerrten am Zügel, als ob sie die Richtung ändern wollten.

Auf diese Weise erreichten sie den Fluß, so wie sie es früher entschieden hatten. Ein wenig weiter, im Osten, ein oder zwei Tagesmärsche entfernt, lagen der Grenzposten und die internationale Brücke von Sépharée. Silvius war in seiner Jugend bereits dort gewesen. Er hatte dort Lachse gefischt, in Anglerstiefeln zwischen den Felsen stehend, die aus dem wilden, brausenden Lauf des Flusses herausragten. Auf Flößen aus zusammengebundenen Rundhölzern hatte er mit seinen Kameraden von der Pagenschule die Stromschnellen durchquert und am Ausgang dieser wunderbaren Tage eine warmherzige und brüderliche Aufnahme bei der gutmütigen Garnison auf dem Fort von Sépharée gefunden. Er erinnerte sich, wie er nach Einbruch der Nacht von der Höhe des Rondenweges die Stromschnellen tosen hörte, die frei in die Tiefe stürzten.

Während er jetzt im Schritt neben Bazin du Bourg am Fluß entlang ritt, hörte er nichts mehr. Der Fluß war gezähmt, bezwungen. Der Wasserspiegel lag höher als einst. Er strömte in langsamer, ununterbrochener Flut dahin, dickflüssig, trübe, von unbestimmbarer Farbe, ohne das Schillern von Schaum und Licht, das einstmals seinen Zauber ausmachte. Wie monströser Sirup glitt er an zwei Felsspitzen vorbei, die der Anstieg des Wasserspiegels verkürzt hatte und zwischen denen er früher wütend hindurchgeschossen war. Dort, dachte Silvius, in zwanzig Metern Tiefe, lag ein Teil seiner Jugend, lagen überflutete Stromschnellen, versunkene Felsen, Flußschiffer-Kapellen, begraben unter dieser fließenden dunklen Masse. Seltsamerweise verschaffte ihm dieser Gedanke ein wenig Erleichterung: wenigstens er, das Kind, hatte überlebt ...

Jetzt stank der Fluß. Silvius glaubte auch, in der Mitte des Stroms, schwarz und schweigend, zwei schwere Frachtkähne zu unterscheiden, die, ohne Schaden zu nehmen, aneinander vorbeizogen, an diesem Ort, wo nach seiner Erinnerung die Flußschiffer zur Jungfrau beteten, bevor sie mit ihren Frachtkähnen die Fahrt durch dieses unberechenbare Brodeln unternahmen. Ebenso schien ihm, daß sich in der Ferne, jenseits des gegenüberliegenden Ufers, verschwommen eine graue Mauer erhob, die früher nicht dort gewesen war – nicht durchgehend, vielmehr riesige, in die Tiefe gestaffelte parallele Blöcke, über denen eine Art schmutziggelber Lichthof schwebte. Er hatte früher nichts dergleichen bemerkt. In der Südprovinz des an das Territorium der Stadt grenzenden Landes, des friedfertigen Bundes der Talschaften, eines Volkes von Viehzüchtern, Bauern und Wildhütern, lagen keine größeren Siedlungen, lediglich einige Landstädtchen, die sich nur an den Markttagen belebten. Aber er war so müde, der Oberst Silvius von Pickendorff! ... all diese Eindrücke vermischten sich, die neuen wie die alten, und suchten wirr den Weg in sein Hirn. Sein Pferd scheute beinahe bei jedem Schritt.

Obwohl die armen Tiere ausgemergelt waren, wurden sie ihnen in dieser Nacht gestohlen, alle beide, während sie unter einer Zeltbahn schliefen, aneinandergeschmiegt, um sich ein wenig zu wärmen. Es hatte Bindfäden geregnet. Das erste

Mal seit ihrem Aufbruch waren sie nicht in der Lage gewesen, Feuer zu machen und so hatten sie sich mit einem Brei aus aufgeweichtem Zwieback begnügen müssen. Sie hatten den ganzen Tag kein Wort miteinander gesprochen. Sie hatten dazu keine Kraft mehr, und keine Lust. Bevor er in Schlaf sank, hatte Silvius trotzdem, als eine Art allerletztes Ritual, nachdem alle anderen eitel geworden waren, gefragt (wie um dem Schicksal eine Nase zu drehen): »Und was sagt Kostrowitzky?«

»Nichts, Herr Oberst«, hatte Bazin du Bourg geantwortet, mit so schwacher, so müder Stimme, als hätte sie unendliche Räume durchmessen, bevor sie an sein Ohr drang.

Am folgenden Tag faßten sie wieder etwas Mut. Es war die letzte Etappe. Mit ihren Pferden hatten die Diebe auch die Satteltaschen, die Pistolen, die Karabiner mitgenommen. Das richtete sie wieder auf, obwohl sie aus dem letzten Loch pfiffen. Es war beinahe eine Befreiung, da sie außerstande gewesen wären, irgend etwas mitzuschleppen. Als Soldaten, die sie waren, hätten sie wahrscheinlich unter keinen Umständen Waffen und Ausrüstung weggeworfen – wie eine Truppe auf der Flucht, die sich schändlich auflöst. Sie aber flohen nicht. Sie marschierten auf Befehl des Markgrafen ...

Bald zeichnete sich in der Ferne das Vorgebirge ab, auf dem sich der befestigte Grenzposten von Sépharée erhob. Es war noch ein Marsch von zwei oder drei Stunden. Trotz ihrer Erschöpfung beschleunigten sie den Schritt. Als sie näher kamen, erschien Silvius die Festung viel weniger großartig, als er sie in Erinnerung hatte. Aber das war wohl das übliche Mißverhältnis zu den Eindrücken der Kindheit. Da die Diebe auch den Feldstecher mitgenommen hatten, dauerte es länger, bis Silvius den wahren Zustand der Anlage erkennen konnte: zuerst eine Bastion von bescheidenen Ausmaßen, ein einfacher viereckiger Turm, der den Fluß beherrschte. Dann wurde nach und nach augenfällig, daß das Werk seit langem nicht mehr genutzt und nicht einmal mehr instand gehalten worden war. Ein Mauerstück war eingestürzt und gab das Innere einer niedrigen Halle frei, wie Silvius undeutlich erkannte. Gras war zwischen den Steinen gewachsen, und jetzt konnte man sehen, daß Brombeersträucher den Rondenweg überwucherten. Keine Fahne wehte dort mehr und der Mast war verschwunden, und ebenso der alte Torweg. Sinnlos, dort hinaufzusteigen, dachte Silvius. Dort oben ist niemand mehr. Dieser Platz ist aufgegeben ... Er hätte auch nicht die Kraft dazu gehabt. Aber von Sépharée war es, von wo die Markgräfin Myriam eine letzte Nachricht an ihren Vater geschickt hatte, bevor die Telegraphenlinie endgültig unterbrochen worden war. Seitdem nichts mehr.

Silvius setzte sich am Wegesrand auf einen Stein und zwang sich, den Kopf zwischen den Händen, seine Gedanken zu ordnen. Ein Brief kam ihm wieder in den Sinn, den der Markgraf Welf III. ihm am Vorabend ihres Aufbruchs anvertraut hatte und der für seine Tochter Myriam bestimmt war, mit der Anweisung, ihn zu öffnen und vom Inhalt Kenntnis zu nehmen, falls er sie am Ende seiner Fahrt nicht wiederfinden sollte. Er durchsuchte die Innentaschen seines Waffenrocks. Tatsächlich, dort war der Brief, geschützt in einer Hülle von wasserdichtem Leintuch, die er entfernte, um darin einen langen zerknitterten Umschlag mit dem Siegel der Dynastie – schwarz und gold mit drei silbernen Adlern – zu finden. Lange betrachtete er ihn, während er ihn zwischen den Fingern wendete. Er war leicht, vielleicht ein oder zwei Blätter, nicht mehr, und der Unterzeichner hatte diese Welt verlassen. Silvius zögerte. War der Augenblick gekommen, das Wachssiegel zu brechen? Bruchstückweise stieg aus seiner Erinnerung auf, was noch in dem Telegramm gestanden hatte: Myriam war im Begriff gewesen, den Fluß zu überschreiten, als die internationale Brücke gesperrt worden war, man wußte weder von wem noch wie, das Telegramm sagte nichts darüber und brach mitten im Satz ab. Vielleicht war sie dennoch hinübergekommen? Es gab Fährleute entlang des Flusses. Gewiß hatte einer von ihnen, der sie wiedererkannte, aus Treue und in Erwartung besserer Tage sich bereitgefunden, die Erbprinzessin überzusetzen. Und wenn ja, wie war es ihr ergangen? Was war nun ihr Los? Silvius steckte den Umschlag wieder in seine Hülle und versenkte ihn tief in seiner Tasche.

Als er den Kopf wieder hob und auf den Fluß sah, erblickte er die Brücke. Wie die Frachtkähne im Strom, die er am Vorabend mehr geahnt als wahrgenommen hatte und wie die aufgetürmten parallelen Blöcke, die einen fernen gelblichen Schein spendeten, so blieben auch die Umrisse der Brücke verschwommen, als ob eine Art Schleier davor hinge, ähnlich diesen durchscheinenden Bühnenvorhängen, die aufgespannt werden, um die Kulissen weit entfernt erscheinen zu lassen. Alles, was man erahnen konnte, war ein stattliches Bauwerk, viel größer, höher und mächtiger als die alte Hängebrücke von Sépharée. Silvius wandte sich an seinen Gefährten. »Es ist soweit.«

Sie hatten keine zehn Schritte getan, als ihre Erinnerung plötzlich für einen Augenblick schwand, solange es braucht, den Schleier beiseite zu schieben, wie man eine Nebelbank durchschreitet, die alle Töne erstickt und alle Dinge verhüllt. Nun waren sie noch einsamer, verloren inmitten einer Menschenmenge, die sich am Rande eines Bahnsteigs drängte, während eine unendliche Fülle neuer und mißtönender Geräusche auf sie einstürzte. Ein langer, bereits überfüllter Zug fuhr ein, mit zweistöckigen Waggons, darin gepfercht Menschenwesen mit freudlos verschlossenen Gesichtern. Vom Himmel ertönte eine metallische Stimme, die mehrere Stationen ankündigte, deren Namen ihnen nach und nach vertraut vorkamen. Der Fähnrich Maximilian Bazin du Bourg machte eine Abschiedsgeste mit der Hand und kletterte in einen Waggon. Bald teilte sich die Menge. Der letzte Gedanke des Obersten Graf Silvius von Pickendorff, bevor er seinerseits in den Zug stieg, war wunderlicherweise die Feststellung, daß die mächtige Lokomotive keinen Rauch ausstieß ...

Zwei oder drei Stationen weiter brachten die zufälligen Bewegungen der ein- und aussteigenden Passagiere sie von neuem nebeneinander zu stehen. Sie hielten sich aufrecht, Schulter an Schulter, festgeklammert an derselben Haltestange, die noch schmieriger war als ein Kantinentisch.

»Kennen wir uns?«

»Wir sind uns begegnet.«

»Wie heißen Sie? Ich bin Silvius.«

»Ich bin Maximilian.«

»Es wird nicht besser, hier drinnen.«

»Nein! Es wird immer widerlicher.«

Zahlreiche Sitzbänke waren aufgeschlitzt. Der Boden war mit Abfall bedeckt, die Wände mit Graffiti beschmiert. Die Passagiere vermieden es, hinzusehen. Sie vermieden es auch, einander anzusehen. Die Frauen, die sich für hübsch hielten, waren häßlich, und diejenigen, die schön waren, machten sich häßlich. Immer wieder kamen Bettler vorbei, zudringlich oder Mitleid heischend, je nachdem. Füße waren auf Sitzen ausgestreckt, unbekümmert um die vorwurfsvollen Blicke rheumatischer Greise, die stehen mußten. Maximilian zog ein kleines Buch mit abgenutztem Einband aus seiner Tasche.

»Hier können Sie lesen, in dieser Umgebung?«

»Gerade deshalb, ich vergesse dann das alles. Hier, hören Sie.«

Er las vor:

Auf dem rechten Fuß trat er ein mit dem Hut in der Hand
Bei einem Schneider, sehr fein und Hoflieferant ...

»Das hat Schwung, oder?« fuhr er fort. »Die Worte schweben. Sie tragen uns fort. Sie tragen uns sehr weit fort. Apollinaire natürlich ... Ich steige hier aus. Und Sie?«

»Etwas später. Sehen wir uns wieder?«

»Ich nehme diesen Zug fast jeden Tag, wenn es geht den letzten Wagen. Der ist am weitesten vom Ausgang entfernt, deshalb am wenigsten überfüllt, also am wenigsten schmutzig.«

»Ich nehme ihn auch ziemlich oft. Ohne Ihnen zu nahe treten zu wollen, was treiben Sie so im Leben?«

»Ich bin aus der Armee ausgeschieden«, sagte Maximilian. »Das ist bescheuert und es bringt nichts mehr. Ich vertrödle die Zeit. Ich verkaufe Versicherungen. Ich langweile mich. Und Sie?«

»Ich schreibe. Ich versuche zu schreiben. Das ist auch völlig bescheuert und es bringt genausowenig ...«

Sie begegneten sich von Zeit zu Zeit, letzter Wagen, Linie A, die Hand an der schmierigen Stange, abgesondert wie in einer Blase reiner Luft inmitten dieser Menge. Sie plauderten über dies und das.

Eines Abends, als sie sich trennten, fragte Maximilian unerklärlicherweise: »Und Myriam? Haben Sie sie wiedergesehen?«

»Myriam ... Myriam ...« murmelte Silvius. Eine Erinnerung ...

Bevor er nach Hause zurückkehrte, ging er bei der Schreibwarenhandlung an der Ecke seiner Straße vorbei und kaufte ein schwarzes Notizbuch. Warum ein Notizbuch? Für gewöhnlich schrieb er auf einem Stoß Schreibmaschinenpapier. Warum schwarz? Nur so ein Einfall.

In einer beleuchteten Vitrine hingen, unendlich anmutig, venezianische Marionetten und beobachteten ihn. Versehen mit einem bauchigen Glas eisgekühlten Genevers und umgeben von einer Rauchwolke begann er zu schreiben:

Sieben Reiter verließen die Stadt. In der Abenddämmerung zogen sie durch das nicht mehr bewachte Westtor der untergehenden Sonne entgegen. Erhobenen Hauptes, ohne sich zu verbergen – anders als all jene, die die Stadt preisgegeben hatten. Denn sie flohen nicht, sie verrieten nichts, hofften schon gar nicht und erlaubten sich nicht, zu träumen ...

Nachbemerkung

Mit Ausnahme zweier Worte (Seite 86, wo *Wilhelm* an die Stelle von *Guillaume* und *die Tschetschenen* an die von *die die ich liebe* getreten ist), sind alle in diesem Buch zitierten Verse von Guillaume Apollinaire (Wilhelm Apollinaris de Kostrowitzky, 1880–1918) übernommen.

Das gilt jedoch nicht für den *Grabspruch für einen Seefahrer,* Seite 81, dessen Autor ich bin und den ich in dichterischer Freiheit Apollinaris-Kostrowitzky zugeschrieben habe, der dort droben, so hoffe ich, es mir verzeihen wird.

J. R.

Anmerkung des Übersetzers:

Die Wiedergabe der Verse Apollinaires folgt im wesentlichen der Ausgabe: Guillaume Apollinaire, *Poetische Werke.* Ausgewählt und herausgegeben von Gerd Henninger. Deutsch von Gerd Henninger, Johannes Hübner, und Lothar Klünner. Luchterhand: Neuwied und Berlin 1969.

Nur das Gedicht S. 33 (*Ein Adler stieß nieder ...*) wurde ganz neu übertragen.

Die Titel der Gedichte sind:

S. 20: *Ich winterte im Ehemals ...*	Das Lied des Ungeliebten
S. 33: *Ein Adler stieß nieder ...*	Eines Abends
S. 45: *Bald Frau bald Rose todestrübe ...*	Die sieben Schwerter
S. 86: *Wilhelm sagte ich, es ist soweit ...*	Der Festzug
S. 160: *Ihrem Blick war die Zukunft offen ...*	Die Zigeunerin
S. 161: *Verfaulter Fisch von Saloniki ...*	Antwort der Saporoger Kosaken an den Sultan von Konstantinopel
S. 168: *Im Himmel ist der Engel Schar ...*	Der weiße Schnee
S. 203: *Unser Kind / Sprach die Braut ...*	Haus der Toten*
S. 220: *Ins Feuer das ich trag und ehr ...*	Holzkohlenglut

* dort erzählen die Toten von ihrem nicht gelebten Leben ...

Bibliographische Informationen der Deutschen Nationalbibliothek,
abrufbar unter http://dnb.ddb.de

2. Auflage, Schnellroda 2015

Verlag Antaios, Rittergut Schnellroda, 06268 Steigra
www.antaios.de
Buchgestaltung und Satz: impulsar-werkstatt.de
Illustrationen: Kristina Zieber
Druck: Koppdruck, Heidenheim

ISBN: 978-3-944422-01-5
Gedruckt in Deutschland